Annemarie Schoenle

Familie ist was Wunderbares

Annemarie Schoenle

Familie ist was Wunderbares

Roman

KNAUR

Die Folie des Schutzumschlags sowie die Einschweißfolie
sind PE-Folien und biologisch abbaubar.
Dieses Buch wurde auf chlor- und säurefreiem Papier gedruckt.

Besuchen Sie uns im Internet:
www.droemer-knaur.de

Umschlaggestaltung: ZERO Werbeagentur, München
Satz: Adobe InDesign im Verlag
Druck und Bindung: GGP Media GmbH, Pößneck
Printed in Germany
ISBN 978-3-426-66330-1

2 4 5 3 1

Für Victoria
und
meine wunderbare Familie

Das Erste, das der Mensch im Leben vorfindet,
das Letzte, wonach er die Hand ausstreckt,
das Kostbarste, was er im Leben besitzt,
ist die Familie.

ADOLF KOLPING

Das Wort »Familienbande«
hat einen Beigeschmack von Wahrheit.

KARL KRAUS

1.

Es war natürlich ein Fehler, mit diesem Bernd Nickelmann auszugehen. Ich saß mit ihm bei meinem Lieblingsitaliener, freute mich auf meine Tortellini ... da erzählte er mir, dass er nur zufällig als Buchvertreter für den Westmann-Verlag arbeite. In Wirklichkeit sei er Psychotherapeut. Er leide allerdings an einer Art Patientenallergie, die seinen Körper in ein Schlachtfeld konkurrierender Schmerzen verwandele. Sitze er länger als eine Viertelstunde einem an seinen Fingernägeln kauenden Häufchen Elend in seiner Praxis gegenüber, befalle ihn ein unerträglicher Juckreiz, gepaart mit bellendem Husten.

»Sobald ich auf die Anamnese zu sprechen komme. Sie wissen schon ... die Vorgeschichte, was unweigerlich zum Thema ›Familie‹ führt.«

»Verstehe«, antwortete ich völlig verständnislos.

»Familie«, sagte er voller Verachtung. »Beginnt mit dem Kopulationsblick und endet mit monogamem Primatenverhalten.«

Ich dachte an Ulrichs Kopulationsblick – fast dreißig Jahre her, ein herrlicher Frühlingstag und wir so unbeschreiblich jung. Fünf Monate später waren wir verheiratet, ein Jahr später bekamen wir Anja. Sein Jahrzehnte währendes monogames Primatenverhalten legte Ulrich allerdings vor fünf Jahren so geschwind ab, dass mir Hören und Sehen verging. Eine junge Sachbearbeiterin brachte ihm den neuen Marketingleitfaden in sein Büro. Ulrich, wie vom Blitz getroffen, entsann sich seines längst entschwundenen Aufreißerblicks und wechselte zum Seitensprung. Und da die marketinggeschulte Sabine, dreißig Jahre alt, meinem Mann das Gefühl vermittelte, wieder jung und stark zu sein, bat er mich, die ich mit meinen fünfzig Jahren quasi das unliebsame Kontrastprogramm zu Sabine darstellte, um die Scheidung. Nur um sofort wieder zu heiraten und sich dann auch noch zu reproduzieren. Baby Jonas ist inzwischen neun Monate alt, jünger als unser Enkelkind Leonie. Jonas ist somit Anjas Bruder und Leonies Onkel, was ihn sicher später einigermaßen verwirren wird, und obwohl ich keine rachsüchtige Exfrau bin, gönne ich Ulrich die Peinlichkeit, dem Sprössling irgendwann einmal Papas Paarungsverhalten erklären zu müssen. Meine Freundin meinte kürzlich, dieses ganze geschlechtliche Tohuwabohu wäre nicht nötig, würden Menschen sich wie Rennechsen verhalten. Diese klugen Tierchen verzichten auf Sex, legen unbefruchtete Eier, aus denen Ebenbilder ihrer selbst entstehen. Kein Werben, keine Kämpfe, keine Seitensprünge, identische DNA. Was allerdings nachdenklich stimmt. Kamerageile Politiker, hirnlose Popstars oder die Jury für »Deutschland sucht den Superstar« als Rennechsen? Und daraus folgernd eine hundertprozentig identische DNA? Nein, dann doch lieber Nebenbuhler, kampfbereites Geweih und vermischte Gene.

Während ich meine Tortellini aß, sprach Bernd Nickelmann über seinen verworrenen Berufsweg, der ihn schließlich ins Verlagswesen geführt hatte, und dann sehr ausführlich, als sei dies der eigentliche Zweck seines Hierseins, über seine Familie. Schon nach den ersten Schilderungen wurde mir klar, dass er in kurzer Zeit selbst Fingernägel kauend einem Therapeuten Juckreiz bescheren würde. Was hatte mich nur geritten, mit ihm auszugehen? Eigentlich wollte er mir lediglich das neue Herbstprogramm seines Verlages vorstellen, und da ich die letzten Tage nie Zeit für ihn gefunden hatte und er mir in seiner müden grauen Nonchalance leidtat, nahm ich die Einladung zum Abendessen an. Eine Frau in meinem Alter kann das sogar im kleinstädtischen Bodenfurt getrost tun. Nach herkömmlicher Meinung ist man dann, bei allem Wohlwollen, nicht mehr auf der Piste, als keuche Gott Eros nur hinter jugendlichem Fleisch her. Wenn ich also mit dem noch relativ jungen Bernd Nickelmann zum Essen ging, war das so unverfänglich, als würde ich einen Milchshake trinken. *Ah, guck mal ... dort drüben, Christine Bonhof! ... Ist wohl ihr Schwiegersohn oder dieser Neffe aus Itzehoe.*

»Haben Sie auch Familie?«, fragte Nickelmann.

»Jeder Mensch hat Familie.«

»Verheiratet?«

»Eigentlich wollten Sie mir die Neuerscheinungen Ihres Verlages nahebringen.«

Nach seinem Vortrag hatte ich den Eindruck, dass er nicht nur mit Allergien, sondern auch mit Phobien gestraft war: Wenn es nach ihm gegangen wäre, hätte ich in meiner Buchhandlung nur Ratgeberliteratur anbieten dürfen, da kämpfte sich offensichtlich der Psychotherapeut in ihm an die Oberfläche. Romane fand er zum Kotzen. Je länger wir darüber sprachen, desto öfter kratzte er sich, und als er die Rechnung verlangte, stellte sich bellender Husten ein.

2.

Am nächsten Morgen fand ich nicht aus dem Bett, obwohl sich ein strahlend blauer Himmel über der Stadt spannte. Vielleicht deswegen. Perfektion macht mich misstrauisch. Außerdem hatte ich Kreuzschmerzen, laut meiner Apothekenzeitschrift der Beginn bröckelnder Knochensubstanz und unaufhaltsamer Vergreisung. Die Zeit war einfach vorbei, da jeder Tag wie eine Verheißung vor einem liegt, da man ungeniert sein nabelfreies Top mit den Spaghettiträgern aus dem Schrank zieht, in seine Jeans hüpft und weiß, dass man so oder so zum Anbeißen aussieht. In meinem Alter bedurfte schon die morgendliche Routine genauer Überlegung, unendliche Geduld mit sich selbst war angesagt. Ein wenig Bodengymnastik – hatte der Orthopäde, der wohl auch die Apothekenzeitschrift liest, empfohlen, da sich angeblich die Lendenwirbel im Laufe der Jahre beängstigend nähern, die Bauchmuskulatur schlaff wird und der Rücken in sich zusammenfällt wie ein Baiser, das man zu früh aus dem Herd nimmt. Wechselduschen, Feuchtigkeit spendende Körperlotion, das Hormongel, eine kleine Gesichtsmaske, ein deprimierender Schritt auf die Waage, frühstücken, Maske abwaschen, ankleiden und das nachtgraue Antlitz mit der nötigen altersgerechten Ausdauer schminken. Auch wenn meine Mitmenschen beteuern, dass ich immer noch eine gutaussehende Frau bin, schleicht sich doch leises Bedauern ein, wenn ich an der Fotowand im Flur vorbeigehe, die Anja mir vor ein paar Jahren gebastelt hat, mit Bildern aller Familienangehörigen. Das Foto dort oben: ich? Gertenschlank, faltenloses Gesicht und daneben Ulrich, volles Haar, straffes Kinn? Ich amüsiere mich immer köstlich, wenn man mir in Magazinen und Filmen weismachen will, dass das Alter einer Frau keine Rolle mehr spiele. Falsch, ganz falsch. Richtig ist vielmehr, dass unser Selbstbewusstsein gestiegen ist und wir uns auch jenseits der fünfzig attraktiver fühlen, als unsere Mütter das getan hatten. Wir färben uns die Haare, wir benutzen Puder und Rouge, wir gehen ins Fitnessstudio, wir tragen modische Kleidung, wir scheuen uns nicht, allein in Urlaub zu fahren, riskieren Seitensprünge und One-Night-Stands. Wie schön für uns! Aber, Hand aufs Herz – wie gut wir auch aussehen mögen, es bleibt eine Tatsache, dass keine jungen Männer mehr wie angewurzelt stehen bleiben, wenn wir an ihnen vorübergehen. Und der Kellner ist zu uns nicht deshalb so charmant, weil er fieberhaft überlegt, wie er uns in sein Bett kriegen könnte, sondern weil wir mit lässiger Eleganz ein Designerkostüm tragen und ebendieses ein stattliches Trinkgeld erwarten lässt.

Vielleicht ein bisschen zynisch, und Ausnahmen sind natürlich möglich, aber mal ganz ehrlich – was sollte ich auch mit einem milchjungen Mann? Ich habe es lieber mit Männern meiner Generation zu tun, die sich ihr »Werde, was du bist« bereits erkämpft haben. Und wie viel Selbstbewusstsein muss man wohl besitzen, seinen wohlgepflegten, aber dennoch älteren Körper einem jungen Liebhaber zu präsentieren? Natürlich ergeht es Männern nicht anders, sie behandeln nur das Problem auf andere Weise. Fernsehmacher beispielsweise bestücken ungeheuer fette, schlecht verdienende ältere Kommissare mit attraktiven, schlanken jungen Freundinnen in der Hoffnung, der Abglanz der Jugend möge diese Herren weniger schmuddelig erscheinen lassen und uns das Gehirn vernebeln. Also wirklich, Jungs, für wie blöd haltet ihr uns eigentlich? Diese Menschen müssten eine sehr dicke Brieftasche ihr Eigen nennen, um noch irgendein halbwegs annehmbares weibliches Wesen an Land zu ziehen, aber welcher kleine Kommissar verfügt schon über eine dicke Brieftasche? Man stelle sich vor: Eine fette alte Kommissarin schlurft schwitzend und nach Luft japsend mit dreißigjährigen Lovern durchs abendliche Fernsehbild. Die ganze Nation würde sich den Bauch halten vor Lachen!

Nachdem ich Kaffee getrunken und ein winzig kleines Brötchen verschlungen hatte – die Badezimmerwaage! –, machte ich mich auf den Weg zu meiner Buchhandlung. Ich hatte ihr den netten Namen »Bücherinsel« verpasst, weil ich nach meiner Scheidung von Ulrich eigentlich nur noch den Wunsch verspürte, mich auf einer einsamen Insel zu verkriechen, mit weniger als nichts im Gepäck, ausgenommen meiner Lieblingslektüre. Leider erlaubte es mir meine desolate finanzielle Lage nicht, mich auf die Seychellen oder die Malediven zurückzuziehen, da meine neue Existenz, die Buchhandlung, das ganze Geld verschlungen hatte, das mein Anwalt Ulrich aus den Rippen schneiden konnte. Was nicht allzu viel war, da wir im Laufe unserer Ehe außer dem üblichen Spargroschen in Form von Wertpapieren und einer Lebensversicherung nichts zurückgelegt hatten. Ich entschloss mich, auf Unterhaltszahlungen zu verzichten und mir stattdessen einen Traum zu erfüllen: die eigene Buchhandlung. Wir verkauften die Wertpapiere, ließen uns die Lebensversicherung ausbezahlen und trennten uns als Freunde, wie es so schön heißt. Dass Ulrich mein Freund bleiben wollte, war nachvollziehbar. Er heiratete schließlich eine fünfundzwanzig Jahre jüngere Frau, da entstand außerehelicher Gesprächsbedarf, und wer ist dafür besser geeignet als eine Gefährtin, die einen in- und auswendig kennt, die weiß, wie man tickt, die von der Unterhosengröße bis zum Lieblingsdessert alles herunterleiern kann, was im Laufe der langjährigen Ehe haftenbleibt im geduldigen Gattinnengehirn.

Warum ich auf diesen Deal einging? Keine Ahnung. Weil nie einer allein am Scheitern einer Ehe Schuld trägt. Weil uns schon die letzten Jahre vor der Scheidung eher Freundschaft denn Leidenschaft verbunden hatte. Weil ich es ablehnte, die verbitterte Verlassene zu spielen. Weil ich neugierig auf die Zukunft war – jeder Verlust birgt auch eine neue Chance. Natürlich. Zuerst war ich geschockt, dann verletzt, dann stinkwütend. Aber was half es? Reisende soll man nicht aufhalten, hatte schon meine Mutter immer gesagt. Und ich beneidete Ulrich um seine Reise nicht. Eine so junge Frau? Das war doch, als müsse man Tag und Nacht in einem zu engen Smoking herumlaufen, nachdem man leichtsinnigerweise seine bequemen Jogginghosen der Kleidersammlung vererbt hat.

Als ich über den Marktplatz ging, öffneten die ersten Geschäfte. Ich mag diesen Platz, ich mag den Ort, obwohl oder gerade weil ich hier aufwuchs. Mit zwanzig flüchtete ich in die Großstadt, überzeugt davon, sie nie mehr zu verlassen. Als damals klar wurde, dass Ulrich dem Ruf der Firma »Eltec«, einem Elektrokonzern, nach Bodenfurt folgen würde, war mir, als schicke man mich zurück ins Gefängnis. Ich glaubte zu wissen, was mich erwartete. »Bodenfurt ... grauenhaft! Alle Leute kennen einen, jeder deiner Schritte wird registriert, ich finde keine Arbeit und ende als grüne Witwe, die in ihrer Verzweiflung den Postboten anbaggert«, jammerte ich. Ulrich sprach mit dem Vorstandsvorsitzenden seiner neuen Firma, der in Bodenfurt wie eine Art Gottheit verehrt wurde – schließlich garantierte das Unternehmen eine Menge Arbeitsplätze –, und siehe da: Im Nu hatte man mir, der gelernten Buchhändlerin, einen Job in der hiesigen Stadtbibliothek beschafft. Das nahm mir den Wind aus den Segeln, denn die drohende Arbeitslosigkeit war mein stärkstes Argument gegen meine Heimatstadt Bodenfurt gewesen.

Auf den Bistrotischen, die vor der Bäckerei standen, flatterten die Tischdecken im morgendlichen Wind, der Gemüsehändler schleppte Kisten mit Obst zu seinem Stand, Musik drang aus dem Elektrogeschäft, der Kioskbesitzer stapelte seine Zeitungen und hielt auffordernd ein Exemplar des »Bodenfurter Anzeigers« hoch, als er mich sah. Am meisten liebe ich den Blumenstand, ich bin eine Blumennärrin, in besonders bitteren Scheidungsnächten fragte ich mich oft, welcher Verlust mehr schmerzte – der von Ulrich oder der meines üppig blühenden Gartens? Wir waren übereingekommen, dass Ulrich das Haus behielt, schließlich lauerte eine neue Ehefrau mit mühsam gezügeltem Kinderwunsch auf ein adrettes Heim. Ich zog dagegen in eine große Altbauwohnung nahe des Stadtparks. Dieser Park blühte, ohne dass ich einen Finger krumm machen musste. Ich wollte nach der Scheidung überhaupt mein ganzes Leben umkrempeln und nur mehr für mich da sein. Schließlich wurde der geschiedene Gatte jetzt von einer anderen versorgt, meine Tochter war erwachsen und lebte mit ihrem Freund in einer eigenen Wohnung ... Na ja – eigentlich hätte ich es besser wissen müssen.

Ich holte mir meine Zeitung und winkte meiner Freundin Petra zu, die in ihrer Boutique das Schaufenster dekorierte. Und sah im gleichen Moment Anja, Leonie im Schlepptau und das Reisekinderbett geschultert, auf mich zukommen.

»Hallo, Mama! Katastrophe. Fieber, Schnupfen, Heiserkeit ...«

Sie deutete auf Leonies rotes Näschen. »Ist für die Krippe genauso schlimm, als hätte sie Lepra.« Sie blickte mich flehend an. Ich blickte zaudernd zurück.

»Omi«, hauchte Leonie mit verklärtem Gesichtchen, als verfüge sie schon in ihrem zarten Alter von knapp drei Jahren über ein vollständiges herzerweichendes Bettelrepertoire.

Ich beugte mich zu ihr. »Ja, was denn?«, fragte ich

voller Mitleid und war mir bewusst, dass mein Tag wieder einmal anders verlaufen würde als geplant. Denn ich war nicht nur geschiedene Frau, Geschäftsfrau, Mutter – ich war auch Oma. Eine eigene Spezies von Mensch, die zwar im Wandel der Zeit die Kittelschürze ab- und das Strickzeug aus der Hand gelegt hat, aber nicht minder bemüht ist, die Enkel zu verwöhnen und die Eltern mit Tat zu erfreuen, ohne sie mit Rat zu nerven.

Also seufzte ich lächelnd, öffnete die Tür zur »Bücherinsel« und trat ein. Mein Volontär Jakob war gerade dabei, alle Lichter anzuknipsen und die Kaffeemaschine in Gang zu setzen. Leonie lief sofort begeistert zu ihm. Sie liebte Jakob, der immer Gummibärchen für sie in der Hosentasche hatte, ihr aus Bilderbüchern vorlas und Legotürme mit ihr baute. Anja stellte mit geübtem Griff das Reisekinderbett in unserer Teeküche auf und wühlte aus ihrer überdimensional großen Strohtasche Ersatzwäsche, Gemüsegläschen, Hustensaft, Grippetropfen und Eukalyptusöl.

»Einen Messbecher Saft, zehn Tropfen und das Öl auf den Schlafanzug.«

Ich nickte. War nicht der erste Schnupfen, den Leonie bei mir auskurierte. Jetzt erst nahm Anja Jakob wahr, sie lächelten sich zu, die beiden mochten sich.

»Morgen, Jakob.«

Ich zog meinen Mantel aus und schaltete den PC ein. Eine unserer Stammkundinnen, Frau Schneider, betrat den Laden und ging zu den Regalen mit den Taschenbüchern, während ich die Post durchsah und einen Brief vom Finanzamt öffnete.

»So ein Mist!«, entfuhr es mir.

Anja und Jakob sahen mir über die Schulter.

»Eine Steuernachzahlung. Und was für eine!«

Jakob grinste. »Das heißt doch, dass wir gut verdient haben?«

»Jetzt nicht mehr.«

»Gehaltsaufbesserung ade«, sagte Anja zu Jakob.

»Und was ist mit der ruinösen Sucht meiner Freundin nach Champagner und Austern?«, fragte mein Volontär.

Er schnappte sich Leonie, die zu seinen Füßen sorgfältig ihre Bauklötzchen nach Farben sortierte, und zauberte ein paar Gummibärchen aus seiner Hosentasche. »Warum könnt ihr Mädels nicht bei den Gummibärchen bleiben?«

Leonie strahlte ihn an, und er schob ihr ein Bärchen in den Mund.

Frau Schneider reichte mir ein dickes Taschenbuch. Ich sah es zweifelnd an.

»Taugt es nichts?«, fragte sie.

»Na ja ... der Autor müsste etwas intelligenter sein, um so einen Wälzer zu schreiben.« Ich holte den Roman einer jungen, vielversprechenden Autorin aus dem Regal. »Hier, Frau Schneider, das kann ich wirklich empfehlen.« Nachdem ich das Buch eingepackt hatte, bezahlte Frau Schneider. Als sie gerade den Laden verlassen wollte, stieß sie mit Ulrich und Sabine zusammen. Sabine trug den kleinen Jonas auf dem Arm, Mutter und Kind waren so adrett herausgeputzt, als hätten sie anschließend ein Fotoshooting bei einem Elternmagazin.

Konnte der Tag schöner beginnen? Das kranke

Enkelkind an der Backe, während sich einem der geschiedene Mann auf leisen Sohlen nähert, ein äußerst glückliches Familienvaterlächeln um den Mund und ein bisschen ausgespuckten Brei auf dem Sakkokragen.

»Hallo, Papa«, sagte Anja reserviert und schaute ihm und Sabine kühl entgegen. Sabine blickte ebenso kühl zurück, während Ulrich sich sichtlich unwohl fühlte. Seit der Scheidung war sein Verhältnis zu Anja denkbar schlecht, vor allen Dingen, seit sie ihm an den Kopf geworfen hatte, dass sie es grauenhaft finde, einen Vater ihr Eigen zu nennen, der sein Alter mit einer jungen Blondine kaschierte. Einer Untergebenen, die bei »Eltec« sicherlich nichts anderes getan hatte, als Leitfäden von einem Zimmer zum anderen zu schleppen, um zu überprüfen, welcher der gutbezahlten Lustgreise in Nadelstreifen ihr eine gesicherte Zukunft garantieren konnte.

Ulrich strich Leonie zögernd und etwas lasch über die Wange. Die eigene junge Vaterschaft powerte ihn anscheinend dermaßen aus, dass für sein Opadasein keine Kraft mehr blieb – auch etwas, das Anja ihm verübelte.

»Tja, wir ... kommen als Kunden«, sagte er.

Ich schwieg.

»Wir möchten was für Jonas. Irgendwas Intelligentes.« Er sah seinen Sohn stolz an.

Anja lachte verächtlich. »Die Kuh macht muh, der Hund wauwau ... Oder ist mein kleiner Bruder schon bei Goethe?«

Jonas nuckelte begeistert an seinem Schnuller und sah dabei allerliebst, aber nicht unbedingt nobelpreisverdächtig aus. Ich ging zur Kinderecke und suchte nach einem Bilderbuch, das seinem Gesichtsausdruck und Alter Rechnung tragen würde.

Unbehagliches Schweigen in meinem Rücken. Als ich mich umwandte, beugte sich Anja zu Leonie.

»Guck mal, Mäuschen. Das hier ist Opa Ulrich ... und das hier Oma Sabine ...« Ich hörte sie vergnügt glucksen und bemerkte aus den Augenwinkeln Sabines säuerliches Gesicht. »Und das da ist dein Onkel Jonas ... der noch in die Windeln kackt.«

»Warum?«, fragte Leonie.

»Vor Schreck. Weil sein Papa schon Opa ist.«

Anja lachte und küsste Leonie. »Tschüss, meine Süße!« Sie wandte sich zu mir. »Bis heute Nachmittag, Mama.« Dann verließ sie den Laden.

Jakob nahm Leonie hoch und trug sie zu ihrem Bettchen, während ich ein paar Pappbilderbücher auf den Tresen legte. Sabine fing an zu blättern.

»Geht's dir gut?«, fragte Ulrich.

Das geht dich nichts mehr an, wollte ich schon antworten, aber dann fiel mir ein, dass wir ja Freunde waren.

»Aber ja. Und dir?«

Sofort nahm Sabine Ulrichs Hand. »Ihm geht es blendend. Wir nehmen das da ...« Sie schob mir ein Bilderbuch zu, ich tippte den Preis ein, Sabine griff sich Jonas – und Ulrich griff nach seiner Geldbörse. Die klassische Rollenverteilung. Während er bezahlte, lächelte er mich an, bemerkte dann aber Sabines misstrauischen Blick und beeilte sich, zu ihr zu kommen. Sie verließen den Laden.

Jakob stellte mir eine Tasse Kaffee hin. »Morgenstund hat Gold im Mund.«

Ich nahm einen Schluck. Jakob schaute mich an, als überlege er, ob er mich etwas fragen könne.

»Was ist?«

»Normal ist das aber nicht, oder? Ich meine, dass Sie sich Mühe geben, ein Bilderbuch für das Produkt des neuen Glücks Ihres Exgatten zu finden. Ich muss das wissen ... für später ... soll ja von Ihren Erfahrungen lernen, haben Sie bei meiner Einstellung gesagt.«

»Werd bloß nicht frech!«

Plötzlich stand das Ehepaar Gutmann vor mir. Sie mussten sich angeschlichen haben wie Indianer auf dem Kriegspfad.

Den Gutmanns gehörte mein Laden. Ich hatte ihn für eine unverschämt hohe Miete von ihnen gepachtet und überlegte blitzschnell, was ihr Besuch bedeuten mochte. Der dringende Wunsch, mehr zu lesen, bestimmt nicht.

»Das ist aber eine Überraschung!«

»Wir müssten Sie dringend sprechen.« Gutmann versuchte ein Lächeln, schaltete es aber sofort wieder ab, um zu bedeuten, dass es nichts zu lächeln gab. Mein Warnsystem schrillte.

»Aber natürlich, gehen wir doch in mein Büro!« Ich schritt, um Haltung bemüht, voran, die beiden folgten mir.

Jakob sah uns verwundert nach, widmete sich dann der quengelnden Leonie und kitzelte sie, während er wieder einen schiefen Blick auf uns warf.

»Weißt du was?«, sagte er zu Leonie. »Ich mach eine Geschlechtsumwandlung und werde Super Nanny.«

Ich schloss die Tür zu meinem Büro und bot dem Ehepaar Platz an.

Gutmann druckste herum. »Tja ... ist mir jetzt ein bisschen unangenehm. Aber wir können Ihren Pachtvertrag nicht verlängern.«

Ich starrte ihn an.

»Wir geben hier alles auf und gehen nach Mallorca.«

»Und deshalb verkaufen wir«, sagte seine Frau. »Nicht nur die Buchhandlung – wir möchten die ganze Immobilie loswerden.«

Ich war immer noch zu keinem Wort fähig.

»Tut uns wirklich leid, Frau Bonhof«, sagte Gutmann, der Heuchler. »Aber vielleicht können Sie von dem neuen Eigentümer den Laden wieder pachten. Warum denn nicht?«

»Und natürlich haben Sie Vorkaufsrecht«, beeilte sich seine Gattin genauso heuchlerisch anzufügen.

Das Wort »Vorkaufsrecht« war das nötige Quentchen Gift an der Spitze des Dolches. »Wunderbar«, erwiderte ich bitter. »So ein kleines Milliönchen kann ich bestimmt noch irgendwo lockermachen.«

Als sie schon längst gegangen waren, saß ich immer noch da, ohne mich zu regen. Ich hörte, wie draußen Jakob mit Leonie sprach, wie er Kunden bediente und anschließend Kartons aufriss. *Ich verliere meinen Laden*, an mehr konnte ich nicht denken.

3.

Ich kann mich nicht mehr genau entsinnen, wie ich die Stunden bis zur Mittagspause überstand. Im Laden war es relativ ruhig. Ich fütterte Leonie, gab ihr die nötigen Medikamente und legte sie schlafen. Zu Jakob, der misstrauisch um mich herumschlich und auf Informationen wartete, war ich ausgesprochen freundlich und sagte, ich wolle nur schnell einen Kaffee trinken und einen Krapfen verspeisen. Ich bezeichnete Letzteren als »Bagel«, ich zollte Jakobs Jugend Tribut, die jungen Leute essen ja inzwischen Bagels und Muffins, trinken Bier und Cola aus der Flasche, verwässern ihren Weißwein mit Eiswürfeln und stochern mittels Stäbchen China-Food aus kleinen Pappkartons. Ami-Land lässt grüßen, trotzdem ist man als Europäer anscheinend schizophren genug, sich als kulturell höherstehend zu betrachten.

Jakob lächelte. »Könnten Sie mir eine schöne altmodische Zimtschnecke mitbringen?« Für solche Bemerkungen liebe ich ihn, sie signalisieren Renitenz und Selbstironie, die ersten Boten eigenständigen Denkens. Ich betrachtete Jakob überhaupt als Glücksgriff. Er las leidenschaftlich gern, war lustig und gescheit, ohne mit seiner humanistischen Bildung hausieren zu gehen. Er würde einmal den klassischen Stadtbuchladen seines Vaters übernehmen, der in einem kaufkräftigen Viertel in Frankfurt lag. Doch vorher wollte er sich beruflich Wind um die Nase wehen lassen. Warum er sich für eine Volontärzeit in Bodenfurt, in meiner Buchhandlung, entschieden hatte, ist mir noch heute ein Rätsel. Er behauptete, er bewundere meinen Mut, gegen Filialisten anzukämpfen. Genau diesen Mut, so führte er aus, würde er einmal bitter nötig haben, wenn er den Buchladen seines Vaters übernehmen wolle.

»Natürlich kriegst du deine Zimtschnecke, wenn du auf die verschnupfte Schnecke namens Leonie aufpasst.«

Er lachte. »Wissen Sie, dass Leonie ein ständiger Zankapfel zwischen mir und meiner Freundin ist?«

»Warum denn?«

»Leonie macht Appetit auf Vaterschaft. Aber meine Freundin meint, sie sei viel zu gut ausgebildet, um zu Hause zu bleiben und auf kleine Kinder aufzupassen. Außerdem seien Mütter nicht sehr beliebt in den Karrierekonzepten der Chefetagen.«

»Da hat sie durchaus recht.«

»Ihre Tochter schafft es doch auch.«

»Weil sie zurückgesteckt hat. Sie arbeitet in ihrem Krankenhauslabor nicht Vollzeit. Was bedeutet, dass sie nicht mehr auf Seminare geschickt wird und keinerlei Aufstiegschancen hat.«

»Sie meinen also, meine Freundin liegt richtig, wenn sie sagt, sie will keine Kinder?«

»Ich kenne deine Freundin nicht. Aber sicher ist auch sie intelligent und gutaussehend, so was schreit eigentlich nach Vermehrung, wenn man bedenkt, was alles an grölendem Dummvolk auf der Welt herumläuft.«

»Bescheiden wie ich bin, teile ich Ihre Meinung. Außerdem …«, er wurde ein wenig rot, »… wenn ich kinderlos bleibe, werde ich mit vierzig plötzlich in meiner Designerwohnung stehen und nicht wissen, was der ganze Mist eigentlich soll. Kinder sind die Antwort auf vieles.«

»Aber die Freundin denkt anders?«

»Sie will Juristin werden. Na ja … da ist es vielleicht besser, sie vermehrt sich nicht.«

»Klingt so gar nicht nach gemeinsamer Zukunft.«

»Tja. Es kriselt. Ich bin in ihren Augen ein Bücher fressender Sonderling, während ich sie allmählich für ein interieurbesessenes Yuppieweib halte.«

»Was, um Himmels willen, hat euch beide denn zusammengebracht?«

»Aus meiner Sicht? Sie quietscht so nett, wenn sie einen Orgasmus hat.«

»Äußerst wichtig für eine lebenslange Partnerschaft. Und aus Sicht der Gegenseite?«

»Meines Vaters Buchhandlung. Wir beliefern sie mit sämtlichen juristischen Fachbüchern, nach denen sie lechzt.«

Auf dem Marktplatz herrschte reges Leben. Mütter, ihre Kinder an der Hand, warteten geduldig am Obstkarren, Berufstätige holten sich Fast Food, Rentner trafen sich zum Kaffeeplausch. Am Kiosk stand mein guter Freund Hannes, der einzige Halbpenner, den Bodenfurt aufzuweisen hat. Ein zaundürres Männchen in abgetragener

Kleidung, das von Bier, belegten Brötchen und der Sozialhilfe lebt. Wenn er das nötige Quantum Alkohol in sich hat, begibt er sich zum Bahnhof und unterhält die Leute mit Opernarien. Er besitzt eine kräftige Stimme, die man seinem ausgemergelten Körper nie und nimmer zutraut, seine Lieblingsarien stammen samt und sonders aus Puccini-Opern. Er lehnt es ab, Spenden für seine Darbietungen anzunehmen, nur gegen ein Fläschchen Bier oder Doornkaat hat er nichts einzuwenden. Ich bringe ihm regelmäßig ein Käsebaguette, er bedankt sich mit einer Verbeugung und nimmt mit graziösem Armschwung die milde Gabe entgegen. So auch heute.

»Musikalische Vorträge nur auf dem Bahnsteig, verehrte Frau Bonhof«, sagte er. »Fahrende Züge, Freiheit, Weite ...«

Hannes ist nebenberuflich auch noch Dichter und Philosoph, ein sicherer Weg zur Leberzirrhose. Wenn ich ihn dränge, ein bisschen mehr zu essen und weniger zu trinken, meint er nur: »Dummheit frisst, Genie säuft.« Ein Standpunkt, dem ich nicht wirklich etwas entgegenzusetzen habe.

Ich holte mir in der Bäckerei Nagel einen Cappuccino. Nichts zu essen, auch mir war der Appetit abhandengekommen. Wenn ich sonst an einem der Bistrotische stand, genoss ich das bunte Marktleben, heute hatte es an Farbe verloren, als sei es im falschen Waschgang ausgebleicht. *Ich verliere meinen Laden, ich verliere meinen Laden ...*

Meine Freundin Petra bestückte einen Ständer mit Sonderangeboten und winkte mir zu. Ich winkte zurück, machte aber keine Anstalten, zu ihr hinüberzugehen. Bestimmt wunderte sie sich, aber mir war, als hingen bleierne Gewichte an meinen sämtlichen Gliedmaßen. *Ich verliere meinen Laden …*

Ein Wagen hielt am Straßenrand, Toni Hoffmann, unser Bürgermeister, stieg aus und steuerte auf mich zu.

4.

Ich lernte Toni kennen, als ich noch verheiratet war und die Städtische Bibliothek leitete. Es ging um die Zuschüsse für Bücherankäufe und Lesungen, und ich versuchte, Toni, der damals erst zwei Monate im Amt war, klarzumachen, dass das Budget zu niedrig bemessen war. Er lauschte aufmerksam, dabei hatte ich das diffuse Gefühl, er sei nicht bei der Sache. Das machte mich nervös, zumal er den Typ Mann verkörperte, der mir von jeher gefährlich werden konnte. Mittelgroß, durchtrainiert, intelligentes Gesicht, und wenn er lachte, saß so viel schalkhafte Ironie in seinen Augen, dass man mitlachen musste. Er hatte einen ausgesprochen sauberen Wahlkampf geführt. Er war kein Weltverbesserer, er machte die Welt dadurch besser, dass er versuchte, politisch so wenig wie möglich zu tricksen und zu lügen. Er war ein Meister des Kompromisses, der dem politischen Gegner Respekt entgegenbrachte, aber hart zur Sache gehen konnte, wenn er sich im Recht fühlte. Als wir uns damals in der Bibliothek an meinem Schreibtisch gegenübersaßen – kleine Sonnenstreifen fielen auf die Bücherregale –, da bemühte ich mich, kompetent und sachlich zu wirken. Am Morgen noch hatte ich mich mit Ulrich gestritten, es ging um eine Kleinigkeit, aber schon da zeichnete sich ab, dass irgendetwas nicht stimmte. Es sollte nur mehr ein paar Tage dauern, und Ulrich würde mir eröffnen, sich verliebt zu haben. Ich ertappte mich bei dem Gedanken, wie es wohl sei, diesen Bürgermeister näher kennenzulernen. Er war ein bisschen jünger als ich, aber nicht so jung, dass es mir etwas ausgemacht hätte. Später erzählte er mir, dass er eigentlich vorgehabt habe, mich zum Essen einzuladen, aber ich hätte mich wie ein Eisblock hinter meinem Schreibtisch verschanzt, er habe sich nicht einmal getraut, mich um einen unverfänglichen Kaffeeplausch zu bitten.

Dann kam das ganze Scheidungsunglück über mich. Wie betäubt und mit Tunnelblick schlich ich durch meine Tage. Zukunft? Ich hatte keine Zukunft mehr. Mein Mann, mit dem ich seit mehr als fünfundzwanzig Jahren verheiratet war, verließ mich wegen einem kleinen jungen Persönchen mit ausladenden Hüften und braver Pagenfrisur. Ich konnte nicht einmal spöttisch damit hausieren gehen, von einer strähnchengebleichten, mit ihren Reizen protzenden Sexschnepfe aus dem Feld geschlagen worden zu sein. Nein. Sabine war sanft, sie war brav, sie konnte sehr gut kochen, basteln, handarbeiten und besaß keinerlei beruflichen Ehrgeiz. Ihr Ehrgeiz sei es, so erklärte mir Ulrich, ein Heim zu haben, in Haus und Garten zu arbeiten und Kinder zu bekommen. Kinder?

»Nun ja«, meinte er verlegen, »natürlich will sie Kinder, sie ist noch jung.«

»Aber du nicht mehr.«

»Ich bin fünfundfünfzig.«

»Und wahrscheinlich bald Großvater, deine Tochter und dein Schwiegersohn arbeiten dran.«

Diese für ihn deprimierende Auskunft quittierte Ulrich mit Schweigen. Es wurde überhaupt viel geschwiegen bei uns. Wir reichten die Scheidung ein, regelten die finanziellen Dinge und benahmen uns absolut zivilisiert. Ulrich, weil er ein blondes Ziel vor Augen hatte, und ich, weil ich mich innerlich auflöste. Petra meinte, ich hätte finanziell viel mehr aus Ulrich herausschlagen sollen, bei Männern mit dem Hang zu jungen Blondinen komme man nur mit Gemeinheit weiter. Aber ich wusste es besser.

Ulrich litt. Man kann sich sehr wohl verlieben und dabei himmelhoch jauchzend glücklich sein, dabei aber gleichzeitig tiefe Trauer empfinden über das, was man aufgibt. So viele Jahre verheiratet, kleinere und größere Katastrophen, Krankheiten und Todesfälle miteinander durchgestanden, ein Haus gebaut, ein Kind großgezogen, Freunde gewonnen und wieder verloren: ein Leben zu zweit, das jetzt in einem »Ohneeinander« enden würde.

Eines Nachts, als ich nicht schlafen konnte, setzte ich mich auf die Terrasse und bemerkte Ulrich, der bei meinen geliebten Rosenstauden stand, eine graue Silhouette – er weinte. Ich ging zu ihm, beschämt wandte er sein Gesicht ab, und in diesem Moment entschied ich, ihn nicht zu hassen oder zu verachten. So standen wir eine Weile, schweigend, meine Kletterrosen verströmten einen zarten Duft, und ich musste daran denken, dass ich dies alles zurücklassen würde, dass eine andere die schweren Rosenköpfe mit Bast hochbinden und den lichtblau blühenden Rittersporn mit Bambusstäben abstützen würde.

»Ich nehme dir so vieles weg. Das hast du nicht verdient«, sagte er.

»Aber du kannst nicht anders?«

Er nickte.

»Dann musst du es auch tun.«

Er strich über ein Blütenblatt. »Du hast mir einmal erklärt, dass man die Wurzelballen mit dem Spaten oder einer Axt zerteilt, und wie wichtig es sei, dass jedes Teilstück sowohl Wurzeln als auch Blattknospen behält. Und wie sorgfältig und gefühlvoll man vorgehen müsse, wenn man den Ballen trennt.« Er lächelte traurig. »Wie viel es braucht, *unseren* Wurzelballen zu trennen! Und ich habe die Befürchtung, dass nur ich mit Wurzeln und Knospen rechnen kann.«

»Ach ... und ich nicht?«

Er schwieg.

»Hast du dir schon mal überlegt, dass auch ich andere ... Interessen entwickelt haben könnte?«

Er sah mich so erstaunt an, als hätte ich damit geprahlt, demnächst als Tabletänzerin aufzutreten. Das nahm unserem Gespräch die Trauer. Ich lachte. Und genau in diesem Moment fiel mir Toni Hoffmann ein. Sein schalkhafter Blick und die lässige Art, mit der er erst vor zwei Tagen zur Tür hereinkam und einen Becher Kaffee vor mich hinstellte.

»Ja, ja, ich weiß«, hatte er gesagt. »Sie sind eine vielbeschäftigte Frau. Sie haben keine Zeit, mit mir auszugehen.«

»Und verheiratet bin ich auch«, hatte ich, die heimlich Fastgeschiedene, patzig zur Antwort gegeben. Da sah er mich an – in Romanen und Filmen nennt man dies den »magischen Moment« –, und ich erschrak und dachte: Nein, bitte nicht! Nie mehr!

Aber er musste etwas gemerkt haben. Er neigte den Kopf zur Seite, musterte mich und sagte: »Wenn Politiker eine Tatsache besonders betonen, ist an der Sache etwas faul.«

Mir schossen Tränen in die Augen, was mich zornig und hilflos machte. Wie kam ich dazu, vor diesem wildfremden Menschen zu weinen? Ganz zu schweigen, dass sich in meinem Alter Tränen äußerst ungünstig auf die mühsam erarbeiteten Schminkergebnisse auswirkten.

Toni drückte mir den Kaffeebecher in die Hand, reichte mir dezent ein Papiertaschentuch und tat dann so, als studiere er die Buchrücken in den Bibliotheksregalen.

Ich putzte mir die Nase, nahm einen Schluck Kaffee und räusperte mich. »Also gut. Ich esse gern italienisch. Ich wähle normalerweise eine andere Partei als jene, die Sie vertreten, habe Ihnen aber meine Stimme bei der Bürgermeisterwahl gegeben. Ich trinke gerne Weißwein, auf Partys rauche ich ab und zu, mit Sport sieht es ein bisschen schlecht aus, und für Schokopralinen würde ich jede Straftat begehen.«

Er schaute immer noch die Buchrücken an.

»Und in zwei Monaten werde ich geschieden.«

Jetzt drehte er sich um. Völlig überrascht.

»Aber keine Sorge, ich verfalle nicht in eine Anfangfünfzigerinnenpanik, ich lasse mich auch nicht liften und lese keine Ratgeberbücher über die innere Misere von Scheidungskrüppeln.«

»Donnerwetter! Unser erstes persönliches Gespräch!«

»Aus rein politischem Interesse. Ich wollte immer schon einen Bürgermeister kennenlernen.«

»Einen geschiedenen Bürgermeister.«

»Hat sich Ihre Frau auch mit etwas Jüngerem davongemacht?«

»Mit etwas Reicherem.«

»Sie Glücklicher. Das kratzt wenigstens nicht an der Psyche.«

»Wenn ich nicht genügend Geld verdiene, um die Wünsche meiner Frau zu erfüllen?«

»Man könnte argumentieren, dass Sie den wirtschaftlichen Aufstieg Ihren politischen Idealen opfern. Wohingegen in meinem Fall eigenes Versagen ausschlaggebend ist. Ich bin nicht jung, ich bin nicht sanft, und ich kann nicht häkeln.«

»Das mit dem Häkeln ist natürlich ein echtes Manko.«

»Sie sagen es.«

Er stützte sich mit beiden Händen auf meinem Schreibtisch ab und sah mir in die Augen. »Morgen Abend?«

»Morgen Abend, was?«

»Was immer Sie wollen.«

»Lassen Sie mich überlegen ... Ich wollte schon immer nachts in ein Schwimmbad einbrechen. Mir endlich eine Nudelmaschine kaufen und selbstgekurbelte Spaghetti anbieten. Trampolinspringen. Im Freien schlafen. Einen Buchladen eröffnen. Einen Tag lang nur die Wahrheit sagen.«

»Wenn heute so ein Tag der Wahrheit wäre, was würden Sie dann jetzt, in diesem Augenblick, sagen?«

Tja ... und da sprang ich einfach. Zum Teufel mit dem »nie mehr«!

»Ich würde antworten, dass ich morgen Abend Zeit habe, dass ich verspreche, nicht ständig von meinem Fast-schon-nicht-mehr-Ehemann zu reden, und dass ich mich freue auf was auch immer.«

Ja, so begann es.

5.

Toni meinte, er habe jetzt gleich eine Sitzung des Bauausschusses, aber die Gelegenheit, mich kurz zu sehen, wolle er sich nicht entgehen lassen.

»Hast du Sorgen?«, fragte er unvermittelt.

»Seh ich so beschissen aus?«

»Du vergisst, dass ich dich schon ein Weilchen kenne.«

»Was Wichtiges im Bauausschuss?«, versuchte ich abzulenken.

»Das neue Sportzentrum. Der Auftrag wird vergeben. Also – hast du Sorgen?«

»Und wer ist der Glückliche?«

»Schon wieder der Bremer. Hat das billigste Angebot abgegeben. Ich möchte bloß wissen, woher der seinen Riecher hat. Ein Phänomen, der Mann. Und dann haben wir noch einen Antrag der Firma ›Eltec‹. Sie wollen eines ihrer Grundstücke an die Lebensmittelkette ›Krone‹ verkaufen.«

»Ach ja?«

Toni lächelte spöttisch. »Hat dir dein geschiedener Gatte nicht davon erzählt? Er erzählt dir doch sonst alles.«

Das war eindeutig ein kleiner Giftpfeil. Toni fand

das freundschaftliche Verhältnis zwischen Ulrich und mir mehr als eigenartig und versäumte nie, darauf anzuspielen. Und ich versäumte nie, diese Bemerkungen zu übergehen.

»Und du hast was gegen den Plan der ›Eltec‹-Leute?«

»Einiges. Krone will dort ein Zentrallager errichten ... Na ja, das geht sowieso nur über eine Änderung des Bebauungsplans. Also über einen Stadtratsbeschluss.« Er blickte auf die Uhr. »Ja, dann ... Kommst du heute Abend? Wir sprechen die Wahlkampagne durch.«

Ich nickte.

Er umarmte mich, für einen Moment fühlte ich mich getröstet und war nahe daran, ihm alles zu erzählen. Aber er war weg, bevor ich den Mund aufmachen konnte. Leute grüßten ihn, er grüßte zurück, er lächelte, stieg in seinen Wagen und fuhr los.

Ich trank meinen Kaffee aus und wollte mich auf den Weg zur Buchhandlung machen, als Petra plötzlich neben mir stand.

»Hey! Was ist los? Du strafst mich mit Nichtachtung, meine Liebe.«

»Aber nein. Ich bin nur ein bisschen müde.«

»Alles in Ordnung mit Toni und dir?«

»Ja, sicher.«

»Ich mein ja nur. Wenn man die Freundin des Bürgermeisters ist, der im Wahlkampf steht ...«

»Dann hat man zeitliche Defizite, meinst du? Du weißt doch ... die männliche Rundumbetreuung habe ich hinter mir.«

»Oh ja. Hast ihn gefüttert, geliebt und warst immer zur Stelle.«

»Und wurde geschieden.«

»Ich habe ihn nie gefüttert und war selten zur Stelle ...«

»Und bist auch geschieden. Ich kenne inzwischen überhaupt nur mehr Leute, die geschieden sind. Scheint eine Epidemie zu sein, so wie dieses Norovirus. Du kriegst unerträgliche Bauchkrämpfe, Schweißausbrüche, Kreislaufprobleme und schwörst dir, in Zukunft vorsichtig zu sein und dir immer sofort die Hände zu waschen, wenn das Wörtchen ›Heirat‹ fällt.«

Wir lächelten uns voller Wärme an. Es mag sonderbar erscheinen, dass ausgerechnet wir beide befreundet sind: ich, die ich so gerne lese und mir nicht allzu viel aus Mode mache, und sie, die Boutiquenbesitzerin, extrovertiert, elegant gekleidet, aufwendig geschminkt. Aus einer verrückten Laune heraus hatte ich mir in ihrer Boutique ein Kleid für meinen Scheidungstag gekauft. Wir lachten damals viel beim Aussuchen, und sie stattete mich so raffiniert aus, dass ich mir wie ein atemberaubend schöner Hungerhaken vorkam, obwohl ich gerade eindeutig ein paar Kilo zu viel auf die Waage brachte.

»Aber irgendwas hast du«, sagte Petra in meine Gedanken hinein.

Ich schaute hinüber zur »Bücherinsel«, deren Schaufenster ich zusammen mit Jakob erst vor ein paar Tagen so liebevoll dekoriert hatte. »Die Gutmanns gehen nach Mallorca.«

»Ja, und? Meine Nachbarn fliegen an die Costa Brava und essen jeden Tag Wiener Schnitzel.«

»Sie gehen für immer nach Mallorca.«

»Sind sie schon so alt?«

»So reich. Sie verkaufen das Haus. Und damit auch meine Buchhandlung.« Meine Augen füllten sich mit Tränen.

Petra sah mich betroffen an, doch sofort hellte sich ihre Miene wieder auf. »Dann mietest du dich halt woanders ein. Hey! Die Gutmanns werden versauern auf Mallorca. Wer will schon nach Mallorca? Würdest du wo hinwollen, wo Dieter Bohlen dir über den Weg läuft?«

Ich musste lachen.

»Siehst du«, sagte Petra zufrieden.

6.

Der Himmel wurde noch eine Spur blauer, die Sonne schien so strahlend, als wollte sie uns unbedeutenden Menschen vor Augen führen, was für ein Verbrechen es ist, an so einem Tag nicht permanent guter Laune zu sein. Aber ich konnte dem Tag nichts mehr abgewinnen. Ich kam in den Laden zurück und betrachtete ihn, als müsste ich schon heute von ihm Abschied nehmen. Die langen Regale, die großen Tische mit den aktuellen Bestsellern, die Kinderecke mit den bunten Sitzwürfeln, die Verkaufstheke. Mit welchem Elan und welcher Begeisterung hatte ich vor fünf Jahren Pläne gezeichnet, mit den Handwerkern verhandelt und nächtelang über Finanzierungsvorschlägen gebrütet. Der Tag der Eröffnung, was für ein Fest! Am Abend ging ich mit Anja, ihrem Freund Steffen und Petra zum Essen, sie beschenkten mich mit Glücksbringern und einem großen Poster, das besagte, man könne im Leben auf vieles verzichten, nur nicht auf Literatur und Katzen; denn auch eine Katze hatte ich mir zugelegt.

Oder vielmehr hatte sich die Katze mich zugelegt. Sie war alt, verwahrlost und lebte anscheinend schon geraume Zeit im Park. Eines Tages saß sie auf meinem Balkon, wie sie dahin gelangen konnte, ist mir heute noch ein Rätsel. Sie inspizierte meine Wohnung, schien mit ihr einverstanden und richtete sich häuslich ein. Ich gab ihr den Namen Minka, bürstete sie und brachte sie zum Tierarzt, der meinte, sie habe sicherlich schon fünfzehn Jahre auf dem Buckel. Vier Jahre lebten wir in friedlicher Koexistenz, dann wurde Minka immer schwächer und müder und starb eines Nachts in meinem Arm. Den Blick aus ihren Augen werde ich nie vergessen. Siehst du, sagte er, du hast mich gebraucht und ich dich auch.

Ich weinte tagelang und begrub sie heimlich im Park, weil ich es nicht übers Herz brachte, sie beim Tierarzt abzugeben, der eine grüne Tonne vor der Tür stehen hatte, in der Tierkadaver entsorgt wurden. Ein paar meiner Bekannten rümpften die Nase und warfen mir vor, um dieses Tier zu trauern wie um einen Menschen. Ich antwortete, dass nicht viele Menschen in meinem Leben sich mir gegenüber so treu und kameradschaftlich verhalten hätten wie Minka, die alte Katze, die vor Freude miaute, wenn ich nach Hause kam, die Regenwürmer aus den Balkonkübeln fischte und sie mir zu Füßen legte, weil ich dummer Mensch nicht fähig war, mir solch leckere Köstlichkeiten selbst zu besorgen, und die mir zum Trost die Hände leckte, wenn der Weltschmerz der Geschiedenen mich überfiel. Als ich Minka begrub, versprach ich ihr, mich nach angemessener Trauerzeit im Park nach einer verirrten oder ausgesetzten Katze umzusehen und sie mit nach Hause zu nehmen.

Und nun stand ich wieder einmal da, und der Weltschmerz der Geschiedenen fiel über mich her. Geschieden nicht von einem Mann, sondern bald von meinem

Baby, der »Bücherinsel«. Gedankenverloren schaute ich Leonie zu – sie saß in ihrem Bettchen, brabbelte vor sich hin und spielte mit ihrem Kuscheltier.

Jakob telefonierte hochroten Kopfes mit seiner Freundin. »Und den findest du super?«, zischte er. »Er schaut aus wie ein dämliches Unterhosenmodel mit einem IQ von höchstens zwanzig!« Er bemerkte mich und schnitt eine Grimasse. »Ich bin *nicht* eifersüchtig!«, schrie er in den Hörer. »Ich bin nur maßlos wütend, mit einer Frau befreundet zu sein, die so unterbelichtet ist, dass ... Natalie?« Er lauschte und warf dann den Hörer auf die Theke.

Ein paar Jugendliche betraten den Laden und umlagerten den Ständer mit den CDs. Jakob musterte mich misstrauisch, weil ich immer noch dastand und mit wehmütigen Blicken meine Bücher betrachtete, sagte aber nichts, sondern ging zu den jungen Leuten und fachsimpelte über Heavy Metal und Rappersongs. Ich holte die Listen mit den Bestellungen, die noch vervollständigt werden mussten, und las zwischendurch Leonie zum hundertsten Male eine Weihnachtsgeschichte vor, in der zehn liebliche Engel sich nach dem Schema der kleinen Negerlein von Seite zu Seite reduzierten. Dass wir in der Blüte des Sommers standen, war Leonie völlig egal. Sie war auf Weihnachtsgeschichten und Weihnachtslieder genauso scharf wie auf Gummibärchen.

»Den Engeln ist kalt«, sagte sie.

»Ja, meine Süße. Sehr kalt.«

»Warum?«

»Weil Winter ist.«

»Warum?«

»Weil dies eine Weihnachtsgeschichte ist. Das Christkind kommt im Winter.«

»Warum?«

»Weil es im Dezember geboren ist, und Dezember ist im Winter.«

»Ich bin auch geboren.«

»Ja. Im Sommer. Da hast du Geburtstag. Erinnerst du dich noch an deinen Geburtstagskuchen?«

»Und das Smartie-Eis. Kriegt das Christkind auch Smartie-Eis?«

Ulrich enthob mich einer Antwort. Forschen Schrittes betrat er die Buchhandlung. Ich versorgte Leonie mit zwei weiteren Weihnachtsbüchern und sah ihm entgegen.

»Hallo!«

»Dein Drang nach Büchern war früher nicht so groß.«

»Ich brauche deine Unterstützung.«

»Versuch's doch mal bei anderen Hilfsorganisationen!«

Er wirkte ein klein wenig irritiert, er mochte meine Ironie schon früher nicht. Während eines unserer großen Streitgespräche vor der Scheidung hatte er mir an den Kopf geworfen, dass ich mich ständig in Ironie flüchten würde, um meine wahren Gefühle zu verbergen. »Du hast recht«, hatte ich geantwortet. »Ironie ist keine Waffe, sondern der Trost der Ohnmächtigen ... Marcuse, falls du es nicht wissen solltest.«

»Da, schon wieder!«, hatte er geschrien. »Wenn es nicht Ironie ist, dann Klugscheißerei!«

»Könnte es sein, dass du deshalb zu Sabine konvertierst, weil Ironie für sie Gotteslästerung wäre?«

Aber er hatte schon die Tür hinter sich zugeschlagen und sich auf den Weg gemacht. Zu jener Frau, die sanft war, mit den kompliziertesten Kochrezepten zurechtkam und Spitzendeckchen häkelte. Es gibt nichts Schlimmeres, als nach einem Streit allein zu bleiben in der Gewissheit, dass der Kontrahent binnen einer halben Stunde ein mitleidiges Ohr und andere tröstende Körperteile zur Verfügung hat, während man selbst vorm Badezimmerspiegel steht und auf seinen grauen Haaransatz starrt.

Ulrich fasste sich und meinte milde: »Es geht um die ›Eltec‹. Wir wollen ein Grundstück verscherbeln, das können wir aber nur, wenn der Bebauungsplan geändert wird.«

»Ich bin keine Stadträtin.«

»Aber Sympathisantin des Bürgermeisters.«

»Ich sympathisiere nicht mit seinem Amt, sondern mit seiner erotischen Ausstrahlung«, sagte ich so gemein wie möglich.

»Wie bitte?«

»Na ja ... hatte sich ja alles ein bisschen totgelaufen zwischen uns.« Freundschaft lebt von Wahrheit, oder nicht?

»Äh ... ja. Vielleicht könntest du in den erotischen Pausen Stimmung für mich und die Firma ›Eltec‹ machen?«

»Mein geschiedener Mann als erotischer Pausenfüller? Nicht sehr verlockend.«

»Es ist so wichtig für mich, Christine«, sagte er drängend. »Wenn ich das Ganze gut über die Bühne bringe, werde ich befördert. Zum kaufmännischen Leiter. Stell dir das mal vor!«

»Ich mag mir aber nicht vorstellen, wie du mit Sabine eine Beförderung feierst, die wir beide unter großen Entbehrungen jahrzehntelang vorbereitet haben.« Ich knallte ein weiteres Weihnachtsbuch so heftig auf den Ladentisch, dass Ulrich zusammenzuckte. »Wenn du was von Toni willst, geh selbst zu ihm!« Ich ließ ihn stehen.

Jakob beriet immer noch die Jugendlichen am CD-Ständer, während Ulrich beleidigt den Laden verließ. Und Leonie rief: »Omi! Will die Geschichte mit den Engeln haben, die so frieren und aufs Christkind warten.«

Tja ... wir alle warteten aufs Christkind und bessere Zeiten. Ich widmete mich also wieder den süßen kleinen Engeln, die dem alten Esel Heu schenkten, damit er nicht verhungerte. Wer würde mir alter Eselin wohl Heu schenken, wenn ich keinen Laden mehr hatte und arbeitslos war?

7.

Als ich an diesem Abend Leonie zu Anja und Steffen brachte, geriet ich in eine Auseinandersetzung, die mich so sehr an jene Zeit erinnerte, da ich, jünger als Anja heute, in einer großen Buchhandlung arbeitete und versuchte, Beruf, Haushalt und Kind unter einen Hut zu bringen.

Ulrich war damals in einer kleinen Klitsche als Abteilungsleiter für das Rechnungswesen tätig, wobei sich das Wort »Abteilungsleiter« lächerlich ausnahm. Er beaufsichtigte zwei Buchhalterinnen und eine Hilfskraft, die die Ablage sortierte und Kaffee kochte. Wenn ich nach Hause kam, jammerte er mir vor, dass er keine Aufstiegschancen habe, und ich hörte nur mit halbem Ohr zu, weil Anja an meinem Rockzipfel hing und mir von ihren Kindergartenerlebnissen berichten wollte. Ulrichs Desinteresse an niedrigen Haushaltsdiensten führte zu endlosen Debatten, und wenn auch heute viele der jungen Männer ihren Partnerinnen wesentlich mehr zur Hand gehen, als ihre Väter das jemals getan hatten, so bleibt doch die Tatsache bestehen, dass immer noch geschlechtsspezifisch unterschiedliche Meinungen in Bezug auf das Wörtchen »Ordnung« herrschen.

Ich verzog mich bei dem vertrauten Thema mit

Leonie ins Kinderzimmer, baute mit ihr am Lego-Bauernhof und lauschte dem Streitgespräch, das umso schärfer wirkte, als Anja und Steffen bemüht waren, leise zu sein. Die Türen standen offen, und ich sah, wie Anja sich vor Steffen aufbaute.

»Welchen Teil von ›Räum auf!‹ hast du nicht verstanden?«, giftete sie.

»Was?«, fragte Steffen erstaunt und blickte sich um. »Ich hab alle DVDs sortiert.«

Ich verbiss mir ein Lachen. Er saß mit einem Sudoku-Heft auf der Couch. Kleidungsstücke, Schuhe, Kinderspielzeug und Bügelwäsche lagen herum. Anja starrte das Heft erbittert an. Widerwillig schob Steffen es unter ein Sofakissen. »Gehirntraining muss auch sein«, brummte er.

»Gymnastik ebenso. Kannst Klamotten vom Boden aufheben, das Spielzeug wegräumen ... und vielleicht beseitigst du mal das Feuchtbiotop in deiner Tennistasche.«

Ich sah, wie Steffen sich mürrisch erhob und schmutzige Shirts und Hosen aus seiner Sporttasche zog. Dabei warf er einen vorsichtigen Blick auf die grantige Anja, die inzwischen Wäsche zusammenlegte.

»Stell dir vor! Ich krieg ein neues Projekt: Software für eine Bank.«

Anja schwieg.

»Das Blöde ist ... ich muss dann jeden Tag zum Kunden.«

»Ja, und?«

»Dann kann ich Leonie nicht mehr zur Krippe bringen. Auch nicht mehr abholen.«

»Aber zum Essen und Schlafen kommst du schon nach Hause?«

Steffen fuhr gereizt auf. »In meinem Job hat man eben keine geregelten Arbeitszeiten. Da gilt man schon als faul, wenn man nur wochentags arbeitet.«

»Und was ist mit mir?«

»Mit dir?«, fragte Steffen so konsterniert, als schuftete er allein auf weiter rauher See, während seine Frau an Land faul in einer Hängematte schaukelte. »In deinem Labor kannst du dir deine Zeit doch einteilen!«

Anja schnaubte wütend. »Ach! Du meinst, wir machen's wie Dracula. Saugen das Blut nur nachts. Damit wir tagsüber unsere Männer besser bedienen können.« Zornig warf sie Steffens Turnschuhe in eine Ecke.

Ich baute einen Zaun um den Bauernhof. Leonie war so in unser Spiel vertieft, dass sie alles um sich herum vergaß. Gott sei Dank!

»Tja. Nur zu deiner Information, mein Schatz«, sagte Anja übertrieben freundlich. »Ich hatte heute ein langes Gespräch mit meinem Chef.«

»Mit Dr. Beckmann?«

»Das ist der Klinikleiter«, verbesserte Anja pikiert. »Du lernst es auch nicht mehr! Nein, mit Dr. Wörner. Er geht nächstes Jahr in Pension.«

»Wie schön für ihn.«

»Er hat mir ein Angebot gemacht.«

»Eine Nacht mit dir, und wir kriegen eine Million?«

»Ab sofort den ganzen Tag mit mir, und ich werde nächstes Jahr seine Nachfolgerin.«

Steffen grinste. »Er will mit dir den ganzen Tag ... Was ist er? Superman?«

»Superman will, dass ich Vollzeit arbeite und Laborleiterin werde.«

Steffen blickte sie entgeistert an. »Und wie soll das gehen?«

»Wir leisten uns eine Zugehfrau.«

»Wir haben Schulden. Die Wohnung ist noch nicht abbezahlt.«

»Aber ich krieg mehr Geld.«

»Das du für die Zugehfrau ausgibst.«

»Jawoll!«, schrie Anja wütend. »Wir zahlen eine Frau dafür, dass ich einen Männerjob machen darf.«

»Und wer bringt Leonie in die Krippe? Wer macht die Einkäufe? Wer holt Leonie wieder ab?«

Als sie ihren Namen hörte, hob Leonie den Kopf.

»Schenk mir doch einen Rennwagen!«, zischte Anja erbost. »Dann kann ich problemlos von der Karriereautobahn auf die Mamaspur wechseln.« Sie drückte ihm Leonies Kuscheltier, ein kleines zerknautschtes Ferkel, in die Hand. »Und abends noch ein bisschen Zeit für Oralsex haben.«

Ihr schien einzufallen, dass ich bei Leonie auf dem Boden hockte und sicherlich alles mitbekam. Aber es war ihr egal. Wenn meine Tochter in Fahrt ist, schaltet sie einen Gang höher und braust los.

Steffen sah sie wortlos an, drehte sich, das zerdrückte Ferkel noch in der Hand, um und ging in sein Arbeitszimmer. Krach! Die Tür fiel ins Schloss.

»Papa!«, rief Leonie empört. »Mein Ferkel. Ich will mein Ferkel haben!«

»Der Papa muss noch ein bisschen arbeiten«, sagte ich.

»Warum?«

»Weil du einen ganz fleißigen Papa hast.«

»Ha!«, schrie Anja zu mir herüber und pfefferte Steffens Tennistasche von der einen Ecke in die andere.

8.

Am Abend dieses denkwürdigen Tages schleppte ich mich vom Auto zum Haus meines Vaters und wäre am liebsten wieder umgekehrt. Ich fühlte mich müde, deprimiert, und mein Erzeuger war ganz gewiss nicht der Mensch, mit dem ich über meine Sorgen und Ängste sprechen konnte. Nicht, weil er schon alt und gebrechlich war – sein Geist funktionierte noch ausgezeichnet –, sondern weil ich ihm noch nie persönliche Dinge anvertrauen konnte. Er ließ das nicht zu, es war ihm unangenehm. Ich habe schon oft darüber gerätselt, was manche Menschen veranlasst, sich den anderen so völlig zu verschließen, und was sie befähigt, dies trotzdem geschickt zu verbergen. Alle Welt hielt meinen Vater für einen klugen, weltoffenen und einfühlsamen Mann. Nur meine Mutter und ich wussten, dass er ein Chamäleon war, das geschmeidig die Farbe wechselte und sich auf keine eigene festlegte. Oh ja, klug war er, weltoffen auch, solange man Familie nicht zu seiner Welt rechnete, aber einfühlsam? Er konnte sich den Anschein geben zuzuhören, es gelang ihm überzeugend, Bedauern auszudrücken, und er fühlte auch, und er bedauerte auch, aber nur solange das Bedauern keine Arbeit machte. Wenn ich ihn als Kind umarmte, wurden seine Bewegungen so ungelenk, dass ich zaudernd innehielt. Eine Gefühlsbarrikade – wenn man sie respektierte, ließ sich mit Vater leben. Er sorgte für seine Familie, er vermittelte mir Wissen, er tat alles, was man von ihm erwartete, aber er tat es nicht mit dem Herzen. Er hatte den falschen Weg gewählt. Den falschen Beruf, die falsche Frau, das falsche Leben. Musiker hätte er werden sollen oder Kunstmaler, stattdessen war er als technischer Angestellter bei der Stadtverwaltung gelandet. Ein einfaches Zimmer hätte ihm genügt mit Haken an der Wand für seine Kleidung, mit spärlicher Möblierung und einer Tür, durch die er kommen und gehen konnte, wann er wollte. In seinem Inneren war er ein Nomade: ungebunden, obwohl er sich band, treulos, obwohl man Treue von ihm erwartete, anspruchslos, obwohl man an ihn Ansprüche stellte. Das, was ihn dennoch zusammenhielt und festigte, war eine Frau, die alles Lästige von ihm fernhielt. Jeden Einkauf, jeden Behördengang, jeden Bankbesuch. Diese Frau, meine Mutter, starb vor zehn Jahren. Und mit der Selbstverständlichkeit des charmanten Egomanen übertrug er nun mir und Anja die Aufgaben, die bis dahin seine Frau erledigt hatte. Wir sorgten für ihn. Wir kauften ein, wir hielten die Wohnung sauber – eine Zugehfrau lehnte er ab, er wollte keine fremden Menschen um sich haben –, wir kümmerten uns um seine Wäsche, um seine Renten- und Krankenkassenabrechnungen, gaben die Steuererklärung ab und taten alles, um die Welt von ihm fernzuhalten. Der schwere Sturz, dessen Folgen ihn vor ein paar Jahren fast ausschließlich an den Rollstuhl fesselten, setzte diesem beschaulichen Abschnitt seines Lebens ein jähes Ende. Zweimal am Tag drangen nun

Schwestern und Pfleger in sein Einsiedlerdasein ein, um ihn zu waschen, medizinisch zu versorgen und sich um sein Essen zu kümmern. Ich war berufstätig und konnte ihn nicht rund um die Uhr betreuen, das nahm er mir übel. Aber auch wenn ich beruflich nicht angehängt gewesen wäre, hätte ich es abgelehnt, mich ausschließlich um ihn zu kümmern. In jedem Menschen wohnt schließlich ein Fünkchen Überlebenswille, spöttele ich, wenn ich danach gefragt werde. Als Kind habe ich meinen Vater geliebt, später respektierte ich ihn, heute tut er mir leid. Er ist ein zutiefst unglücklicher Mensch, der es nie verwunden hat, alt zu werden. Er blickt im Zorn zurück, und das macht mich traurig.

Das Mietshaus war alt, ein paar kümmerliche Büsche säumten den Weg zum Eingang. Über fünfzig Jahre lebte mein Vater nun hier, er hatte geheiratet und die Wohnung bezogen, als meine Mutter bereits mit mir schwanger war. »Wir hätten nie geheiratet, wenn du nicht unterwegs gewesen wärst«, klagte meine Mutter früher, ohne zu bedenken, was solch eine Aussage im Gefühlsleben eines Kindes anrichten kann. Mein Vater leugnete dies, er leugnete es auch vor sich selbst, was blieb ihm anderes übrig. Vor fünfzig Jahren heiratete man das junge Mädchen, das man geschwängert hatte. Vor fünfzig Jahren sehnten sich die Menschen, gerade dem Krieg entronnen, nach der heilen Welt. Nach Wohnungen, die aus den Ruinen wuchsen, nach Polstersesseln, Nierentischchen und Erdnussflips. Sie sehnten sich nach Ordnung, nach Beschaulichkeit, nach alten Werten. Und nach Besitz. Wer nichts mehr hat, will etwas haben. Fast alle Menschen, aber nicht mein Vater. Der sehnte sich nach Abenteuern. Nach Freiheit. Nach fremden Ländern. Vorzugsweise nach Frankreich: Paris. Bistros und Clochards. Chansons. Und da kamen sie ihm zu Hause mit Geldsorgen und Rudi Schuricke!

Er saß in einem Sessel vor dem Fernsehapparat. Am Tisch lehnten seine Krücken, in der Ecke stand der Rollstuhl. Benutzte Tassen und Teller auf einem Tablett, neben der Tür zwei Müllbeutel, die der Morgendienst entsorgen würde. Kleidungsstücke stapelten sich auf der Couch, er hinderte das Pflegepersonal regelmäßig daran, sie in den Schränken zu verstauen. »Braucht man sowieso immer wieder«, war sein Argument.

Ich begrüßte ihn, stellte meine Einkaufstüten ab und setzte mich zu ihm, nachdem ich den Ton des Fernsehapparats leiser gestellt hatte.

»Papa. Der Schwesterndienst hat sich beschwert. Du lässt dich nicht duschen, nicht anziehen und ekelst alle aus der Wohnung.«

»Die fummeln an mir rum.«

»Du meinst, sie waschen dich.«

»Eine sieht aus wie Margaret Thatcher.«

»Für eine Junge und Knackige bist du ein bisschen zu alt, oder?«

»Wieso? Denk doch an deinen Exgatten und seine Neue!«

»Danke für dein Taktgefühl.« Ich ärgerte mich und stand auf.

»Was hast du gesagt?« Wenn er auf bestimmte Bemerkungen nicht eingehen wollte, verließ ihn sein Gehör.

»Du brauchst aber die Schwestern, Papa. Weil ich berufstätig bin und Anja auch.«

Er lachte spöttisch. »Ja, ja. Selbstverwirklichte Frauen.«

»Du hast ein Leben lang davon profitiert. Von diesen selbstverwirklichten Frauen, oder nicht?«

Er zog die Lippen ein. Er verabscheute mein, wie er es nannte, Emanzipationsgeschwätz.

Ich seufzte. »Mal andersrum. Was willst *du* denn?«

»Heile Knochen, eine komfortable Wohnung und meine Ruhe.«

»Gut«, sagte ich spitz. »Ich habe das ›Marienheim‹ besichtigt. Sie haben gutes Essen, eine ausgezeichnete Pflegestation und ruhige Einzelzimmer.«

Sein Gesicht verfinsterte sich. »Bin ich schon entmündigt?«

Ich gab auf. Ich hatte nicht mehr die Kraft, mich mit ihm auseinanderzusetzen, nicht heute, nicht, nachdem meine eigene Existenz auf dem Spiel stand. Schweigend packte ich die Lebensmittel weg, legte schmutzige Wäsche in einen Korb und putzte den Herd. Im Backrohr entdeckte ich eine große Plastiktüte mit leeren Joghurtbechern.

»Was ist das denn?«, fragte ich erstaunt und hob die Tüte hoch.

»Joghurtbecher. Die sind sauber. Ich hab sie ausgewaschen.«

»Wozu?«

»Kann man immer mal gebrauchen.«

Ich stellte die Tüte zu den Müllbeuteln an der Tür. »Du brauchst keine leeren Joghurtbecher.«

Seine Augen folgten grimmig jeder meiner Bewegungen. Als ich Zeitungen auf die Anrichte legte, fiel das Hochzeitsbild meiner Eltern um. Sie standen auf dem Foto vor einer Kirche, sie lachten, hinter ihnen dräuten dunkle Wolken. Mein Vater hatte einen Arm um die Taille meiner Mutter gelegt, er war einen Kopf größer als sie. Damals war sie klein und zierlich, später wurde sie dick. Sie kämpfte ständig mit ihrem Gewicht, während mein Vater schlank blieb und mit seinem Charme und seinen witzigen Bemerkungen sämtliche Nachbarinnen in sich verliebt machte. Mutter war erdenschwer, Vater leicht und veränderlich wie Luft.

Ich stellte das Bild wieder auf.

Er drehte die Lautstärke des Fernsehers hoch. Einen Moment stand ich schweigend da. Es schnitt mir ins Herz, ihn so schmal und kraftlos in seinem Sessel zu sehen.

Er schaute mich an.

»Denk noch mal über das Heim nach!«, sagte ich sanft.

Da stellte er den Ton des Fernsehers noch lauter.

Ich nahm den Korb mit der Schmutzwäsche und ging.

9.

Ich hatte Toni versprochen, am Treffen des Wahlkampfteams teilzunehmen, also war dieser lange Tag noch nicht zu Ende. Ich stellte den Wäschekorb in den Kofferraum meines Wagens und schaute noch einmal zu den Fenstern der Wohnung meines Vaters hinauf. Das wechselnde Licht des Fernsehers drang durch die Scheiben, und mir wurde angst bei dem Gedanken, selbst einmal so einsam zu sein wie dieser alte Mann, der es nicht verstand, Beziehungen aufzubauen und zu pflegen, der sich mühte, den Normen menschlichen Zusammenlebens zu entsprechen, und es nicht schaffte. Selbst die Tatsache, dass er bereits ein Urenkelkind hatte, schien die Barrieren nicht einzureißen. Zwar erkundigte er sich nach Anja, Steffen und Leonie, er freute sich über ihre Besuche, aber er nahm an ihrem Leben so wenig teil wie an dem meinen. Höflich stellte er die Fragen, die von ihm erwartet wurden, lauschte den Antworten, ließ sich Zusammenhänge erklären und umgab sich ansonsten mit einer Mauer des Grolls. Er grollte dem Schicksal, das ihn nicht so behandelt hatte wie erhofft. Er lebte in der Vergangenheit. Er verklärte seine Kindheit, seine Jugend mutierte in seiner Erinnerung zu einem goldenen Band schöner Jahre. Sogar die Schrecken der letzten beiden Kriegsjahre, die er noch als blutjunger Soldat zubringen musste, änderten nichts an dieser Verklärung. Es war nun einmal so: Sein Unglück begann nach dem Krieg. Als er sich band. Als er Familienvater wurde.

Ich stieg in meinen Wagen und fuhr durch dieses Viertel, das meine ganze Kindheit geprägt hatte. Kleine Angestellte, Beamte und städtische Arbeiter wohnten hier, auf den Rasenflächen standen Zementblöcke mit Stangen und Wäscheleinen, die Wege waren billig gepflastert. Auf den Spielplätzen verschmutzter grauer Sand in den Kästen, zwei schiefe Schaukeln an verrosteten Ketten, unzählige Zigarettenkippen am Boden. Jugendliche saßen am Abend auf den Lehnen der Bänke, tranken Bier und zielten mit den leeren Dosen auf Abfallkörbe, die verbeult in ihrer Verankerung hingen.

Das Wahlkampfteam traf sich im Gasthof »Zur Post«, der zwischen Rathaus und Marktplatz lag. Als ich eintraf, war man schon in eine hitzige Diskussion verstrickt: Toni, drei seiner Stadträte, darunter eine Frau, sein Bauamtsleiter Dieter Thoma und etliche Männer und Frauen, die ihm schon bei seiner ersten Wahl zur Seite gestanden hatten. Ich setzte mich an das Ende des langen Tisches und bestellte einen Kaffee und Mineralwasser. Ich hatte den ganzen Tag so gut wie nichts gegessen, aber in meinem Kopf schwirrte immer noch die traurige Melodie *Ich verliere meinen Laden, ich verliere meinen Laden* und raubte mir jeden Appetit.

Toni wandte sich an mich. »Wenn wir in die heiße Phase kommen, brauche ich Pressemeldungen: der Bau des Bürgerhauses, der neue Sportplatz, das Seniorenheim … das kann mir alles weiterhelfen. Kümmerst du dich darum?«

Ich nickte und machte mir Notizen.

Einer der Stadträte mischte sich ein. »Die Journalisten bringen bestimmt das ›Eltec‹-Thema auf den Tisch.«

»Wieso?«, fragte ein anderer.

»Weil es ihnen die Opposition gesteckt hat.«

Dieter Thoma sagte zu Toni: »Du wirst Stellung beziehen müssen.«

Toni seufzte und fuhr sich durchs Haar. »Das ist Sache der Fraktion. Aber ich kann euch jetzt schon sagen, dass mir das Ganze nicht passt. Wenn die Firma ›Krone‹ ein Zentrallager baut, haben wir einen enormen Lastwagenverkehr, die Lärmbelästigung steigt, große Flächen werden versiegelt … Das Geschrei der Grünen kann ich jetzt schon hören.«

»Und der Beschäftigungszuwachs ist gleich null«, sagte die Stadträtin, eine hübsche Rothaarige, die sich von einem ortsansässigen Architekten hatte scheiden lassen und die ich im Verdacht hatte, auf sehr zielstrebige und raffinierte Weise hinter Toni her zu sein.

»Aber die Gewerbesteuer, die wir kriegen …«, wandte Dieter ein.

»Und wenn ›Krone‹ mit Verlustabschreibung der ausländischen Tochterfirmen arbeitet? Dann habt ihr Pech mit der Gewerbesteuer«, sagte ich.

Dieter schüttelte den Kopf. »Die ›Eltec‹-Leute haben gedroht, den Standort zu wechseln. Was das bedeutet, brauche ich dir ja nicht zu sagen.«

»All die Menschen, die hierhergezogen sind, um bei ›Eltec‹ zu arbeiten«, warf die Toni-Jägerin ein.

»Wär ein Fressen für die Opposition«, sagte der Stadtrat, der sich so wegen der Journalisten sorgte.

Ich beobachtete Toni. Er hörte aufmerksam zu, nickte ein paarmal, überlegte. Dann fasste er einen Entschluss.

»Also gut. Ich werde der Fraktion nahelegen, für die Nutzungsänderung zu stimmen.« Er warf mir einen fragenden Blick zu. Er gab viel auf meine Meinung. Ich, die Parteilose, war im Laufe der Jahre zu seinem politischen Gewissen geworden.

Ich lächelte, konnte aber eine leise Ironie nicht unterdrücken: »Pragmatische Entscheidung, Herr Bürgermeister.«

Er lachte ein wenig schuldbewusst. »Okay. Machen wir Schluss für heute!« Er klappte sein Notizbuch zu und stand auf. Als er mir in den Mantel half, streichelte er mir kurz über die Wange. »Kann der Pragmatiker noch ein Glas Wein bei dir bekommen?«

»Wenn er mir endlich mal zeigt, wie man den neuen DVD-Player programmiert?«

»Wer ist da jetzt pragmatisch?«

»Ich bin nicht pragmatisch, sondern am Rande des Wahnsinns. Kannst du mir sagen, welche sonderbare Gattung von Mensch Bedienungsanleitungen verfasst? Sadisten?«

»Pensionierte Juristen wahrscheinlich. Denk an die Unverständlichkeit von Gesetzestexten!«

»Du bist auch Jurist.«

»Drum bin ich ja Bürgermeister geworden. Damit ich nach meiner Pensionierung keine Bedienungsanleitungen schreiben muss.«

»Was macht ein Bürgermeister im Ruhestand?«

»Er regiert nicht mehr im Rathaus, sondern zu Hause.«

»Und wenn er geschieden ist? Wen regiert er dann?«

»Seine Freundin.« Er lachte.

Wir verabschiedeten uns von den anderen und gingen zu meinem Wagen. Ich sehnte mich nur noch nach meiner ruhigen Wohnung und einem Glas Rotwein. Und nach Tonis Trost, wenn ich ihm erzählte, dass man gerade dabei war, mir den Boden unter den Füßen wegzuziehen.

10.

Meine Wohnung ist mein Hort. Sie wärmt mich. Sie ist weder repräsentativ noch besonders stilvoll, aber wenigstens hat sie auch nicht den Charme eines Zahnarztwartezimmers. Ich habe aus Ulrichs und meinem Haus jene Möbel mitgenommen, an denen mein Herz hing. Ich verabscheue Wohnlandschaften. Ich mag keine Designermöbel, weil sie in den meisten Fällen nur gekauft werden, um andere zu beeindrucken. In meinem Wohnzimmer kann Leonie herumtoben, ohne dass ich einem Infarkt nahe komme, wenn sie die Kiste mit ihren Bauklötzchen auf den Tisch leert. Meine Küche ist nicht gestylt, mein Schlafzimmer besteht aus deckenhohen, eng gefüllten Bücherregalen und einem bequemen Bett; ein Flachbildschirm fehlt, weil ich viel lieber in diesem meinem bequemen Bett lese. An den Wänden meiner Wohnung hängen für minimalistischen Geschmack zu viele Bilder und Fotos, aber was soll's. Ich habe einen großen Teil gelebten Lebens hinter mir, die Bilder, Fotos, Anjas Kinderzeichnungen, Mamas bunte Glasvasen und ihre selbstgeknüpften Teppiche haben mich jahrelang begleitet und erzählen meine eigene Geschichte. Wer gibt schon die eigene Geschichte auf – und wozu? Um im gehobenen Interieur keimfrei zu verkümmern?

Also kann man gut verstehen, dass ich nicht im dekorativen Negligé mit Toni auf dem Wohnzimmerteppich saß und die Bedienungsanleitung des neuen DVD-Players studierte. Ich hatte meinen guten alten Jogginganzug an, eine Flasche Rotwein und zwei gefüllte Gläser standen zwischen uns, und allmählich begann ich mich zu entspannen.

»Hier steht's doch«, sagte Toni mit dem zufriedenen Gesichtsausdruck eines Mannes, der eben die erste Marslandung vorbereitet. »*Wenn Sie die Einstellung für die PDC/VPS oder die Aktualisierungsfunktion ändern möchten, wählen Sie ›Details‹* ... aha ... Was wolltest du mir eigentlich erzählen? Du hast im Auto gesagt ... Ah, ja ... *wählen Sie mit Pfeil rechts oder links* ... hm ... *Näheres finden Sie unter* ... soundso ... *allerdings ›Aktual‹ ist nur HDD* ...«

Die Marslandung war doch nicht so einfach, wie er gedacht hatte. Ratlos ließ er die Broschüre sinken.

»Klingt wie Abhörtechnik des Nachrichtendienstes«, sagte ich und nahm einen Schluck Wein.

»*Wenn Sie einen Fehler gemacht haben, beginnen Sie von vorn*«, las Toni vor.

»So weit war ich auch schon.«

Toni warf die Broschüre zur Seite. »Bin ich Techniker? Ich bin Bürgermeister.«

»Der sollte auch eine Daseinsberechtigung haben.«

Er zog mich an sich. »Hat er doch.« Er küsste mich auf die Nase. »Du siehst müde aus, weißt du das?«

»Du meinst, alt.«

»Nein, müde.« Er bettete meinen Kopf in seinen Schoß.

»Die Gutmanns verkaufen ihr Haus. Und die Buchhandlung gleich mit«, sagte ich unvermittelt.

Er schwieg überrascht. Dann spürte ich seine Hand auf meinem Gesicht, er strich mir das Haar aus der Stirn. »Mein Gott«, sagte er voller Mitgefühl.

Ich richtete mich auf, und wir sahen uns an.

»Ich weiß ja, was dir dein Laden bedeutet. Andererseits …« Er lächelte ein wenig.

»Andererseits?«

»Wäre das nicht die Chance zu einem ganz neuen Leben?«

Ich runzelte die Stirn. »Ich *habe* ein neues Leben.«

»Ja, aber sieh mal! Du wirst auch älter. Du hättest dann mehr Zeit für Anja, für Leonie …«

Ich ärgerte mich. »Ist das alles, was dir dazu einfällt? Toni! Ich verliere meine Buchhandlung! Meinen Traum! Den ich mir hart erarbeitet habe.«

»Und was willst du tun?«

»Ich weiß nicht. Mit dem neuen Besitzer reden. Oder mir einen anderen Laden suchen. Ich muss ja schließlich von irgendetwas leben.«

Er schwieg und schenkte Wein nach.

»Außerdem …« Trotz schlich sich in meine Stimme. »Wer weiß, ob die Gutmanns überhaupt einen Käufer finden? Das Haus darf nur gewerblich genutzt werden.«

Er nickte. Nachdenklich. Sein Gesichtsausdruck erinnerte mich an die Wahlkampfsitzung von vorhin, in der er eine seiner pragmatischen Entscheidungen getroffen hatte. Ich bewunderte diese Seite an ihm, aber gleichzeitig war sie mir suspekt. Ich hatte ihn im Verdacht, dass er in manchen Situationen sein Innenleben genauso pragmatisch an die Gelegenheiten anpasste wie seine äußere Existenz. Genau wusste ich es nicht, deshalb schob ich diesen Gedanken stets zur Seite. Aber es gab Anzeichen. Seine geschiedene Ehe etwa. Seine Frau schien genauso flexibel und pragmatisch gewesen zu sein wie er. Denn als er beschloss, seine lukrative Stellung in einer großen Kanzlei aufzugeben, um Politiker zu werden, wartete sie zwar zuerst ab, aber schon bald stellte sich heraus, dass sie, eine erfolgreiche Lebensmittelchemikerin, keine Lust hatte, in einer Kleinstadt die Frau des Bürgermeisters zu spielen; ganz abgesehen davon, dass ein Kleinstadtbürgermeister keine großen Reichtümer anhäufen kann. Schon während des damaligen Wahlkampfs kriselte es zwischen den beiden, und ich nehme an, sie blieb nur, um fair zu erscheinen. In Wirklichkeit hoffte sie wohl, dass er die Wahl verlieren würde. Als er gewann, warf sie das Handtuch. Man einigte sich auf die Scheidung, sie ging nach Hamburg, die beiden hatten inzwischen keinen Kontakt mehr zueinander. Pragmatisch eben. Deshalb tat Toni sich auch sehr schwer, meine familiäre Situation zu begreifen. Meine Tochter war erwachsen. Mein geschiedener Mann hatte eine neue Familie, mein Vater seine Pflegekräfte. Ich hatte ihn. »Wo liegt das Problem?«, pflegte er zu sagen. Aber so einfach war das nicht. Meine Tochter brauchte mich. Für sich, für Leonie und auch für Steffen, dessen Eltern schon tot waren. Mein Vater brauchte mich, auch wenn er so tat, als sei ich nur eine Haushaltshilfe, die ihn mit dem Nötigsten versorgte. Ulrich brauchte mich auch, weil ich die Verbindung darstellte zu einer langen Spanne Zeit, die er weder aus seinem Gedächtnis noch aus seinem Herzen löschen konnte. Wir blieben eine Familie, auch wenn inzwischen jeder seiner eigenen Wege ging und eigene Ansichten hatte. Ich bin der festen Überzeugung, dass man Lebenslinien nicht nach Belieben ausradieren und vergessen kann. Dass sie miteinander verwoben und bestehen bleiben.

Dies alles ging mir durch den Kopf, als ich später neben Toni lag und seinem Atem lauschte. Er übernachtete oft bei mir, aber nicht so oft, dass ich mich eingeengt fühlte. Er selbst hatte eine große Dreizimmerwohnung in der Nähe des Rathauses gemietet, die von einer Zugehfrau in Ordnung gehalten wurde. Ich war sehr selten dort, weil Bürgermeisterwohnungen mit Argusaugen beobachtet werden und mir meine Intimsphäre heilig ist. Bei mir fühlte Toni sich wohl. Er mochte meine Möbel, meine Bilder, er hatte Hemden in meinem Schrank hängen und Zahnbürste und Rasierapparat im Badezimmer liegen. Mir kam dieses Arrangement entgegen, ihm nicht. Er hatte schon mehrmals angedeutet, wie gern er mich heiraten würde, und ich war immer mit einem Scherz ausgewichen. »Du denkst wohl an die Wahl? Ein ordentlich verheirateter Bürgermeister kriegt mehr Stimmen.« Dabei wusste ich, dass Toni sich nach geordneter Zweisamkeit sehnte. Dass er mich liebte und bewunderte wegen all der Dinge, die er in seiner ersten Ehe vermisst hatte. Ich war in der Regel fröhlich, gesellig, konnte gut zuhören und auf Menschen zugehen. Dafür nahm er gern meine Nachteile in Kauf: dass ich stur war, Niederlagen nicht akzeptierte, zu Temperamentsausbrüchen neigte, mich in Spott flüchtete, wenn mir etwas naheging – und mir mit meiner unersättlichen Leselust eine eigene Welt, eine Fluchtburg, geschaffen hatte, die niemand betreten durfte. »Mama ist nicht da, sie liest«, hatte Anja schon als Kind gesagt, wenn das Telefon klingelte und sie mit wichtiger Miene den Hörer abnahm.

11.

Die nächsten Wochen hörte ich nichts von den Gutmanns. Fast war ich versucht, ihre Ankündigung als vorübergehende Laune älterer Menschen abzutun, die sich jedes Mal, wenn sie die Zeitung aufschlagen oder Fernsehnachrichten hören, nach idyllischem Inseldasein sehnen. Also lebte und arbeitete ich wie zuvor. Bestellte weiterhin Bücher, sprach mit Kunden, überwies meine Steuernachzahlung und arbeitete im Wahlkampfteam.

Eines Abends schleppte mich Petra mit zu ihrer Fitnessgruppe, und ich stand mit meinen ausgebeulten Jogginghosen zwischen buntgekleideten Jane-Fonda-Verschnitten und versuchte, mir die kompliziert aufeinanderfolgenden Übungen zu merken, die wir im Cha-Cha-Cha-Rhythmus zu absolvieren hatten. Was mir nicht gelang. Weil ich rechts und links verwechselte. Vorwärts und rückwärts. Ständig tanzte ich aus der Reihe.

Am Ende der Stunde mussten wir uns flach auf den Boden legen, uns eine in einen psychedelischen Gemütszustand versetzende Harfenmusik anhören, die Augen schließen und gedanklich unsere Körperregionen in abenteuerliche Farbkompositionen aufteilen. Grün die Beine, rot der Unterleib, gelb der Brustbereich und lila die Kopfregion. Oder umgekehrt, ich weiß es nicht mehr. Wir sollten loslassen. An eine einsame Insel denken. An weiße Sandstrände und blaues, blaues Meer. Sofort fielen mir die Gutmanns und Mallorca ein, was nicht zu einem harmonischen Miteinander meiner Körperteile führte. Sondern dazu, dass ich hinterher mit Petra in ein Weinlokal ging, zwei Chardonnay trank und mir ein großes Käsesortiment einverleibte. Nun konnte ich loslassen. Und ganz entspannt ein drittes Glas Chardonnay trinken.

Am nächsten Morgen regnete es. Ich öffnete weit die Fenster, die Bäume meines Parks verfärbten sich bereits herbstlich gelb, und ich schluckte eine Schmerztablette, weil mein armer Kopf so schwer war, dass er noch meine lädierten Lendenwirbel zusammendrückte wie ein matschiges Flughafensandwich. An meiner weißen Bluse fehlte ein Knopf, und die Kaffeemaschine röchelte. Das rote Lämpchen fiel aus, der Kaffee auch, ich musste auf Tee umsteigen. Ich wählte eine Mischung namens »Glückstee«, ich hatte so eine Ahnung, dass ich sie an diesem Tag bitter benötigen würde.

Die Ahnung trog nicht. Denn gerade als ich mir einen passenden Knopf an die Bluse nähte und mit der Nadel fast meine Brustwarze aufspießte, klingelte es. Herr Gutmann, ganz in Rentnerbeige, stand vor der Tür und bat um Entschuldigung für die morgendliche Störung.

»Ist noch ein bisschen früh«, sagte er und starrte auf meinen dürftig bekleideten Busen, von dem eine Nadel mit weißem Faden baumelte.

Ich bat ihn herein, bot ihm eine Tasse des glücklichen

Tees an und beäugte ihn so misstrauisch wie ein Lamm den Schlachter.

»Ja. Nun ist es also so weit. Wir haben einen Käufer gefunden«, röhrte er stolz.

Es war dieser herzlose Stolz – ich hätte ihn in diesem Moment ermorden können. Insgeheim wünschte ich ihm und seiner Gattin und dieser saublöden Ballermanninsel sämtliche Nuklearsprengköpfe an den Hals, die in der Eile aufzutreiben waren. Vorwurfsvoll starrte ich ihn an.

»Als man hörte, dass Ihr Pachtvertrag ausläuft ...« Er zuckte die Achseln. Allmählich fühlte er sich doch unwohl, da ich so gar nichts sagte. »Tja ...« Er sah auf seine Armbanduhr wie ein Großindustrieller, dessen Zeit knapp war.

»Wer?«, fragte ich.

Jetzt lächelte er wieder voller Stolz. »Die Buchkette ›Hieronymus‹. Die waren begeistert. Sie wollen den Laden umbauen, bisschen vergrößern, modernisieren ...«

Man kann eine Ohrfeige kriegen oder verprügelt werden oder erschossen. Gutmann hatte sich in meinem Fall für die letzte Variante entschieden.

Wenn die übermächtige »Hieronymus«-Kette auf dem Marktplatz ihr Unwesen trieb, konnte ich mich mit einer neuen Buchhandlung niederlassen, wo ich wollte – es wäre genauso, als würde ich Zwerg Nase auf James Bond ansetzen.

»Sehr nett, Herr Gutmann, dass Sie mir die schöne Nachricht persönlich überbringen«, sagte ich ironisch.

»Ist doch selbstverständlich, Frau Bonhof. Und wenn Sie mal nach Mallorca kommen, besuchen Sie uns!«

Aber ja doch. Mit bewussten Sprengsätzen in der Badetasche.

»Danke, Herr Gutmann. Aber Mallorca liegt mir nicht so. Die Luftverschmutzung durch die vielen Charterflüge, wissen Sie?«

12.

Wäre Sport für mich ein Weg gewesen, Aggressionen und Ängste abzubauen, hätte ich mich in Joggingschuhe gestürzt oder in einem Fitnessstudio Hanteln durch die Gegend geworfen. So aber überflutete ich mit meinem inzwischen kalt gewordenen Glückstee den ohnedies kränkelnden Hibiskus und stieg um auf eine Teemischung, die Energie versprach und nimmermüden Schaffensdrang. Ich stierte auf den Immobilienteil des »Bodenfurter Anzeigers«, den ich während meines Frühstücks hatte studieren wollen, aber nun war es völlig nutzlos, die Mietstrategie weiter zu verfolgen. HIERONYMUS. Ich sah den Namen in Großbuchstaben vor mir. Einer der bekanntesten deutschen Filialisten. »Hieronymus« schluckte kleine Buchhandlungen wie die meine so genüsslich und rasch wie damals meine Katze Minka ihre Regenwürmer. Gegen »Hieronymus« stank man nicht an. »Hieronymus« war unbesiegbar.

Wirklich?

Wirklich.

In einem Hollywoodfilm hätte die unglückliche Heldin natürlich den Kampf aufgenommen, sie hätte ihn zwar verloren, aber dafür den reichen Buchkonzernerben an Land gezogen, ihn geheiratet und den gemeinsamen Kindern »Harry Potter« vorgelesen. Kein guter Weg für mich. Erstens wollte ich nicht mehr heiraten, zweitens standen meiner Gebärfähigkeit biologische Gründe im Wege, und drittens interessierte mich »Harry Potter« nicht.

Der Gegenentwurf? Nicht heiraten und nicht gebären, sondern pleitegehen und das Taschenbuch »Konkursrecht für Sozialhilfeempfänger« erwerben, falls man in der »Hieronymus«-Buchhandlung solchen Ratgebern eine Chance gab.

Böse Welt. Ungerechte Welt. Ich hasse Buchketten. Ich hasse Verlage. Ich hasse Autoren. Ich hasse Bücher. Ich hasse den Namen »Hieronymus«.

Ich rief Jakob an und sagte ihm, dass ich einen Zahnarzttermin vereinbart hätte. Zahnärzte rangierten dicht hinter Buchketten, so viel stand fest. Jakob bedauerte mich und meinte, ich solle mir keine Sorgen machen, er habe alles im Griff. Er klang vergnügt und unbeschwert, und mir fiel ein, dass ich auch ihn verlieren würde. Das machte mich so fertig, dass ich dem Hibiskus auch noch den Energietee verpasste, meine Jacke packte und die Wohnung verließ.

Manche Leute ordnen ihr Inneres bei einem Spaziergang. Bei mir funktionierte dies nur bedingt. Ich ging raschen Schritts durch den Park. Es hatte aufgehört zu regnen, aber die blühende Pracht der herbstlichen Pflanzen ärgerte mich mehr, als dass sie mich tröstete. So leuchtende Farben, so üppige Rasenflächen, als wollten sämtliche Gärtner dieses Parks mir vor Augen führen, welch ein Verbrechen es sei, nicht frohen Mutes zu sein und mit euphorischer Lebensfreude aus dieser Pracht aufzutauchen.

Einmal war ich hier dem alten Hannes begegnet, was ihn so peinlich berührte, als hätte ich ihn dabei erwischt, wie er jungen Mädchen nachschlich. Er mochte meinen Park nicht, er mochte nur seine Bahnsteige, und er hielt mir einen Vortrag darüber, wie sehr ihn diese getrimmte Heckensauberkeit zur Verzweiflung bringe. Er schwärmte von englischen, naturbelassenen Gärten, und ich fragte ihn, ob er viele davon kenne. Nein, er reise nicht sehr viel, genau genommen gar nicht, das ließen seine finanziellen Mittel nicht zu, antwortete er. Ich unterdrückte ein Lächeln, weil ich seine Ausdrucksweise so rührend fand angesichts der Tatsache, dass er im Sommer im Freien schlief und im Winter in einem Raum der Arbeiterwohlfahrt. Dann erzählte ich ihm, dass ich erst hätte lernen müssen, den Park zu lieben, nachdem mir mein eigener Garten sehr schicksalhaft abhandengekommen sei. Und so war es auch. Im ersten Jahr nach der Scheidung, an besonders dunklen Tagen, wollte ich mich nur noch verkriechen, wollte auf der Straße keine Menschenseele grüßen müssen, wollte nur noch nach Hause, bis mir einfiel, dass ich ja jetzt woanders wohnte. Eine andere Straße, eine andere Haustür, neue Gerüche, neue Geräusche. Das war jedes Mal ein Schock. Ich sprach das nicht aus, aber Hannes verstand auch so. »Außerhalb von dir kann dein Zuhause sowieso nicht sein«, zitierte er so salbungsvoll wie ein Küchenkalender, zögerte dann und fügte hinzu, dass er unter großem Durst leiden würde und sein Hausarzt meine, zu wenig Flüssigkeit sei schlecht für die Nieren.

Ich schenkte ihm fünf Euro und wünschte seinen Nieren alles Gute. Er bedankte sich und ging davon.

Ich verließ den Park, nicht ohne vorher Minkas Grab besucht zu haben, das unter einem Weißdornstrauch lag; nur wir beide wussten, dass dies ihre Grabstätte war. Minkas sterbliche Überreste lagen in einem Bücherkarton, ich hatte auch noch ihre Lieblingsspielmaus neben ihr Köpfchen gebettet und sie in eine alte Babydecke von Anja gehüllt. Die Stelle, an der sie vergraben lag, war längst wieder dicht mit Gras bewachsen.

Ich ging den ganzen Weg zum Rathaus zu Fuß. Ich musste mit Toni sprechen. Seine Sekretärin sagte mir, dass er gerade Besuch habe. Die Tür zu seinem Büro war nur angelehnt, und zu meiner Verwunderung erkannte ich Ulrichs Stimme.

»Den Erlös des Grundstücks will ›Eltec‹ in den Ausbau des Vertriebslagers stecken. Das schafft auch Arbeitsplätze«, hörte ich ihn sagen.

»Damit wird heute ja alles entschuldigt. Nein, regen Sie sich nicht auf! Der Stadtrat wird sich für eine Nutzungsänderung aussprechen ... Auch die anderen Parteien haben schon ihre Zustimmung signalisiert«, antwortete Toni. »Aber das Geschrei der Anwohner. Die Naturschützer. Na gut, das ist dann ja mein Problem, wie immer.«

Toni begleitete Ulrich ins Vorzimmer. Als sie mich sahen, lächelten beide, bemerkten, dass jeweils der andere lächelte, und schalteten fast simultan das Lächeln ab.

»Störe ich?«

»Wir waren schon fertig«, meinte Ulrich und fügte

im Hinausgehen hinzu: »Ich komm nachher noch mal bei dir vorbei.«

Ich folgte Toni in sein Büro. Er schloss die Tür.

»Bist du sicher, dass ihr geschieden seid?« Sein Spott war unüberhörbar.

Ich lachte kurz auf. »Eine Aber-wir-bleiben-doch-Freunde-Trennung.«

Er geleitete mich zu einem Stuhl und blickte mich forschend an. »Du kommst doch nicht ohne Grund.«

Ich nickte und unterdrückte den Impuls, hemmungslos zu weinen. »Die Gutmanns haben einen Käufer.«

»Wirklich?« Er wandte sich um, schenkte Mineralwasser in ein Glas und reichte es mir.

Ich nahm einen Schluck. Jetzt, da ich die Hiobsbotschaft weitergereicht hatte, fühlte ich mich besser. »Die ›Hieronymus‹-Kette. Von heute auf morgen.«

Toni setzte sich auf die Kante seines Schreibtischs.

»Da kann ich mir einen neuen Laden getrost abschminken. Gegen ›Hieronymus‹ habe ich keine Chance.«

»Aber eine Ablösung musst du doch kriegen?«

»Sicher. Doch die deckt nie und nimmer das, was ich investiert habe. Alles, was Ulrich bei der Scheidung an mich gezahlt hat. Abgesehen davon, dass ich dann arbeitslos bin.«

Toni schwieg eine Weile. Dann ging er zum Fenster, blickte hinaus und kehrte wieder zu mir zurück. Er schob einen Stuhl neben den meinen, nahm meine Hand, lächelte und sagte: »Dann entlasten wir doch die Sozialkassen ...«

Ich sah ihn verständnislos an.

»… und heiraten.«

Jubelangebot zum Jubelpreis. Ich hatte Trost erwartet. Vorschläge. Ein Machtwort des Bürgermeisters. *Nein, mein lieber »Hieronymus«. Da gibt der Stadtrat nicht seine Zustimmung. Sie ruinieren eine geliebte Mitbürgerin.*

»Damit ich versorgt bin?«, fragte ich spröde.

Toni seufzte genervt. »Damit du und ich endlich zusammenleben können.« Er wollte mich umarmen, aber ich wehrte ihn ab.

»Und ganz kampflos aufgeben? Nein!«

»Du nimmst deinen Laden wichtiger als mich.« Er stand, jetzt um Distanz bemüht, auf und setzte sich hinter seinen Schreibtisch.

»Er ist meine Existenzgrundlage.«

»Ich nicht?«

Wir sahen uns einen Moment schweigend an. Ich hatte ihn verletzt. Es versetzte mir einen schuldbewussten kleinen Stich, aber im gleichen Moment sagte ich mir, dass es von ihm nicht besonders einfühlsam war, meine Existenzängste mit einem Heiratsantrag zu beantworten. So was passte in die Zeiten von Jane Austen, als man panisch bemüht war, mittellose Töchter günstig unter die Haube zu bringen. Doch dann hielt ich mir vor, dass dieser Gedanke ungerecht war. Toni wollte sicherlich auch, dass ich die Buchhandlung behielt, aber mehr noch wollte er, dass ich ihn heiratete. Es war eine Frage der Gewichtung. Ich wollte ja Toni auch behalten, aber mehr noch wollte ich unabhängig bleiben, und das blieb ich nur, wenn ich mir meinen Lebensunterhalt selbst verdiente.

»Schon gut«, sagte Toni und gab sich jetzt sehr sachlich. Schaute auf seinen Kalender. »Denkst du an das Pressefest? Wäre schön, wenn du mitkommen würdest.«

Ein sehr höflicher Hinauswurf. Ich antwortete so förmlich wie er: »Natürlich werde ich das.«

Wir gingen zur Tür, wir nickten uns zu und lächelten angestrengt, da seine Sekretärin uns neugierig musterte.

»Schönen Tag noch!«, sagte ich zu ihr.

»Ihnen auch, Frau Bonhof.«

Ich streifte Toni mit einem Blick. Er machte ein Gesicht, als sei ein Stadtratsbeschluss anders ausgefallen als erwartet. Als müsse er jetzt, ganz kompromissbereiter Bürgermeister, überlegen, wie dieses Problem trotzdem aus der Welt zu schaffen sei.

13.

Was ich jetzt dringend benötigte, war eine Freundin. Meine Freundin. Ich schlich über den Marktplatz und beobachtete wehmütig den nichtsahnenden Jakob, der am Schaufenster der »Bücherinsel« ein Plakat befestigte: *Einladung zu Christines Lesestunde.* Ich hatte diese Veranstaltung für Kinder schon vor einem Jahr eingerichtet, und sie erfreute sich großer Beliebtheit.

Petra bediente gerade eine Kundin, als ich die Boutique betrat. Ich stellte mich ans Fenster und sah hinüber zu Jakob, der sich jetzt mit einer Frau unterhielt und den Drehständer mit den Taschenbüchern ein wenig zur Seite rückte. Er hob eine leere Dose, die am Boden lag, auf. Guter Jakob. Was er wohl sagen wird, wenn er erfuhr, dass der gefräßige Drache »Hieronymus« schon mit aufgesperrtem Rachen vor den Toren unseres Städtchens lauerte? Um das Lieblingskind der Königin zu verschlingen?

Die Kundin verabschiedete sich. Petra warf nur einen einzigen Blick auf mich, bediente sofort die Espressomaschine und hielt mir die Tasse hin.

»Siehst beschissen aus.«

Das ist das Gute an Freundinnen: Sie finden immer die richtigen Worte.

»Könntest du mich als Aushilfe beschäftigen?«

»Hab schon eine.«

»Als Änderungsschneiderin?«

»Verstehst du was von Mode?«

»Nein.«

»Kannst du nähen?«

»Nein.«

»Überzeugendes Bewerbungsgespräch. Was kannst du sonst alles nicht?«

»Ich kann Designerklamotten nicht von Kaufhausramsch unterscheiden.«

»Super.«

»Ich mag auch keine Schuhe mit hohen Absätzen.«

»Du überzeugst mich immer mehr.«

»Und beschäftigungslose Gattinnen, die nur in Boutiquen herumhängen und das Geld ihrer infarktgefährdeten Männer ausgeben, gehören in ein Umerziehungscamp für hohlköpfige Ausbeuterinnen.«

»Die Geschäftsfrau in mir jubiliert. Und jetzt erzähl mir, was du kannst!«

»Bücher sortieren. Exmänner aufbauen. Mit Bürgermeistern schlafen. Alte Väter zusammenscheißen. Töchter trösten. Babykotze vom Teppich wischen.«

»Sieh an, sieh an. Eine Allroundkraft.«

»Und die Geschichte von den zehn frierenden Engelein auswendig hersagen.«

»Bingo! Wann willst du anfangen?«

Wir schwiegen. Sie strich mir zärtlich über die Wange. »So schlimm?«

Ich nickte und erzählte ihr von Gutmanns Besuch.

Am Abend, als sich Jakob bereits zu seiner austernversessenen Freundin begeben hatte, stellte ich kleine Stühlchen in der Kinderecke auf und bereitete alles für die Lesestunde am nächsten Tag vor.

Ich hatte Kopfschmerzen und überlegte gerade, ob ich nach diesem beschissenen Tag ein Aspirin und/oder einen kleinen Schluck Cognac zu mir nehmen sollte, als Ulrich an eine Schaufensterscheibe der Buchhandlung klopfte. Er gestikulierte und strahlte übers ganze Gesicht. Wie damals, als er seine Abschlussprüfungen zum Betriebswirt bestanden hatte und wir dieses berauschende Ereignis mit sehr viel Ouzo bei unserem Lieblingsgriechen feierten.

Ich sperrte die Eingangstür auf und ließ ihn herein.

»Es ist geschafft!«, rief er so enthusiastisch wie ein Blumenhändler am Valentinstag. »Ich werde kaufmännischer Leiter.«

Nun war auch noch der Abend versaut. »Und warum veranstaltest du deine Freudentänze nicht zu Hause bei deiner Frau?«

Er sah mich verblüfft an. »Weil ich deswegen gar nicht hier bin.«

»Sondern?«

»Ich brauche deinen Rat.«

Etwas völlig Neues.

»Sabine …« Er zögerte. »Na ja. Sie will noch ein zweites Kind. Und ich weiß nicht …« Er zuckte verlegen die Achseln.

Ich hatte das Gefühl, auf der Stelle zwei Aspirin und drei Schluck Cognac verdient zu haben. »Findest du nicht, dass du mir ein bisschen viel zumutest?«

Er seufzte. Und sagte sehr leise: »Aber … wir sind doch noch Freunde? Oder nicht?«

»Ja, klar. Alles, was du dir wünschst. Eine neue Familie, eine verständnisvolle Exfrau, eine Beförderung … Wie wär's mit einem Hund? Der fehlt noch.«

Er schwieg. Mein Vorwurf ging ihm nahe, und in ihm stritten sichtlich der Wunsch nach meinem Rat und das Verständnis, ihn von mir nicht erwarten zu können.

Ich nahm mich zusammen, schließlich stand mein Ruf als Ankerplatz aller Ratsuchenden auf dem Spiel. »Ein zweites Kind also. Na ja … soll die Liebe sehr in Bedrängnis bringen. Die Leidenschaft stirbt, wenn man dreimal in der Nacht aufsteht und immer ein Baby an der Brust der Ehefrau hängt.« Die Vorstellung, dass ich Sabines zarte Brust vor mir sah, schien ihm nicht zu behagen. Daher fuhr ich genüsslich fort: »Und wenn die lieben Kleinen in die Pubertät kommen, bist du über siebzig. Gerade im schwierigen Alter … die Kinder, meine ich. Sie werden als Crackdealer enden, wenn du keinen Draht mehr zu ihnen hast.«

Jetzt ärgerte er sich. »Sie haben eine junge Mutter«, erwiderte er nicht ohne eine gewisse Häme.

Das Telefon klingelte. Ich nahm ab. Eine Nachbarin meines Vaters meldete sich, um mir unter die Nase zu reiben, dass aus der Wohnung meines Papas unangenehme Gerüche strömten und dass sie überhaupt den Eindruck habe, keiner würde sich um den alten Mann kümmern. Sie sehe sich allmählich genötigt, das Sozialamt einzuschalten.

Also drei Aspirin und vier Schlückchen Cognac. Seit

zwei Wochen war ich nicht mehr bei meinem Vater gewesen, er hatte uns verboten zu kommen, weil er einen unglaublich ansteckenden Schnupfen habe und diesen erst auskurieren wolle. Aber keine Sorge, der Pflegedienst würde ihm großartig beistehen.

»Danke, dass Sie mich angerufen haben. Ich fahre sofort vorbei.« Ich legte auf und schlüpfte in meinen Mantel. »Ich muss los.«

Ulrich blickte mich enttäuscht an. Das Zeugungsthema war noch nicht vertieft worden.

»Na, komm schon!« Ich ging voran zur Tür. »Auf dich warten zukunftsträchtige Aufgaben.«

Ich löschte die Lichter und musste beim Anblick von Ulrichs unglücklichem Gesicht lachen, obwohl ich soeben noch gedacht hatte, überhaupt nie mehr lachen zu können. »Scheinst dich nicht zu freuen, Deutschlands Kindermangel abbauen zu dürfen.«

»Könntest du vielleicht irgendwann einmal deine blöde Ironie vergessen?«

»Sie ist so enorm blutdrucksenkend. Ohne sie würde mir nämlich jetzt und hier sofort der Kragen platzen. Dann würde ich dir sagen: Scher dich zum Teufel, begatte deine Sachbearbeiterin und zieh deine Plagen groß, solange du noch dazu fähig bist, aber lass mich damit in Ruhe!«

Er starrte mich völlig verdattert an. Ich lachte wieder. Sehr, sehr böse, weil ich dies wirklich war, weil ich an diesem Tag genug hatte von der genbegünstigten Spezies namens Mann. Zuerst mein Verpächter, der mich mit stolzgeschwellter Brust kaltlächelnd in den Ruin trieb, dann Toni, der gelobt werden wollte, weil er gewillt war, mich dem Armenhaus zu entreißen, und letztendlich Ulrich. Der wollte nicht gelobt, sondern in seiner Männlichkeit bestätigt werden. Auf dass er mit geschwollenem Kamm hingehe und sich vermehre. War Abraham nicht auch schon satte hundert Jahre alt gewesen, als ihm seine junge Geliebte Isaak gebar? Also bitte! War Ulrich doch ein junger Hüpfer dagegen.

14.

Ich machte mir große Sorgen um meinen Vater. Er wurde immer gebrechlicher und konnte nur mehr mühsam auf seine Krücken gestützt einige Schritte gehen. Das trieb ihn in die Einsamkeit, und da er Hilfe von außen so entschieden ablehnte, wurde sein Zustand immer bedenklicher. Er achtete nicht mehr auf sein Äußeres, seine Wohnung wurde ihm gleichgültig, und ich konnte nichts dagegen tun. Dem Pflegedienst erzählte er, seine Tochter würde ihm beim Duschen und Haarewaschen behilflich sein, und mir flunkerte er vor, Schwestern und Pfleger würden dies verrichten. Wenn ich mit ihm schimpfte, weil sein Wäscheverbrauch von Woche zu Woche geringer wurde, hielt er dagegen, alte Menschen bewegten sich viel weniger und machten sich daher nicht mehr schmutzig. Die Tabletten des Arztes warf er weg. »Zu was Entwässerungspillen ... renn ich bloß ununterbrochen aufs Klo.« Verfärbten sich aus diesem Grund seine Beine blaurot und sammelte sich so viel Flüssigkeit an, dass man meinte, die Haut müsse jeden Moment platzen, lag es nicht an der Medikamentenverweigerung, sondern daran, dass die Ärzte heutzutage einen normalen Kassenpatienten grundsätzlich verkommen ließen. »Essen auf Rädern« war indiskutabel, nicht wegen des

Essens, sondern weil dann schon wieder wildfremde Leute klingelten und Einlass begehrten. »Bin doch keine Bahnhofshalle … Der Pflegedienst, die Suppenküche … kann ich ja gleich inserieren, dass wir hier ständig Tag der offenen Tür haben.« Mein Einwand, dass er nur in Zusammenarbeit mit ebendiesem Pflegedienst, dem Arzt, der Sozialstation und der Zugehfrau eine Chance habe, in seinen eigenen vier Wänden bleiben zu können, stieß auf taube Ohren.

Er wollte keine fremden Menschen in seiner Wohnung, und er wollte auch nicht in ein Pflegeheim. Es war ein aussichtsloser Kampf, der mich so sehr zermürbte, dass ich ständig zwischen hilfloser Wut und schlechtem Gewissen hin und her pendelte. Denn ich ahnte die Verdrossenheit und die unterdrückten Aggressionen, die mein Vater mit sich herumschleppte. Mochte sein, dass das Alter andere, Gesündere, verklärte. Ihn nicht. Ihm wurde es zur Last. Machte ihn bitter. Ließ ihn ungerecht werden. Er wusste nicht mehr, wohin mit sich. Alles um ihn herum löste sich auf. Sein Körper verkam, seine Wohnung verschlampte, seine wenigen Bekannten starben weg. Wenn ich ihm Alternativen aufzeigte, lehnte er sie von vornherein ab. Ich hatte mit dem »Marienheim« ein sehr gutes Haus ausfindig gemacht, das vorzüglich geführt wurde, das von der Cafeteria über die Bibliothek bis hin zur Kegelbahn alles bot, was alten Menschen noch Freude bereiten konnte. Aber er hörte gar nicht zu, wenn ich darüber sprach. »Ins Heim abschieben« stand so deutlich in sein Gesicht geschrieben, als würde er ein Plakat vor sich hertragen. Wenn ich die Zeitung aufschlug und all die klugen Bemerkungen diverser Politiker und anderer Nichtbetroffener las, die entrüstet dafür plädierten, gefälligst unsere fröhlichen alten Menschen fröhlich zu Hause zu pflegen, geriet ich in rotglühenden Zorn. Als mein Vater im letzten Jahr an einer schweren Lungenentzündung erkrankte und inkontinent wurde, war eine Schwester allein nicht mehr in der Lage, ihn umzubetten und mit einer Windel zu versehen, sie musste immer einen Kollegen mitbringen. Was mich am meisten an solchen Presse- und Fernsehberichten stört, ist die Selbstverständlichkeit, mit der – natürlich vorwiegend von den Frauen – verlangt wird, das eigene Leben gänzlich aufzugeben, von den finanziellen Unwägbarkeiten einmal ganz abgesehen. Wovon sollte ich leben, wenn ich meinen Beruf an den Nagel hängte? Von dem kleinen bisschen finanzieller Hilfe, die man Angehörigen im Pflegefall zugesteht? Wer würde mir bei der Pflege beistehen? Mein Vater wiegt siebzig Kilo. Bitte schön, meine Damen und Herren Politiker, auf Tränendrüsen drückende Prominente, kommen Sie! Übernehmen Sie den Job! Geben Sie Ihren Beruf auf! Wäre vielleicht sogar ein Segen für unser Land. Und tun Sie unverdrossen, was Sie so großmundig ankündigen oder anderen aufbürden wollen! Ja, natürlich, es gibt auch die Bilderbuchfälle: Väter und Mütter, die in großen Häusern oder Wohnungen bei ihren wohlhabenden Kindern leben, Kindern, die es sich leisten können, rund um die Uhr Pflegekräfte zu beschäftigen. Oder deren Eltern bis ins hohe Alter hinein rüstig und agil sind und in familiärer Geborgenheit den Lebensabend verbringen. Aber all die anderen Schicksale? Vor einigen Jahren traf ich auf dem Bahnhof eine Frau, sie saß auf einer Bank und weinte so bitterlich, dass ich befürchtete, sie würde sich im nächsten Moment vor einen einfahrenden Zug werfen. Sie erzählte mir, dass sie seit acht Jahren ihre alzheimerkranke Mutter pflege, dass sie keinen Urlaub machen könne und dass sie auf Nachbarschaftshilfe angewiesen sei, nur um einmal für einen halben Tag von zu Hause fortzukommen. Sie sei geistig, körperlich und finanziell ausgelaugt, sie habe keinen Lebensmut mehr, keine Freude, keine Hoffnung. Wenn es so weitergehe, werde sie vor ihrer Mutter sterben. Und endlich Frieden haben.

Mein Vater lag unrasiert, in zerknautschter und befleckter Kleidung auf der Küchencouch und schlief. Seine Krücken lehnten am Tisch, der Rollstuhl stand dicht daneben. Die Armlehnen waren mit verschütteter Suppe und Joghurtresten verpappt. Zahlreiche Zigarettenkippen im Aschenbecher. An den Türklinken hingen überquellende Mülltüten, und im Kühlschrank dümpelten vergammelte Essensreste vor sich hin. Die Bettwäsche im Schlafzimmer roch muffig, am Boden lagen verkrustete Socken, was bedeutete, dass Vaters Beine wieder nässten und der Arzt gerufen werden musste. Mir wurde ganz schwach, als ich es sah.

Ich ging zurück in die Küche und riss die Fenster auf. Er wachte auf und rappelte sich hoch. Schweigend begann ich, den Kühlschrank auszuräumen und die stinkenden Mülltüten und den Unrat in einen blauen Sack zu stopfen. Er räusperte sich, und ich sah ihn an, ohne etwas zu sagen. Da versuchte er so eine Art lausbubenhaftes Grinsen.

»Männer allein zu Haus«, krächzte er.

»Was soll das? Machen die Schwestern überhaupt nichts mehr?«

»Die hab ich rausgeschmissen.«

»Was?« Ich starrte ihn erschüttert an. »Wieso haben die mich nicht angerufen?«

»Hab gesagt, du bist in Urlaub.« Er zuckte trotzig die Achseln und hangelte nach einer Krücke.

»Die Nachbarin wollte schon das Sozialamt verständigen. Nein, so geht das nicht, Papa!«

»Ich geh aber nicht ins Heim.« Er fuchtelte mit der Krücke herum, als wolle er sich in einen Veteranenaufstand stürzen.

»Dann kommst du eben vorübergehend zu mir.«

»Zu dir?«, fragte er so entsetzt, als habe man ihm mit Pest und Cholera gedroht. So viel zum Thema: der sanfte Alte, der in rührender Dankbarkeit und mit feuchten Augen seine sich aufopfernde Tochter betrachtet.

Mühsam, sehr mühsam, nuschelte er: »Ich würde dir nur auf die Nerven fallen.« Und als ich schwieg, setzte er hinzu: »Weißt ja. Bin kein Familienmensch.«

»Warum hast du dir dann eine Familie zugelegt?«

Er seufzte. Was sollte er mit dieser dämlichen Frage, die er sich selbst ein Leben lang gestellt hatte?

Ich begann, die schmutzige Wäsche vom Boden aufzuheben. Oh ja, ich erinnerte mich gut. Wenn ihn der Rappel überkommen und das Fernweh umgetrieben hatte, packte er seinen Koffer. Meine Mutter stand mit verschränkten Armen und einem geringschätzigen Lächeln daneben. »Willst wieder unter die Brücken von Paris?

Fragt sich nur, wer sich um dich kümmert. Wer deine Hemden wäscht, die Hosen bügelt – wehe, die Bügelfalte stimmt nicht – und dir die Hühneraugen schneidet. Deine Clochards vielleicht?« Und dann entspann sich der immer gleiche rückwärtsorientierte Wortwechsel: »Du mit deinen Weibergeschichten.«

»Du mit deiner Eifersucht.«

»Alle anderen sind dir wichtiger als deine Familie.«

»Weil du mich aus dem Haus treibst.«

»Weil du kein nettes Wort hast für mich.«

Wenn alles gesagt war, was immer gesagt werden musste, legte mein Vater eine Platte von Charles Aznavour auf. Schwieg, stellte sich ans Fenster und lauschte mit solcher Traurigkeit und Wehmut, dass es mir ins Herz schnitt. *»Les Deux Guitares«* … Armer Papa!, dachte ich damals und wusste, dass er seinen Koffer wieder auspacken würde. Niemals dachte ich … Arme Mama! Warum nicht? Vielleicht hätte sie auch liebend gern alles hinter sich gelassen, versucht, noch einmal in ihrem Leben ihre Träume zu verwirklichen. Aber Frauen mit Familie machen dies nur in den seltensten Fällen. Meine Mutter blieb, weil sie wusste, dass wir sie brauchten. Er blieb, weil er wusste, dass er sie brauchte.

»Hab einfach zu jung geheiratet«, sagte mein Vater in meine Gedanken hinein.

»Und was soll jetzt werden?«

»Ich will nur meine Ruhe haben.«

»Und ich will nicht, dass irgendwann in der Zeitung steht: *Herzlose Tochter lässt greisen Vater in Wohnung verrotten.*«

Er fühlte sich in die Enge getrieben. »Was ist denn los?«, schrie er. »Zu wenig Bücher verkauft heute? Lass es doch bleiben, wenn's keinen Spaß mehr macht!«

Ich konnte fühlen, wie der Zorn in meinem Kopf explodierte. Schluss jetzt! Raus hier! Weg! Soll er doch in seinem eigenen Mief ersticken. Sollen doch Maden die Käsereste überfallen, Motten den Kleiderschrank erobern und der Müll sich bis unter die Decke anhäufen.

»Weißt du was?«, sagte ich. »Ich will auch einfach nur meine Ruhe haben.«

Ich zog den blauen Müllsack hinter mir her und schlug die Tür so heftig zu, dass feiner Kalk auf mich herabrieselte. Wenn jetzt noch die sozialbeflissene Nachbarin auftauchte und mich missbilligend ansah, würde ich zur satanischen Treppenhausmörderin werden.

Sie tauchte auf. »Oh, Frau Bonhof«, sagte sie überraschend mitfühlend. »Ich weiß, wie das ist. Meine Mutter ist neunzig und ruft jeden zweiten Tag die Feuerwehr an, weil sie glaubt, es brennt in der Wohnung.«

Also kein Mord. Ich nickte, lächelte erschöpft, zog meinen blauen Müllsack die Treppen hinunter. Und begann zu weinen. Weiß der Teufel, warum ich das tat. War doch ein wunderbarer Tag gewesen. Man hatte die Last der selbständigen Unternehmerin von mir genommen, mir einen Heiratsantrag mit sozialem Hintergrund gemacht, mich zur Ratgeberin in Sexualfragen ernannt und mir obendrein deutlich vor Augen geführt, dass man auch im Alter ein selbstbestimmtes Leben führen konnte.

Was er jetzt wohl tat, mein selbstbestimmter Vater? Was dachte er? Was dachte er von mir? Und wollte ich das überhaupt wissen? Nein. Denn ich würde natürlich weiterkämpfen. Würde morgen für ihn einkaufen gehen, die Wohnung putzen, die Wäsche waschen und den Arzt anrufen. Und das »Marienheim«, so viel war sicher. Ach ja ... was war eigentlich mit *meinem* selbstbestimmten Leben? Blöde Frage!, hörte ich im Geiste einige unserer reaktionären Politiker geifern. Die Bestimmung einer Frau ist die Familie.

Ja, ihr mich auch, dachte ich und zerrte den blauen Müllsack den letzten Treppenabsatz hinunter.

15.

Ich habe eine Obsession. Jeden Tag beim Frühstück lese ich in meiner Tageszeitung die Rubrik: »Worauf ich mich heute freue.« Ein voyeuristisches Interesse am Leben anderer Leute. Sie freuen sich auf einen Abend im Kino, auf einen Stadtbummel, ein Wiedersehen mit Freunden, den Besuch von Onkel Hugo aus Castrop-Rauxel. Das kleine Glück des kleinen Lebens. Als ich mir an dem Morgen nach meinem Schreckenstag ein Brötchen dick mit Leberwurst bestrich – diese Kalorienbombe gönne ich mir gewöhnlich bei schweren Fällen von Alltagsdepression –, beschloss ich, mir die Taktik des Sich-auf-etwas-Freuens schleunigst anzueignen.

Nun gut. Auf was freute ich mich heute? Auf meine Kunden? Auf den Buchhaltungskram, der dringend zum Steuerberater musste? Auf den Einkauf im Supermarkt, in dem ich zweiundsechzig Posten auf meinem Zettel abarbeiten durfte, da ich nicht nur für mich, sondern auch für einen zornigen, selbstbestimmten Alten einkaufte? Auf die abendliche Putzorgie bei ihm? Und, dadurch bedingt, auf Tonis Gesicht, wenn ich ihm sagte, dass es nichts würde mit unserem ruhigen Essen bei mir zu Hause? Tja ... Projekt schon beim ersten Versuch gescheitert. Vielleicht sollte man für Leute wie mich eine neue Rubrik einrichten: »Worauf ich heute überhaupt keinen Bock habe.«

Den Supermarkt erledigte ich zuerst. Ich packte alle zweiundsechzig Posten in meinen Wagen, stockte auf dreiundsechzig auf, weil ich der Meinung war, dass mir bei meinem Adrenalinhöchststand eine vitaminspendende und daher beruhigende Großpackung Roter Grütze guttun würde, und reihte mich, nervös auf die Uhr blickend, in die lange Schlange vor der Kasse ein. Nichts ging vorwärts. Die Kassiererin vertippte sich und musste über Lautsprecher ihre Chefin zu Hilfe rufen, weil sie nicht befugt war, Stornos einzugeben. Eine alte Frau wollte ihr Kleingeld loswerden und brauchte eine Ewigkeit, um alle Cents aus ihrer Geldbörse zu kramen, deren sie habhaft werden konnte. Ein Mann mit einem Kreuz wie Arnold Schwarzenegger zahlte mit einer Kreditkarte, deren Magnetstreifen anscheinend defekt war, und hatte nicht genügend Geld dabei, um bar zu bezahlen. Also sortierte er nach reiflicher Überlegung so Unnützes wie Babykost, Gemüse und Joghurt aus und behielt das Sixpack Bier, die Auto-Sport-Zeitung und die Tiefkühlpizza. Als ich an die Reihe kam, war meine Tiefkühlpizza geschmolzen und mein Adrenalinspiegel auf Rekordhöhe. Ich bezahlte ebenfalls mit Karte. Auch sie wurde entrüstet abgewiesen. Auf meine harmlose Frage, ob die Aversion gegen Scheckkarten vielleicht am Kassenautomaten liegen könne, hob die Kassiererin die Schultern. Wenn ich nicht bar bezahlen könne, müsse sie mich bitten, meine Einkäufe an einer anderen Kasse zu tätigen.

Ich starrte sie an. »Sie meinen, ich soll alles wieder vom Laufband nehmen, in den Wagen packen und an einer anderen Schlange anstehen?«

Sie zuckte wieder die Achseln.

»Das mache ich nicht«, sagte ich so störrisch wie mein Vater beim Anblick von Wasser und Seife.

Die Leute hinter mir begannen zu murren. Ich wandte mich um. »Es ist nicht meine Schuld.«

Die Chefin wurde gerufen. Auch sie konnte nicht ausschließen, dass der Automat in Bezug auf Kartenzahlungen so seine Mucken hatte. Sie bat alle in der Schlange stehenden Kunden, die mit Karte bezahlen wollten, sich anderswo ein warmes Plätzchen zu suchen. Ein Tumult brach los. Die Kassiererin verkroch sich hinter ihrer Kasse. Meine Tiefkühlpizza war inzwischen zur Mehlpampe mit Salamistreifen verkommen.

Die Chefin, ratlos und daher zum Äußersten entschlossen, ging zum Gegenangriff über. Sie maß mich mit einem vorwurfsvollen Blick. »Wieso kaufen Sie so viel ein, wenn Sie nicht bezahlen können?«

»Ich kann bezahlen.«

»Mit Karte.«

»Richtig.«

»Die kaputt ist.«

»Sie ist nicht kaputt. Ich habe gerade noch in der Apotheke damit bezahlt.«

»Sie bezahlen Ihre Kopfwehtabletten mit Karte?« Ein geringschätziges Lachen.

Ein alter Mann mischte sich ein. »Das ist eine Seuche. Alles auf Pump kaufen.«

Die Chefin nickte zustimmend.

Ich hielt die Luft an. Bis drei zählen, wenn man zornig ist, hatte meine Mutter immer gesagt. Also zählte ich bis drei und knallte mit zuckersüßem Lächeln die halb aufgetaute Pizza auf den nicht mehr tiefgekühlten Spinat und den Riegel mit matschiger Kräuterbutter. »Wissen Sie was? Behalten Sie Ihren ganzen Krempel.«

Ich steckte meine Scheckkarte ein und ging davon. Mein Adrenalinspiegel kletterte in Koexistenz mit meinem Blutdruck auf einen Wert, der jeden Notarzt hätte aufhorchen lassen. Trotzdem kicherte ich. Jetzt konnten sie sechzig Posten wieder einsortieren. Und die Posten einundsechzig bis dreiundsechzig mit dem Löffel essen.

Und ich konnte mir einen anderen Supermarkt suchen. Na, prima!

Die Lesestunde am Nachmittag baute mich wieder auf. Kindern vorzulesen bedeutet reines Glück. Die Spannung, die Begeisterung in den Gesichtern, das fröhliche Lachen, die erschrockenen Augen, die Stille, wenn es besonders spannend wird. Ich fühlte mich in die Zeit versetzt, da ich Anja jeden Abend mit ihren Lieblingsgeschichten beglückte, sie in meinen Arm gekuschelt, ich mit einer Decke um die Füße, ihre Puppen und Plüschtiere um uns versammelt. Das Kinderzimmer mit den bunten selbstgemalten Bildern an den Wänden. Der zarte, aprikosenfarbene Vorhang, den ich als Sonderangebot erstanden hatte.

Ulrich im Nebenzimmer an seinem Schreibtisch über einem Finanzierungsplan der Bank grübelnd, da wir uns entschlossen hatten, ein Haus zu kaufen. Eine glückliche Zeit. Wir dachten, nichts könne uns geschehen. Wir waren unbesiegbar.

Die Kinder klatschten, sprangen auf und redeten durcheinander. Eine Mutter sprach mich an. »Finde ich wunderbar, Frau Bonhof, dass Sie diese Lesestunden eingerichtet haben.«

Ich nickte und zwang mich zu einem Lächeln. Ich brachte es nicht übers Herz zu erklären, dass es diese Stunden schon bald nicht mehr geben würde. Weil der böse Wolf die Großmutter fraß und das Rotkäppchen namens »Bücherinsel« gleich mit, und kein Jäger weit und breit, der dem Wolf den Garaus machte.

»Gibt es schon einen neuen Termin? Meine Kinder können's gar nicht erwarten.« Und als ich immer noch schwieg, setzte sie hinzu: »Hoffentlich schon bald.«

Ich blickte in das erwartungsvolle Gesicht dieser Frau, sah hinüber zu den Kindern, die sich jetzt vor den Regalen tummelten, und dachte: Es muss einen Ausweg geben! Verdammt noch mal, Christine, denk nach! Und zwar schleunigst!

16.

Eine Woche später stand ich klopfenden Herzens vor dem großen Glaspalast der »Hieronymus Buch- und Medien-GmbH«. Ich trug ein von Petra empfohlenes blaues Leinenkostüm, das nach einer Stunde Autofahrt an Stoff verloren hatte und um circa fünfzig Zentimeter kürzer geworden war. Aber Petra meinte, Leinen sehe auch mit krumpeligen Falten edel aus, und wer widerspricht schon einer Frau, die mit Mode ihr Geld verdient? Mein Haar leuchtete kastanienrot – eine Trendfarbe, wie mir mein Friseur versichert hatte. Außerdem hatte ich mich voller Todesverachtung in hochhackige Schuhe gezwängt und war zu der Erkenntnis gelangt, dass bestimmte mittelalterliche Foltermethoden mitnichten ausgestorben waren. Ich gehöre der seltsamen Spezies von Frau an, für die Schuhe nicht besser als Sex sind und die nur unter Androhung hoher Strafen in diese spitz zulaufenden Marterwerkzeuge schlüpft, bei denen jeder Orthopäde wie ein gereizter Kojote aufheult und mit Rezepten gegen Spreizfuß und Venenleiden um sich wirft. Eine Zeitlang war es leichter, auf den Mount Everest zu klettern, als elegante flache Schuhe zu ergattern, aber mittlerweile scheinen sie sich zugunsten modischer Ignoranten wie mich ein Nischendasein erobert zu haben, vielleicht eine listige Verbrüderung der Orthopäden mit der Schuhindustrie, die mich, Gott sei Dank, zum glücklichen Menschen macht. Nur – ich sollte laut Petra nicht glücklich sein, sondern schön. Also trippelte ich forsch in die Lobby des beeindruckenden Palastes, blickte aus erhabener Höhe auf die Empfangsdame herab und tat ihr kund, dass Herr Hieronymus mich erwarte. Diese telefonierte so vornehm-geringschätzig, als melde sie einen kleinen Dorfpfarrer beim Papst an, und ließ mich wissen, dass der Lift mich zum zwölften Stockwerk bringen werde und mich dort eine Sekretärin erwarte.

Leider befand sich im Lift ein Spiegel. Ich nehme an, diese Spiegel werden nur deshalb angebracht, um einem auf der Stelle das bisschen Selbstbewusstsein zu rauben, das man mit Hilfe von Leinenkostümen und Mörderschuhen mühsam aufgebaut hat. Und warum? Richtig: um anstehende Verhandlungen zu beeinflussen. Wenn einem bei grellem Neonlicht bereits zwischen drittem und viertem Stock klarwird, dass man um zehn Jahre älter aussieht als erhofft, man immer wieder die Ziehharmonika namens Leinenrock Richtung Knie zerrt und die Knöchel mangels Blutzufuhr so beängstigend anschwellen, dass das Schlimmste zu befürchten steht, wagt man als Bittstellerin kaum, unangemessene Forderungen zu erheben.

Die Sekretärin in knitterfreiem Leinen (wo hatte sie das her?) führte mich in ein äußerst geschmackvoll möbliertes Büro, das in keiner Weise zum marmorverkleideten Glaspalast passte. Als hätte dessen Inhaber beschlossen, vor seiner Zimmertür mit den Albernheiten von spiegelndem Glas und futuristischen Farbkompositionen haltzumachen, die fatal an knallbunte Badesalze erinnerten.

Und siehe da – Paul Hieronymus saß auch nicht auf einem Thron, sondern hinter einem beunruhigend normalen Schreibtisch, während ein junger Mann mit devotem Gesichtsausdruck und hungrigem Blick Marke: Ich-will-nach-oben dicht neben ihm stand. Hieronymus sagte gerade: »So ist es halt … Nachdem wir jetzt den Einheitsbrei der Frauenliteratur hinter uns haben, müssen wir uns auf Thriller und Fantasy einstellen.« Dann bemerkte er mich, stutzte, warf seiner Sekretärin einen fragenden Blick zu und erhob sich.

Die knitterfreie Dame strahlte ihn an. »Frau Bonhof. Für Sie.«

Er schien sich nur sehr vage an meinen Namen zu erinnern.

»Ah, ja«, sagte er und reichte mir die Hand.

»Schön, dass Sie Zeit für mich haben.«

»Mein Assistent, Herr Hämmerlein«, stellte er vor.

Es war spaßig zu sehen, wie dieser Hämmerlein mit sehr viel jugendlichem Optimismus einen teuren Anzug nebst Seidenkrawatte trug und dabei aussah, als würde ein kleiner Junge Boss spielen, während sein Chef, sehr schlank, mit schmalem Gesicht und Dreitagebart, eher die legere Note bevorzugte und dadurch jünger wirkte, als er war. Ich hatte im Internet die Homepage der »Hieronymus Buch- und Medien-GmbH« erforscht und erfahren, dass Paul Hieronymus Anfang sechzig war und sich vom kleinen Filialisten bis zum Eigentümer einer der größten Buchhandelsketten im Lande entwickelt hatte.

Die Verantwortung teilte er sich mit einem Freund, der als gelernter Volkswirtschaftler eher für die nüchternen Zahlen zuständig war, während Hieronymus entschied, welche Filialen man errichtete und wie diese Filialen auszusehen hatten. Da der Umsatz im klassischen Buchhandel seit Jahren stagnierte, wollten immer mehr Eigentümer ihre Buchhandlungen verkaufen, und Hieronymus kaufte gern. Auch mich. Leider.

Artig reichte ich auch dem Assistenten die Hand. Einen Moment herrschte Schweigen, und ich hatte den Eindruck, dass Hieronymus nicht so recht wusste, was er mit mir anstellen sollte. Was wollte diese Frau in ihrem blauen, zu kurz geratenen Kostümchen? Wo, um Himmels willen, kam sie her?

Attacke also. »Sie können sich wahrscheinlich vorstellen, dass ich nicht sehr erfreut bin, meine Buchhandlung in Bodenfurt aufgeben zu müssen.«

Aha. Jetzt war der Groschen gefallen. Er lächelte. »Dieser Herr … hm … wie war doch gleich der Name?«

»Gutmann?«

»Ja. Er hatte angedeutet, dass Sie sowieso vorhaben, sich zu verändern …« Er räusperte sich. »Oder kürzerzutreten.«

Wenn das eine Anspielung auf mein Alter war, sollte er tunlichst öfter Lift fahren und in die hauseigenen Spiegel blicken.

»Pardon. *Ich* habe nicht vor, in ein südliches Seniorengetto zu flüchten«, erwiderte ich reserviert.

Er wurde ein kleines bisschen verlegen. »Ja … natürlich. Das wäre auch … verfehlt.«

»Aber ich bin Realistin. Und als solche ist mir klar, dass Sie in Bodenfurt eine tüchtige Filialleiterin brauchen.«

Das Erste, was mir auffiel, war, dass der kleine Möchte-nach-oben-Hämmerlein seinem Chef einen nervösen Blick zuwarf. Das Zweite, dass Hieronymus belustigt schien. Er deutete auf eine schwarze Ledergarnitur.

»Bitte. Wollen wir uns nicht setzen?«

Wir setzten uns.

»Darf ich Ihnen etwas zu trinken anbieten? Kaffee? Wasser?«

»Nein danke.«

»Verstehen Sie mich nicht falsch. Aber ich dachte eher an eine Kraft aus dem eigenen Haus.«

»Naheliegend, ja. Aber ich kenne die Mentalität der Leute, die in Bodenfurt leben. Und ich habe große Erfahrung.«

Hämmerlein mischte sich ein. Äußerst herablassend. »Wir arbeiten in kleineren Filialen vorwiegend im jungen Team.«

»Weil Sie denken, kleinere Filialen brauchen keine erfahrenen Leute? Da muss ich Sie berichtigen: Eher das Gegenteil ist der Fall.«

Paul Hieronymus hörte unseren Schlagabtausch mit amüsiertem Lächeln. »Ganz sicher sind kleine Buchhändler erfahrene und tüchtige Kollegen. Aber wenn es um Konzepte für die Zukunft geht ...« Er zuckte die Achseln.

Konzepte! Was dachte er eigentlich, was wir »Kleinen« taten? Das Bodenfurter Ortsblättchen lesen und uns auf den nächsten Feuerwehrball vorbereiten? In mir kochte es. Andererseits – woher so schnell ein ausgearbeitetes Konzept nehmen? Warum hatte ich nicht daran gedacht? Hatte ich tatsächlich angenommen, ich brauchte nur in meinem Ziehharmonikaröckchen hereinschneien, meine geschwollenen Knöchel übereinanderschlagen und schon hätte ich den Job? Los, Christine, denk nach! Attacke!

»So ein Konzept liegt bereits auf meinem Tisch«, behauptete ich kühn.

Er glaubte mir nicht, ich sah es ihm an. Er stand auf, ging zu seinem Schreibtisch, bediente sein Notebook, überlegte, nickte und sagte: »Gut … dann stellen Sie mir dieses Konzept doch vor! Übermorgen. Elf Uhr?« Er tippte das Datum ein.

Meine Gedanken überschlugen sich. Ich musste endlich die Buchhaltungsbelege in Ordnung bringen, für Papa einkaufen gehen, heute Nachmittag Leonie von der Kinderkrippe abholen, da Anja länger arbeitete und Steffen sich bei irgendeinem Kunden in Frankfurt herumtrieb. Außerdem hatte ich mit dem »Marienheim« einen Besichtigungstermin für ein frei gewordenes Zimmer vereinbart. Mein Kühlschrank erfreute sich gähnender Leere, Toni wollte mit mir noch mal die Wahlkampfstrategie durchsprechen – und Bücher verkaufen sollte ich so ganz nebenbei ja auch noch.

»Aber gern«, erwiderte ich. Ich stand auf und reichte ihm die Hand. Den kleinen Schleimer Hämmerlein übersah ich.

»Dann bis übermorgen. Auf Wiedersehen!«

Unter Aufbietung meiner letzten Kräfte verhinderte

ich, beim Hinausgehen aus meinen blöden Pumps zu kippen, und hörte, als ich das Sekretariat durchquerte, den Möchte-nach-oben-Typ zu Hieronymus sagen: »Altersexil wäre aber gar nicht so abwegig.«

So viel zur Wirkung der Antidiskriminierungsgesetze. Ich humpelte zum Lift, stieg ein, starrte, sämtliche Spiegel missachtend, stur geradeaus und dachte an jene Hollywoodfilme, in denen toughe Frauen in ein Chefbüro schritten und nur aufgrund ihres erotischen Auftretens und ihres intelligenten Liebreizes den Job bekamen und den Chef gleich dazu. Jetzt warf ich doch einen Blick in den Spiegel. Na gut, ich wollte den Chef ja gar nicht. Nur meine kleine Bodenfurter Bücherinsel.

Altersexil! Hatte der kleine Schleimer tatsächlich »Altersexil« gesagt?

17.

Ich hatte nicht einmal zwei Tage Zeit. Völlig erschöpft holte ich Leonie von der Kinderkrippe ab und nahm sie mit in die Buchhandlung. Nicht ohne ihr vorher alles gekauft zu haben, was man von einer liebevollen Oma erwarten durfte und was Mama in der Regel verbot. Bunte Smarties, lange Gummischlangen, kleine Schokoriegel und das Armband aus rosa und türkisfarbenen Bonbons, die man sich einfach vom Arm biss wie ein fehlgeleiteter Kannibale. Anja und ich hatten eine Vereinbarung: Ich durfte Leonie kulinarisch nach Strich und Faden verwöhnen. Wir beide sind der Ansicht, dass es ein Recht der Großeltern und der Kinder ist, miteinander über die Stränge zu schlagen.

Jakob freute sich, als Leonie strahlend auf ihn zulief. Er schwenkte sie durch die Luft, fügte meiner zahn- und gesundheitsgefährdenden Offensive noch eine Tüte Gummibärchen hinzu und verschwendete so viel Charme an mein Enkelkind, dass ich misstrauisch wurde.

»Was ist los mit dir? Du kommst mir so hektisch vor.«

»Hektisch? Ich? Nein, gar nicht.« Er kitzelte Leonie, sie kreischte vergnügt auf, so dass einige Kunden sich erstaunt umdrehten.

Jakob stöhnte, als er meinen forschenden Blick bemerkte. Machte ein Gesicht wie ein demolierter Kleinwagen, ganz eingezogene Schnauze und kaputte Scheinwerfer.

»Also?«

Er versorgte Leonie mit einem Malbuch und Buntstiften.

»Bin wieder solo«, sagte er und malte dem Pinguin einen roten Bauch.

»Nicht rot!«, schrie Leonie zornig.

Jakob übermalte die Hälfte des Bauches schwarz.

»Grün!«, schrie Leonie. »Mein Pingunin ist grün.«

»Pinguin«, verbesserte ich automatisch und fragte in Richtung Jakob: »Warum?«

»Weil ich anscheinend nicht nur farbenblind bin, sondern blind auf der ganzen Linie.«

»Könnte es sein, dass du zu sehr auf Äußerlichkeiten achtest?«

»Sie meinen: Blondes Haar, schöne Titten …«

»Was sind Titten, Omi?«

»Brüste.«

»Solche?« Sie bohrte ihren Zeigefinger in meine rechte Brust.

»Ja, meine Süße.«

»Mama hat auch Titten.«

»Man sagt nicht Titten.«

»Aber Jakob …«

»Er hat sich versprochen.«

»Man sagt nicht ›Titten‹«, sagte Leonie streng zu Jakob und widmete sich wieder ihrem grünen Pinguin.

Während Jakob Kunden bediente, ordnete ich meine Steuerunterlagen und rief das »Marienheim« an, um den Besichtigungstermin für das frei gewordene Zimmer auf die nächste Woche zu verschieben. Auf dem Begriff »frei gewordenes Zimmer« biss ich schon seit ein paar Tagen herum. »Frei geworden« bedeutete, dass der oder die Bewohner(in) gestorben war und die nächsten Kandidaten in ihren Rollstühlen oder auf ihren Krücken darauf lauerten, das Zimmer beziehen zu können. Ein ständiger Wechsel vom Leben zum Tod. Das letzte Zimmer, in dem man hauste.

»Tut mir leid, Frau Bonhof«, sagte die Heimleiterin. »Aber wir brauchen Ihre Zu- oder Absage sofort. Die Warteliste ist lang, wissen Sie.«

Ob ich später kommen könne?

Nein, dann sei sie nicht mehr im Haus.

Seufzend legte ich auf und bat Jakob, sich bis Ladenschluss um alles zu kümmern, damit ich mit Leonie zum »Marienheim« fahren konnte. Die Buchhaltungsbelege sollte Jakob auf seinem Nachhauseweg beim Steuerberater abgeben.

»Was würde ich nur ohne dich tun?«, fragte ich. »Ich fühle mich heute so uralt und schlapp, dass ich eigentlich nur noch ins Bett will.«

Er lachte. »Mich werden Sie so schnell nicht los. Was ich hier alles lerne: Lebenswahrheiten, Kinderbetreuung und den tiefen Einblick in einen Kommunalwahlkampf.«

Er spielte damit auf die etlichen Kartons mit Flyern an, die sich in meinem Büro stapelten und die ich noch an die Wahlhelfer verteilen musste, damit die Werbebroschüren, verziert mit Tonis lächelndem Konterfei, während der nächsten Wochen in die diversen Briefkästen der Bodenfurter Bürger gelangten.

Sofort meldete sich mein ständiger Begleiter, das schlechte Gewissen. Durfte ich Jakob weiterhin verschweigen, dass es die »Bücherinsel« nicht mehr lange geben würde? Aber ich hoffte ja darauf, Paul Hieronymus von meinen phänomenalen Fähigkeiten als Filialleiterin überzeugen zu können und auch davon, Jakob an meiner Seite behalten zu dürfen.

»Willst du nicht doch mein Angebot annehmen und mich allmählich duzen? Ich komme mir so verstaubt vor mit dieser seltsamen Du-und-Sie-Regelung.« Was für ein bizarrer Versuch, vom Wesentlichen abzulenken!

Er wurde rot. »Ja, gern. Irgendwie gehöre ich ja bereits zur Familie, nicht? Nachdem sogar Leonie schon versucht, mich zu erziehen und das Wort ›Titten‹ aus meinem Wortschatz zu verbannen ...«

Leonie sah von ihrem Malheft auf. »Du hast schon wieder ›Titten‹ gesagt.« Sie lächelte mich an. »Omi? Haben Pingunine auch Titten?«

Das Zimmer, das mir die Heimleiterin, eine mollige Frau Mitte vierzig namens Elli Burkhart, zeigte, war verhältnismäßig groß und bis auf zwei Einbauschränke und das Krankenbett unmöbliert. Es besaß ein geräumiges, altengerechtes Badezimmer und hatte einen herrlichen Blick auf den Park.

»Ihr Vater kann selbst bestimmen, welche Möbel und Bilder er mitbringen will. Auch gewisse Haustiere sind erlaubt: Vögel, Fische, Katzen.« Sie holte etliche Unterlagen aus ihrem Schreibtisch. »Schildern Sie doch den Zustand Ihres Vaters!«

Meinte sie die körperliche Verfassung? Das war einfach. Ein alter Mann, Mitte achtzig, der die meiste Zeit im Rollstuhl verbrachte, sich nur noch mühsam auf Krücken bewegen konnte, der wegen seiner Durchblutungsstörungen zu offenen Beinen neigte – er hatte ein Leben lang geraucht – und dessen Herzkranzgefäße ziemlich hinüber waren. Der sich nicht mehr gern mit Körperpflege aufhielt und am liebsten im Bademantel herumsaß. Der aber völlig klar im Kopf war und bevorzugt prähistorischen Jugendzeiten nachhing. Sollte ich ihr erzählen, dass er den Heimaufenthalt ablehnte? Dass er bestimmt keinen Gefallen fand an den langen Fluren, den spiegelnden Fußböden und den Grünpflanzen? Er hatte schon Mamas Topfpflanzen genüsslich verdursten lassen, wenn diese für ein paar Tage abwesend war. Auf meine Erklärung, das alles hier sei wunderbar hygienisch, würde er sicherlich antworten, er pfeife auf Hygiene, allzu viel Hygiene sei ungesund. Denn er hatte sich eingerichtet in seinem zerschlissenen Bademäntelchen, zwischen den alten Möbeln, den in jeder Ecke deponierten Zeitungsstapeln, den Joghurtbechern im Backrohr und dem abgenutzten Polsterhocker, auf den er seine Füße legte, wenn er fernsah.

Das war sein Zuhause. Dazu gehörten auch die muffige Luft, die verblichenen Tapeten, die Nippes, die noch von Mama stammten, die Spitzendeckchen und der gehäkelte Sofaüberwurf.

Also schilderte ich vorsichtshalber nur die körperlichen Gebrechen. Elli Burkhart trug sie sorgfältig in ein Formular ein. Dann erklärte sie, Besuchszeiten gebe es nicht, ich könne meinen Vater besuchen, wann immer und wie oft ich wolle. Wie oft *er* es will, verbesserte ich in

Gedanken. Denn auch in diesem Punkt unterschied sich mein Vater wesentlich von anderen alten Menschen. Im Grunde wollte er nur gut versorgt werden. Mit Stapeln von Schokoladentafeln, mit seinen Keksen – sie mussten weich sein, durften keine Nüsse enthalten und nicht bröseln – und mit seinen Zigaretten. Meine Besuche liefen stets nach einem deprimierenden Schema ab: Wenn ich mich, nachdem ich das Eingekaufte verstaut, die Wohnung geputzt und gelüftet hatte, schuldbewusst zu ihm setzte, weil ich das Gefühl hatte, er vereinsame sonst, schaute er nach einer Viertelstunde demonstrativ zur Uhr und meinte, er wolle mich nicht aufhalten, ich hätte sicher noch eine Menge zu tun. Sein Hausarzt befürchtete, er könne in eine Altersdepression abrutschen, aber mein Verdacht ging in eine andere Richtung.

Mein Vater lebte nur auf, wenn er es mit Menschen zu tun hatte, die ihn nicht so genau kannten wie die eigenen Familienangehörigen. Dann schwang er sich zu geistreichen Höhenflügen auf und nahm mit Befriedigung zur Kenntnis, dass ihn die Leute gescheit und humorvoll nannten. Diese ganze Beredsamkeit, den Charme an uns verschwenden? Das schien ihm nicht sehr verlockend.

»Du bist wie ein Clown«, hatte meine Mutter früher immer zu ihm gesagt. »Hebst dir alles für die Abendvorstellung auf.«

Leonie kletterte auf das Krankenbett und hopste darauf herum.

»Wer schläft da drin?«

»Dein Uropa.«

»Warum?«

»Weil er hierher umzieht.«

»Warum?«

»Weil er schon sehr alt ist.«

»Jaaa. Und schlapp«, sagte Leonie, die sich sofort an meinen Dialog mit Jakob erinnerte.

Ich verbiss mir ein Lachen und wandte mich an Elli Burkhart: »Wirklich ein sehr schönes Zimmer. Ich bin ja sehr dankbar, dass es so schnell geklappt hat.«

»Na ja …« Sie lächelte vielsagend. »Wenn der Bürgermeister sich persönlich bemüht …«

Ich sah sie überrascht an.

»Wir haben uns zufällig getroffen, als der neue Ostflügel eingeweiht wurde. Herr Hoffmann schilderte Ihre Notlage so anschaulich, dass mir gar nichts anderes übrigblieb. Toller Mann. Hab ihn das letzte Mal auch gewählt.«

Der gute Toni. Er war zu mir viel netter als ich zu ihm. Hilfsbereit, offen … ehrlich. Während ich ihm sogar meinen Besuch im Glaspalast verschwiegen hatte. Warum eigentlich?

»Ihr Vater hat sicherlich eine Pflegestufe?«

»Der Gutachter war da, aber sogar die Pflegestufe eins wurde abgelehnt.«

»Oh, das ist ein Problem. Ohne Pflegestufe kein Heimplatz.«

»Es fehlte eine Viertelstunde in den Berechnungszeiten.«

»Aber so, wie Sie mir den Zustand Ihres Vaters geschildert haben …« Sie schüttelte zweifelnd den Kopf.

»Er hat Theater gespielt, als der Arzt da war.«

Ich erzählte ihr von jenem katastrophalen Sommertag. Seit Wochen lastete die Hitze auf uns, die Menschen waren gereizt und sehnten sich nach einem erfrischenden Gewitter. Ich hatte Papa genau instruiert, ihm erklärt, dass er den Arzt, der als Gutachter fungiere, nicht beeindrucken müsse, sondern dass es wichtig sei, bei der Wahrheit zu bleiben. Es gehe um Geld, das wir bei seiner kleinen Rente dringend für den Pflegedienst benötigen würden. Er nickte und meinte ungeduldig, seine Beine seien kaputt, sein Kopf nicht. Ich solle nicht so ein Aufhebens machen um eine Sache, die jedem Kind sonnenklar sei. Er wisse, was eine Pflegestufe sei, und dass die pferdeärschigen Schwestern nicht aus purer Nächstenliebe zu ihm kämen, sondern kräftig absahnen würden, sei ihm auch bewusst.

Ja. Das sagte er. Aber der Arzt hatte etwas sehr Arrogantes an sich. Und sah so gesund aus, so ganz im Leben stehend, dass sich mein Vater neben ihm bestimmt vorkam wie ein Häufchen verrotteter Knochen. Also musste er zeigen, was er draufhatte. Er bestritt, dass die Schwestern ihn duschten und anzogen, er behauptete, sich das Mittagessen noch selbst warm zu machen, er hievte sich sogar aus seinem Rollstuhl, taperte mit seinen Krücken zum Tisch und goss sich ein Glas Mineralwasser ein. Und als sei dies alles noch nicht genug, griff er nach einer Gießkanne, humpelte mit nur einer Krücke zum Fensterbrett – was musste er für Schmerzen dabei verspürt haben – und wässerte ein mickriges Usambaraveilchen. Es dürfte das erste Mal in seinem Leben gewesen sein, dass er eine Blume befeuchtete. Er trieb damit meinen Blutdruck so hoch, dass ich meinte, mein Schädel würde bersten.

Der Arzt schwieg, machte sich Notizen, und als ich ihn hinausbegleitete und zu erklären versuchte, dass mein Vater viel hilfsbedürftiger war, als es den Anschein hatte, maß er mich mit einem Blick, als hätte er eine Sozialhilfeempfängerin vor sich, die ihre Millionen auf einem Liechtensteiner Nummernkonto versteckte und den Staat unverschämterweise nun auch auf dem Gesundheitssektor linken wollte. Vierzehn Tage später erhielten wir den Ablehnungsbescheid. Die berechneten Zeiten, die das Pflegepersonal aufwenden müsse, um meinen Vater zu betreuen, würden unter der vorgeschriebenen Norm liegen. Ich war so wütend auf Papa, dass ich ihm den Bescheid auf den Tisch knallte und mich weigerte, ihm die Flasche Bier aus dem Kühlschrank zu holen, nach der er verlangte.

»Wieso? Kannst du doch alles selbst«, schrie ich.

Er kauerte schuldbewusst wie ein verkrüppeltes Kind in seinem Rollstuhl, und mich überfiel tiefe Reue. Was war ich doch für eine herzlose Person! Natürlich war es ihm peinlich, vor diesem fremden, aufgeblasenen Oberhirten der Pflegebedürftigen zugeben zu müssen dass er die einfachsten Dinge nicht mehr bewerkstelligen konnte. Dieser Verlust von Würde. Die traurige Erkenntnis, dass die Gegenwart nichts mehr bereithielt, das einem Hoffnung auf die Zukunft machte. Auf was sollte er sich noch freuen? Gutes Essen, interessante Lektüre, Freunde, Familienfeiern? Essen diente nur zum Überleben, Bücher las er nicht, nur Zeitungen, über deren Inhalt er sich aber mehr und mehr aufregte, von Menschen hielt er sich fern, und Familienfeiern waren ihm von jeher ein Greuel gewesen.

Ich brachte ihm sein Bier, ich trank sogar ein Glas mit ihm, obwohl ich mir nichts aus Bier machte.

Elli Burkhart lachte. »Immer die gleiche Geschichte. Aber Kopf hoch! Wir beantragen neu und bestellen den fürs Heim zuständigen Gutachter hierher ... ist übrigens eine Frau und sehr verständnisvoll. Dann sind wir bei der Besprechung dabei und geben die nötigen Auskünfte. Ach ja ... die Formulare zur Heimunterbringung habe ich noch hier.« Sie reichte mir eine Mappe. »Ich habe angekreuzt, wo Ihr Vater unterschreiben muss.«

Eine neue Barriere tat sich auf. Ich sah Papa vor mir, wie er störrisch in seinem Stuhl hockte und lieber den Kugelschreiber verschluckte als seinen Gefängnisaufenthalt durch Unterschrift zu besiegeln.

Wir verabschiedeten uns. Ich nahm Leonie an der Hand und ging den langen Flur entlang. Versuchte, mich in Papa einzufühlen. Die letzte Station. Ein Pflegeheim. Bettwäsche vom Heim, Geschirr vom Heim, Essen vom Heim ... Aber was hatte er für eine Wahl? Oder ich?

Eine Frau, sicherlich ebenfalls jenseits der achtzig, begegnete uns. Sie benutzte einen Rollator und blieb vor uns stehen. Gebückt, mit leerem Blick.

Leonie sah sie mit großen Augen an. »Mein Uropa wohnt jetzt auch hier«, sagte sie ernst.

Die Frau reagierte nicht.

»Er ist auch so schlapp wie du.«

»Komm, Leonie, wir müssen nach Hause!« Ich wollte sie weiterziehen, aber irgendetwas schien sie an der alten Frau zu faszinieren. Sie öffnete ihre Kindergartentasche, entnahm ihr das Blatt mit dem grünen Pinguin und legte es der Frau auf die Ablage des Rollators.

»Das ist ein Pingunin. Schenk ich dir«, sagte sie. Sie lächelte die Frau an und schob das Bild noch ein Stückchen näher an sie heran. »Er ist grün.«

Die Frau sah den Pinguin an, brabbelte unverständliches Zeug, das Leonie mit gerunzelter Stirn zu verstehen versuchte, und schlurfte mit ihrem Rollator weiter.

»Man … sagt … danke …«, rief ihr Leonie hinterher in dem gleichen Tonfall, den Anja anwandte, wenn sie Leonie zurechtwies.

Als ich Leonie bei Anja abgab, fiel mir auf, wie blass und mitgenommen mein Kind aussah.

»Geht's dir nicht gut?«

Sie schüttelte mit einem Blick auf Leonie den Kopf und bedeutete mir, ihr in die Küche zu folgen.

»Was ist los?«

Sie atmete tief durch und platzte dann heraus: »Er will nicht, dass ich ganztags arbeite. Obwohl ich ihm auseinandergesetzt habe, dass Leonie sowieso in den Kindergarten wechselt. Der hat länger auf als die Krippe. Ich habe mit der Erzieherin gesprochen. Leonie macht sich sehr gut, sie ist weit für ihr Alter, es gibt keinerlei Probleme. Aber Steffen behandelt mich, als würde ich Leonie verwahrlosen lassen, wenn sie eine oder zwei Stunden später abgeholt wird.«

»Dir liegt sehr viel an dieser Laborleitung?«

»Ja, Mama. So eine Chance kriege ich so schnell nicht wieder. Aber Steffen hat völlig auf stur geschaltet.«

»Nennt er Gründe?«

»Ja, sicher. Ich sei doch jetzt schon so gestresst. Wenn ich ihm dann vorhalte, dass ich gestresst bin, weil er so wenig zu Hause ist und die ganze Arbeit an mir hängenbleibt, führt er seinen Beruf an. Als sei seine Karriere wichtiger als meine.«

»Rede noch mal mit ihm!«

»Tss ... Wusstest du, dass bei Männern, wenn sie denn mal reden, die gesamte linke Gehirnhälfte aktiv wird? Und weißt du, warum?«

»Nein.«

»Weil das arme Hirn vergeblich nach einem Sprachzentrum sucht. Aber da ist nichts.«

Wir lachten.

»Wir könnten Leonie ins Bett bringen und anschließend ein Glas Wein trinken«, schlug Anja vor.

»Tut mir leid. Ich muss noch arbeiten.«

»Jetzt noch?«

»Was Dringendes. Fürs Finanzamt«, schwindelte ich. Denn auch Anja wollte ich nichts von meiner Bewerbung erzählen. Wenn das Unternehmen scheiterte, würde ich einige Zeit brauchen, um darüber hinwegzukommen. Und das konnte ich besser allein. Ich erschrak. Vielleicht wurde ich mit zunehmendem Alter so eigenbrötlerisch wie mein Vater? War es nicht die natürlichste Sache der Welt, Toni und Anja zu informieren? Nein, halt! Petra hatte ich eingeweiht. Die beste aller Freundinnen. Du siehst Gespenster, Christine, beruhigte ich mich.

Leonie tappte, ihr Ferkelchen an die Brust gedrückt, in die Küche. »Der Uropa schläft woanders«, sagte sie zu Anja.

Ich erzählte von unserem Besuch im »Marienheim«. Und wie sehr es mir davor graute, von Papa die nötigen Unterschriften zu verlangen.

»Dann komm ich eben mit.«

»Das würdest du tun?«

»Ja, warum nicht? Ist vielleicht sogar besser. Für dich ist es schwer, ihn zu überreden, du bist seine Tochter … Seit Oma nicht mehr da ist, bist nämlich *du* der Blitzableiter für ihn. Bei mir traut er sich das nicht, Mama. Ich bin ein bisschen härter als du.«

Ich arbeitete die halbe Nacht an dem Konzept, aus meiner geliebten kleinen »Bücherinsel« ein großes Eiland zu schaffen. Wenn man den alten Lagerraum endlich entrümpelte und einen gar nicht mal so kostenaufwendigen Umbau vornahm, dann entstand nicht nur Platz für eine Cafeteria, die ich mir in Form einer Leseinsel vorstellte, sondern es konnte auch die Kinderecke, die eigentlich nur aus Regalmetern bestand, vergrößert und mit einer Schmökernische versehen werden. Wenn dann noch der eigentlich überflüssige Büroraum wegfiel, waren wieder etliche Quadratmeter gewonnen. Eine willkommene Fläche für Hörbücher und Nonbooks. Immer mehr Menschen suchen in Buchhandlungen auch nach kleinen Geschenken, und diesem Bedürfnis wollte ich Rechnung tragen.

Am nächsten Tag lief ich mit Metermaß und Schreibblock durch meinen Laden, notierte Zahlen und entwarf sogar ein Farbsystem für die Regale. Ich dachte über ein erweitertes Angebot an musikalisch untermalten Lesungen, Signierstunden und Vernissagen nach, auch darüber, Romanlesungen durch Schauspieler veranstalten zu lassen und meine Kindertreffen auszubauen. Die Ideen stürmten auf mich ein, ich war wie berauscht, tippte alles in meinen Laptop und vergaß darüber fast die Zeit. Jakob, der wegen meines Engagements alle Hände voll zu tun hatte, mit den Kunden fertig zu werden, beobachtete mich misstrauisch, und als wir am Abend abschlossen und ich mich eilig auf den Weg machte, um zu Hause weiterarbeiten zu können, hielt er mich auf.

»Waren deshalb die Gutmanns da? Weil wir umbauen?«

Ich schwieg verblüfft.

»Ich meine ja nur ... weil du mit deinem Metermaß rumfuchtelst wie ein geldgieriger Häusersanierer.«

»Hab da nur so ein paar Ideen«, murmelte ich und verabschiedete mich schnell.

Ich aß nicht einmal zu Abend, so sehr brannte ich darauf, alle meine Ideen in einem logischen Konzept unterzubringen. Als Anja klingelte, um das Kinderreisebett abzuholen, das von Leonies letztem Besuch noch bei mir im Schlafzimmer stand, musste ich mich zwingen, einigermaßen höflich zu sein. Auf meinem Wohnzimmertisch lagen aufgeschlagene Buchhandelsjournale, Papiere und Notizen.

Anja, das Bett schon geschultert, blieb in der Tür stehen.

»Ich habe mit ihm gesprochen«, sagte sie.

»Hmm.«

»Und weißt du was?« Sie lachte spöttisch. »Plötzlich fängt er an, von einem zweiten Kind zu faseln.«

»Hattet ihr nicht eine Absprache ... Nur *ein* Kind und jeder schaut, dass er in seinem Beruf weiterkommt?«, fragte ich zerstreut.

Anja stellte das Bett wieder ab und setzte sich zu mir an den Tisch. »Ja. Aber jetzt hat er Blut geleckt. Die große Karriere vor Augen. Da wünscht man sich eine sanfte Blondine im Twinset mit Perlenkettchen. Weißt schon … so eine, die Backmischungen verabscheut und alles weiß über schonende Waschgänge. Echt, Mama! Hat jemals ein Mann danach gefragt, wie Haushalt, *Vaterschaft* und Karriere zu vereinbaren sind?«

Sie blickte mich herausfordernd an, aber ich war, ehrlich gesagt, nicht bei der Sache.

»Mama?«

»Ja?«

»Du hörst gar nicht zu.«

»Entschuldige, aber … Herrgott! Vielleicht habe ich ja auch mal eigene Sorgen.« Ich reagierte viel zu heftig, aber die Zeit brannte mir unter den Nägeln.

Anja griff sich schweigend das Kinderbett und ging zur Tür.

Ich sprang so hastig auf, dass meine Teetasse umkippte. Ich war nicht nur eine schlechte Tochter, ich war auch eine schlechte Mutter. »Tut mir leid«, rief ich ihr nach.

Sie antwortete nicht und öffnete die Eingangstür. Ich hörte jemanden die Treppe heraufstürmen. Toni. Gutgelaunt, Abendanzug, fröhliches Gesicht.

»Meine ganz spezielle Lieblingsfrau«, sagte er und legte einen Arm um Anja.

»Danke.« Dann, sehr spitz: »An Mama wirst du heute keine Freude haben.«

Sie schleppte das Reisebett die Treppen hinunter.

»Soll ich dir helfen?«, rief ihr Toni hinterher.

»Nein, nein, geht schon.«

Er wandte sich an mich. »Was ist los?«

»Nichts.«

»Warum bist du noch nicht umgezogen?«

Ich sah ihn verständnislos an.

»Das Pressefest.«

Himmel, das hatte ich völlig verschwitzt. »Oh, Toni! Ich kann nicht mitkommen.«

»Und wieso nicht?«

»Ich muss bis morgen ... Ich habe Ärger mit dem Finanzamt ... wegen dieser blöden Steuernachzahlung.«

Ich merkte, wie enttäuscht er war.

»Es geht um die Buchhandlung«, sagte ich lahm.

»Worum sonst.« Er lachte ein klein wenig verächtlich. »Na, dann ... werde ich mich halt allein amüsieren müssen.«

Er wandte sich um und verließ mich genauso frustriert, wie Anja das einige Minuten vor ihm getan hatte.

Schon wieder breitete sich schlechtes Gewissen in mir aus. Toni war so perfekt – perfekt für mich. Wir ergänzten uns, und er war so nett zu mir. Immer dachte er sich kleine Überraschungen aus. Ein Wochenendausflug, mein Lieblingsparfüm, Konzertkarten ... Er hörte mir zu, er tröstete mich, und wenn er, wie jetzt in der heißen Wahlkampfphase, weniger Zeit für mich erübrigen konnte, so rief er doch an oder kam am späten Abend noch einen Sprung bei mir vorbei, nur um mir zu sagen, wie sehr er mich vermisst habe. Ulrich hatte sich nie so fürsorglich verhalten. Ein Zahlenmensch. Nüchtern.

Eigentlich verständlich, dass ihm die Hormone erst dann wieder durcheinanderpurzelten, als ein blondes Seelchen sein Büro betrat und ihm einen neuen, mit Zahlen gespickten Marketingleitfaden auf den Schreibtisch legte. Eine in seinen Augen sicherlich unwiderstehliche Kombination: die sanfte Blondine, die ihm leckere Zahlen präsentierte.

Ein Therapeut hätte mir wahrscheinlich versichert, dass mein schlechtes Gewissen Toni und meiner Familie gegenüber einzig und allein auf der Tatsache beruhte, dass ich mir zu viel aufbürdete. Aber ich ging zu keinem Therapeuten, ich hatte keine Lust, in meine Einzelteile zerlegt zu werden und zu erfahren, dass meine Mutter meinen Urschrei unterdrückt und mein Vater eine verheerende Charles-Aznavour-Phobie in mir ausgelöst habe. Zeit für einen Therapeuten hatte ich sowieso nicht. Meine Zeit reichte gerade noch, das Ich-will-Filialleiterin-werden-Papier in eine anschauliche Form zu bringen und mir noch schnell eine Champagnermaske aufs Gesicht zu klatschen, bevor ich ins Bett fiel. Laut Packungsbeilage sollte dieses prickelnde Gel meine Haut beleben und Knitterfältchen im Nu eliminieren. Hilfe! Was war mit den anderen Falten? Den tiefen? Wer, bitte schön, hatte schon wochentags eine kleine Botoxspritze im Kühlschrank liegen? Ob es auch ein Gläschen Mirabellenschnaps tat? Besser zwei. Wegen der tiefen Stirnfalte.

18.

Dieses Mal entschied ich mich für ein Seidenkleid und für flache Schuhe. Meine Papiere trug ich in einer Ledermappe bei mir, und im Lift vermied ich jeglichen Blickkontakt mit meinem Spiegelbild, während mein Magen sich hob und senkte wie eine Nussschale von Boot im Hurrikan. Ich litt immer schon unter Prüfungsangst. Fühlte mich an solchen Tagen, als würden meine Organe verrückt spielen. Mein Herz pumperte, dass die Rippen sich dehnten, und Arme und Beine wurden bleischwer. Als ich noch bei meinen Eltern wohnte, hatte meine Mutter mir an Prüfungstagen Kakao gekocht und Butterbrote geschmiert; sie war der Überzeugung, dass Essen nicht nur Leib und Seele, sondern auch den Kopf zusammenhielt. Mein Vater dagegen versuchte, mir meine Angst zu nehmen, indem er mir schadenfroh all die berühmten Menschen aufzählte, die elende Schulnieten gewesen waren. Ich weiß nicht, was mich mehr beruhigte, Mamas Kakao oder Winston Churchills schlechte Lateinnoten, aber Tatsache war, dass ich jede Prüfung mehr oder minder gut bestand.

Inzwischen lebte ich allein, keiner da, der meine schweißnasse Hand nahm und mir Mut zusprach. Kakao mochte ich auch nicht mehr, und die mangelhafte

Schulbildung etlicher Prominenter steigert heute eher deren Beliebtheitsgrad, was durchaus Rückschlüsse zum geistigen Allgemeinzustand unserer Bevölkerung zulässt. Nein. Ich musste mich selbst motivieren. Reiß dich zusammen!, sagte ich mir, während ich nach oben fuhr. Du hast dich gut vorbereitet. Du siehst gut aus ... Halt, nicht in den Spiegel gucken! Wir waren uns doch einig, dass er ein eigens für lästige Bittsteller herbeigeschafftes Demütigungsgerät darstellt.

Als ich das Chefbüro betrat, registrierte ich auf den ersten Blick, dass der kleine Schleimer heute anscheinend woanders seine Bücklinge machte.

Paul Hieronymus gab mir die Hand, bat mich auf die schwarze Besuchercouch und sah mich abwartend an. Ich lächelte, zog meine Papiere aus der Mappe und hoffte, dass er das Zittern meiner Hände nicht bemerkte. Mein Mund war so trocken, dass meine Lippen beim Sprechen an den Zähnen festklebten, vermutlich sah ich aus wie ein durstiges Dromedar.

»Ich habe mir natürlich lange überlegt, was sich ändern und was bleiben müsste«, begann ich. »Sie wissen wie ich, dass wir nur noch auf Titel mit guten Verkaufschancen setzen können und dass wir auf Bücher unbekannter Autoren weitgehend verzichten müssen. Leider. Aber der Leser bestimmt den Markt.«

»Das ist ein Resümee, Frau Bonhof, kein Konzept.«

»Ich will damit sagen, dass in unserem Fall die Attraktivität der Buchhandlung vor Ort entscheidend ist. Eine kleine Stadt wie Bodenfurt braucht eine Medienhändlerin, bei der sich die Kunden gut aufgehoben fühlen.«

»Das ist jetzt eine Bestandsaufnahme.«

Was wollte er eigentlich? Mich und meine Argumente von vornherein abwürgen, nur um mir dann mitzuteilen, dass ein Typ wie Schleimer Hämmerlein meine geliebte Buchhandlung übernehmen solle? Eher würde ich zur Pyromanin werden. *Arbeitslose fackelt Buchhandlung ab* … Ich sah die Schlagzeile vor mir und hatte Mühe, mich auf meinen Vortrag zu konzentrieren.

»Ich möchte aus dem Laden eine Erlebnisbuchhandlung machen. Also: Veranstaltungen, Lesungen, Ausstellungen, Signierstunden, Kooperation mit regionalen Unternehmen. Sortimentsschwerpunkte: Belletristik, Kinderbücher, Hörbücher, Nonbooks … Ich möchte junges Publikum anziehen, die Öffnungszeiten verlängern. Ich plane auch ein kleines Café, da müsste nur ein Lagerraum umgebaut werden. Auf den Büroraum könnte ich verzichten und dafür die Abteilung für Hörbücher und Nonbooks schaffen.«

Allmählich schien er interessiert. »Wie viel Personal?«

»Einen zusätzlichen Buchhändler und den Volontär, der schon bei mir arbeitet.« Ich schob das Konzept über den Tisch.

Er ging zum Schreibtisch, orderte bei der knitterfreien Sekretärin Kaffee und Mineralwasser, setzte sich und begann zu lesen. Die Sekretärin brachte den Kaffee und das Wasser und verließ uns wieder.

Ich musterte ihn, der es so weit gebracht hatte in der Welt der Bücher, und kam nicht umhin, ihn sympathisch zu finden. Er hatte ausgesprochen kluge Augen und einen sensiblen Mund. Viele Falten, Lachfältchen eingerechnet. Ob ich ihn warnen sollte, dass die Champagnermaske nichts bringt? Ja … und eine sehr schlaksige, ungezwungene Art, anders als Toni, der auch körperlich sehr präsent war und jeden Raum sofort füllte. Wie kam ich jetzt auf Toni?

Er blickte nachdenklich auf.

»Ein ausschließlich *junges* Team würde sich übrigens nicht so gut machen in Bodenfurt.«

Jetzt lachte er. »Das hat Sie geärgert, oder?«

»Sie nicht?«

»Auch wenn mein Herr Hämmerlein das nicht glauben würde: Sich jung fühlen und danach handeln kann man in jedem Alter.«

»Wird nur ein bisschen anstrengender«, erwiderte ich.

Klick … Wir betrachteten uns mit zunehmender Sympathie, und ich schöpfte wieder Hoffnung.

Er stand auf und ging zum Fenster. Sah hinaus. Drehte sich wieder um. »Also gut … Wir versuchen es. Probezeit von einem halben Jahr. Und ich stelle Ihnen bewussten Herrn Hämmerlein zur Seite. Glauben Sie, Sie halten es aus mit seiner … jugendlichen Arroganz?«

Nein, wollte ich antworten. Stattdessen sagte ich: »Ich werde meine Altersweisheit dagegensetzen.«

»Wie die Filiale letztendlich auszusehen hat, bestimme natürlich ich. Aber Ihre Vorschläge sind interessant, ich werde sie sicherlich mit einbeziehen.«

Ich stand auf und gab ihm die Hand. »Danke für Ihr Vertrauen.« Noch ein Lächeln, dann schwebte ich wie elektrisiert durchs Sekretariat hinaus auf den Flur. Halleluja! Nun war ich doch nicht arbeitslos geworden, war nicht auf soziale Mildtätigkeit angewiesen, musste nicht mit meinem Freund Hannes durch den Park stromern und Opernarien auf den Bahnsteigen singen. Nein. Ich würde meine Buchhandlung behalten. Würde zwar nicht mehr allein verantwortlich, aber trotzdem Chefin sein. Hämmerlein? Wer war Hämmerlein? Ein kleiner Möchtegern im Boss-Anzug. Mit dem würde ich schon fertig werden. Den würde ich mir schon zurechtstutzen. Dachte ich. Und schwebte mit dem Lift nach unten und schwebte durch die Halle und nahm mir vor, am Abend mit Petra den verjüngenden Champagner oral zu mir zu nehmen und alles zu essen, was mir schmeckte, egal, wie empört meine Waage am nächsten Tag ausschlagen würde.

Tja ... was konnte ich mir sonst noch Gutes tun? Essen, Trinken ... Sex? Musste die überzeugte Singlefrau Petra fragen, was das war, ich hatte nämlich nur mehr eine nebulöse Erinnerung daran, seit Toni vermehrt im Wahlkampf stand und in den seltenen Stunden, die er noch bei mir verbrachte, sich nicht auf mich, sondern auf meine Couch warf und bewusstlos in solche Tiefen versank wie ein Taucher auf der Suche nach der »Titanic«. Natürlich nicht, ohne zuvor zu beteuern, wie sehr er mich den ganzen Tag vermisst habe. Was, bitte schön, war mit der Nacht?

Ich sandte eine SMS an Petra. *Hurra. Gewonnen. Will feiern.*

Sie antwortete prompt. *Champagner, Austern und ein Stripper?*

Champagner und Austern genügen.

Wer brauchte schon einen Stripper? Ich hatte den

gierigen Schleimer Hämmerlein, der sicherlich gerne Filialleiter geworden wäre, quasi nackt zurückgelassen. Das war genug Strip für einen Tag. Und besser als Sex – wenigstens für den Moment.

19.

Jetzt fiel es mir leicht, Jakob endlich einzuweihen. Ich lud ihn gleich am nächsten Tag zu einem kleinen Imbiss in ein nahe gelegenes Bistro ein und erzählte ihm die ganze Geschichte. Er saß mit großen Augen da, und als ich geendet hatte, nahm er einen großen Schluck Wein und sagte: »Und das hast du mit dir rumgeschleppt die ganze Zeit? Was bist du? Anhängerin eines verdammten Schweigeordens?«

»Ich war so schockiert. Menschen unter Schock reden nicht. Sie warten darauf, dass ein gütiger Samariter sie in eine warme Decke hüllt und ihnen erzählt, alles sei gar nicht so schlimm und der Notarzt sei bereits unterwegs. Kam aber keiner. Also war ich tagelang wie gelähmt, habe gehofft, dass die Gutmanns keinen Käufer finden oder über Mallorca eine Deutschenquarantäne verhängt wird. Dann der nächste Schock: Hieronymus. Um den kommt man so schwer herum wie früher die Schiffe ums Kap Hoorn. Ich wollte aber nicht mit meinem kleinen Kahn Mastbruch erleiden und untergehen. Also beschloss ich, Paul Hieronymus auf Kap Hoorn aufzusuchen und ihm meine Dienste anzubieten.«

»Und jetzt wird unsere gemütliche ›Bücherinsel‹ modernisiert, und du wirst Filialleiterin.«

»Und du behältst deinen Arbeitsplatz ... falls du noch daran interessiert bist.«

»Klar. Ohne mich schaffst du's doch sowieso nicht.«

»Einen kleinen Wermutstropfen gibt es.«

»Dacht ich mir's doch.«

»Markus Hämmerlein.«

»Klingt wie Würstchen im Schlafrock.«

»Schön wär's. Ich glaube aber eher, dass er ein falscher Hase ist. Er wird mir als Buchhändler zur Seite gestellt, und ich habe den Verdacht, dass er rauskriegen soll, ob die betagte Chefin noch über ausreichend geistige und körperliche Kräfte verfügt, ihren Job zu machen.«

»Der weiß nicht, mit wem er's zu tun kriegt.«

Ich lachte.

»Und? Wie ist er?«

»Ungefähr dein Alter. Aalglatter Schlipsträger, karrieregeil. Er hält mich für ein Relikt aus einer Zeit, über die er nichts wissen will, da sie vor seiner Zeit lag. Du weißt schon ... wie in diesen Quizsendungen. ›Goethe? Weiß ich nicht. War vor meiner Zeit.‹«

»Ich könnte ihn mit meiner Exfreundin verkuppeln. Die hält Schillers ›Räuber‹ für ein Fachblatt des Finanzamtes.«

»Her mit ihr! Tja ... Seine guten Eigenschaften kenne ich natürlich nicht. Vielleicht arbeitet er in seiner Freizeit kostenlos in einem Auffanglager für Börsengeschädigte oder setzt sich für die Genforschung zugunsten rückgratfreier Karrieristen ein.«

»Oder er gründet Kurse für Selbstdarsteller.«

Wir lächelten uns verständnisvoll an.

»Was sagt deine wunderbare Familie dazu?«

»Sie weiß es noch nicht.«

»Auch nicht der Bürgermeister?«

Ich schüttelte den Kopf. Für einen Moment herrschte Stille. Ich versuchte, mir Tonis Reaktion vorzustellen, nachdem ich ihn mit seinen Heiratsabsichten brüskiert hatte. Welch ein gesellschaftlicher Abstieg! Von der potenziellen Frau Bürgermeister zur willigen Sklavin eines Büchermoguls.

Am Abend traf sich das Wahlkampfteam. Im Internet existierte eine Seite, die sich »Bürgerforum Bodenfurt« nannte und in die sich die Einwohner einloggen konnten, um ihre politische Meinung kundzutun. Ein Stadtrat der gegnerischen Partei hatte in diesem Forum eine Schmähschrift gegen Toni etabliert, und nun ging es um die Frage, wie Toni zu reagieren hatte. Er war erbost über die offensichtlichen Lügen in diesem Pamphlet, auch darüber, dass ein Bürgerforum von einem gewählten Vertreter der Einwohner als Podium für Hetzpropaganda genutzt wurde, und er war nahe daran, mit gleicher Münze heimzuzahlen. Ja, der Wahlkampf hinterließ Spuren, und ich überlegte, ob es klug war, sich zu wehren, oder sehr viel besser, Stillschweigen zu bewahren. Am Ende empfahl das Team Toni geschlossen, den eingeschlagenen Weg, einen absolut sauberen Wahlkampf zu führen, nicht zu verlassen. Sollte die Presse, die solche Foren natürlich auch benutzte, um an Informationen zu kommen und Bürgerreaktionen zu erkennen, den Beitrag des gehässigen Ratsmitglieds aufgreifen und Fragen an Toni stellen, so war es am besten, sich sachlich zu äußern, ohne sich auf das primitive Niveau seiner Gegner zu begeben.

Anschließend teilte ich noch die Leute, die die Werbeflyer in die Briefkästen zu stecken hatten, in Gruppen ein und bat darum, das Material bei mir in der Buchhandlung abzuholen. Als Dieter Thoma, der Bauamtsleiter, Toni überreden wollte, am kommenden Samstag an einer Fahnenweihe nebst anschließendem abendlichen Umtrunk teilzunehmen, erhob ich Einspruch.

»Diesen Samstag, zumindest am Abend, müsst ihr mal auf ihn verzichten.«

»Hört, hört!« Dieter zwinkerte Toni zu.

Toni freute sich, das sah ich ihm an. Ob er sich auch nach dem Samstagabend noch freuen würde, bezweifelte ich.

»Was feiern wir denn?«, fragte er, als wir uns verabschiedeten.

»Ich habe Lust auf ein schönes Familienessen. Du, Anja, Steffen, Leonie …«

»Schön.« Er schlüpfte in seinen Mantel.

Ich bemerkte, dass die rothaarige Toni-Jägerin mir verstohlen giftige Blicke zuwarf, die sich aber sofort zu einem scheinheiligen Lächeln verklärten, als ich mich ihr zuwandte.

»Schade, dass du am Samstag nicht kommst«, sagte sie zu Toni und zauberte ein reizendes Schmollmündchen aus ihrem Köcher. Wow! So etwas musste man üben, stundenlang.

Ich schlang einen Arm um Tonis Hüften und reagierte mit einem so heuchlerisch scharfen Lächeln, dass man damit auch mühelos steinhartes Brot hätte schneiden können. Normalerweise ist mir das gackernde Geplänkel zweier Hennen um einen Hahn zu albern, ich bin auch nicht sehr erfahren in solchen Weibchengefechten, da ich die gängigen Codes nicht kenne. Doch diese Gundula Steger gehörte zu einem Frauentyp, auf den ich von jeher allergisch reagiere. Rundes Gesicht, Rehaugen, seit ihrer lukrativen Scheidung eingefleischte Singlefrau und so gierig darauf, im Mittelpunkt zu stehen, dass sie schon mit den Hufen scharrte, bevor überhaupt genügend Leute anwesend waren, um einen Kreis um sie zu bilden. Zugegeben, witzig war sie, aber selbstverständlich nur auf Kosten anderer.

»Gundula ist so humorvoll«, sagte Toni einmal zu mir. Ich entgegnete, humorvoll sei man, wenn man als Allererstes sich selbst auf den Arm nehmen könne. Ich erinnere mich, dass er amüsiert lächelte und mir etwas herablassend über die Wange strich, als wolle er sagen: Komm, brauchst nicht eifersüchtig zu sein – was mich erst recht wütend machte.

Vor allen Dingen, weil ich tatsächlich eifersüchtig war, ein Gefühl, das ich schon jahrelang nicht mehr empfunden hatte. Was Wunder – Ulrich hatte mich immer in dem Glauben gelassen, andere Frauen seien die reinsten Neutren für ihn. Vielleicht waren sie das auch gewesen, bis zu jenem Zeitpunkt, als er die fünfzig überschritten hatte und in eine Art Testosteronpanik geraten war.

Ich blieb bei meinem rasiermesserscharfen Lächeln und informierte die rehäugige Gundula, dass Toni und ich uns nun nach Hause begeben würden, um dem Tag noch ein paar nette Stündchen abzuringen.

»Na, dann viel Spaß!«, erwiderte sie schnippisch.
»Den werden wir haben«, antwortete ich.

Toni hielt mich an diesem Abend lange im Arm, schweigsam, nachdenklich. Sonst mochte ich die zärtliche Stille, nachdem wir miteinander geschlafen hatten. Aber heute war ich unruhig, zu viel ging mir durch den Kopf. Ich schielte nach meinem Buch, aber Toni konnte nicht einschlafen, wenn ich im Bett las, und er selbst las nur Zeitungen und politische Magazine, und das ausschließlich tagsüber. Es ist seltsam, aber alle Männer, die ich kannte, lasen nicht, nicht, was ich unter lesen verstehe. Natürlich ... Fachzeitschriften, Steuerratgeber, Politikerbiographien und im Urlaub mal einen Agententhriller. Auf das wirkliche Abenteuer des Lesens aber ließen sie sich nicht ein. Es war ihnen suspekt. Fiktive Geschichten. Das Eintauchen in fremde Leben und erfundene Charaktere. Andere Gefühlswelten, ein Phantasiereichtum, der nicht logisch nachvollzogen und erklärt werden konnte. Ulrich, der in Zahlen so baden konnte wie ich in der Sprache, kam bei einem Roman selten über die ersten zwanzig Seiten hinaus. Das arme Buch lag dann die nächsten Wochen im Zeitschriftenkorb und verstaubte. Toni dagegen wollte im Rausch der ersten Verliebtheit sofort beginnen, Romane zu lesen, natürlich, dann könnten wir darüber diskutieren, er freue sich schon auf unsere gemütlichen Abende bei einem Glas Rotwein, jeder in sein Buch vertieft. Aber ihm fehlte die innere Ruhe, er ließ sich von so vielerlei ablenken, konnte sich nicht konzentrieren. Ich lachte ihn aus. Stundenlang würde er ohne Probleme schwierige Gesetzestexte studieren und voller Genuss in Verwaltungsvorschriften eintauchen, nach zwei Romanseiten aber zappelig und unruhig das Handtuch werfen. Nun ja … die Gesetzestexte interessierten ihn, aber erfundene Geschichten nicht, so einfach war das.

Also wartete ich, wenn Toni bei mir übernachtete, bis er eingeschlafen war. Hörte ich seinen Atem ruhiger werden, schlich ich mich mit meinem Buch ins Wohnzimmer, kuschelte mich in eine Decke und las. Erst wenn meine Lider so schwer wurden, dass ich kaum noch fähig war, die Zeilen zu unterscheiden, schlüpfte ich zurück ins Bett.

So auch in dieser Nacht, doch so müde ich war, ich fand keinen Schlaf. Warum hatte ich mich Toni nicht anvertraut? Was lag denn näher, als ihm vernünftig auseinanderzusetzen, dass es einen Glücksgriff bedeutete, Filialleiterin bei Hieronymus zu werden? Kein Wechsel des Arbeitsplatzes, ein geregeltes Einkommen – na gut, ein kleiner Imageverlust vielleicht und die Einbuße meiner beruflichen Selbständigkeit. Aber die Alternative? Arbeitslosigkeit. In meinem Alter. Die große Frage war allerdings, warum ich Toni nicht heiraten wollte. Er schätzte berufstätige Frauen. Wir würden beide so gut verdienen, dass wir uns eine Haushaltshilfe leisten konnten. Wir hatten keine Kinder mehr großzuziehen. Konnten sozusagen ohne Probleme leben, ein zeitgemäßes Paar – allerdings unter der Voraussetzung, dass ich meine Familie nahm und in Timbuktu ansiedelte. Was also, Spaß beiseite, sprach gegen eine Heirat?

Ich wälzte mich in meinem Bett hin und her. War es, weil Ulrich mich so enttäuscht hatte? Weil ich dachte, auch Toni würde mich eines Tages wegen einer Jüngeren verlassen? Nein, nichts als Ausflüchte. Ich hatte keine Angst, dass Toni mich verließ, ich hatte Angst, dass er zu sehr bei mir war. Mir gefiel das Leben, das ich führte. Noch einmal Jahr für Jahr, Tag für Tag mit einem anderen Menschen verbringen? Dazu war mir dieser andere Mensch nicht vertraut genug. Würde es auch nicht mehr werden. Mit Ulrich hätte ich trotz unserer Schwierigkeiten in aller Freundschaft alt werden können, ihn kannte ich wie mich selbst. Dass es nicht so gekommen war, war bedauerlich, aber andererseits nicht so schlimm, wie ich in meiner ersten Panik angenommen hatte. Als mir dieser Gedanke durch den Kopf ging, hielt ich erschrocken den Atem an. Was war los mit mir? Doch gefühlsarm? Doch so wie Papa? Barrieren? Distanz?

Vorsichtig schob ich mich aus dem Bett und setzte mich ans Fenster. Draußen Stille und der bleiche Dunst vor dem Morgengrauen. Aufsteigender Nebel … bald November. Über dem Park lag der feine Schleier herbstlicher Kühle. Die Straßenlaternen schimmerten wie bleiche Monde durch die Bäume.

Ich bin fünfundfünfzig Jahre alt, dachte ich. Ich bin geschieden. Ich habe Familie. Ich habe Freunde. Einen Job. Ich weiß nicht, was alles noch vor mir liegt. Ich will es auch nicht wissen.

20.

Mit meinem Familienessen gab ich mir große Mühe. Probierte ein Rezept aus, das leider misslang. Die Füllung für den Blätterteig, die laut Kochbuch einen köstlichen Gaumengenuss aus Sahne, Pilzen und püriertem Huhn versprach, verdickte aus unerfindlichen Gründen wie eine von Leonies Knetmassen. Ich sauste, bis zur Unkenntlichkeit verkleidet, mit dunkler Brille und Kopftuch zu jenem Scheckkarten killenden Supermarkt – der andere war zu weit entfernt –, grapschte nach der letzten tiefgefrorenen Lasagne im Kühlregal und zog beim Bezahlen (bar natürlich) mein Tuch tief in die Stirn. Bestimmt sah ich aus wie Greta Garbo bei einem ihrer nächtlichen Spaziergänge.

Zu Hause peppte ich die Lasagne mit Lachsstückchen, Käse und Crème fraîche auf, bereitete den Salat vor und deckte den Tisch mit dem Keramikgeschirr meiner Großmutter, an dem ich so hing wie ein Aktionär an seinem Bankdepot.

Das Essen war ein Erfolg. Es war schön, die Menschen, die mir am meisten am Herzen lagen, um den Tisch versammelt zu sehen. Nur Petra fehlte. Sie hatte in ihrer Boutique einen, wie sie mit rauchiger Stimme kundtat, hinreißenden Mann kennengelernt, der für seine Frau ein Geburtstagsgeschenk suchte und fündig wurde. Nicht für seine Gattin, sondern für sich selbst, was der These widersprach, dass Männer sich in Weiberläden äußerst unwohl fühlen.

»Was soll das bringen? Er ist verheiratet«, sagte ich und kam mir so moralinsauer vor wie ehemals meine Mutter.

»Das soll er auch bleiben. Ich will einfach nur einen netten Abend haben.«

Den ich ihr gönnte. Schon seit Jahren befand sie sich in einer Art hektischer Überlebensphase, denn die Trennung von ihrem Mann hatte sie sehr mitgenommen, obwohl sie mit so viel Selbstironie darüber sprach, dass man versucht war zu glauben, sie sei längst darüber hinweg.

»Du hast es gut«, meinte sie eines Tages. »Du bist wegen einer Jüngeren verlassen worden. Ich wurde verlassen, weil er sich in eine Frau verliebte, die fünf Jahre älter war als ich. Wenn das kein Angriff auf meine persönliche Würde war, was dann?« In der Erinnerung hörte ich sie lachen, zu laut, um irgendjemanden zu überzeugen.

»Deine Wahlplakate schauen super aus«, sagte in diesem Moment Anja zu Toni, und ich kehrte mit meinen Gedanken wieder an den so liebevoll dekorierten Familientisch zurück.

»Ich bin eben ausgesprochen fotogen«, antwortete Toni.

»Und so bescheiden«, warf ich ein.

»Hängen die Plakate schon? Hab ich noch gar nicht gesehen«, meinte Steffen.

»Die Aktion läuft gerade an.«

Anja hob Leonie aus ihrem Kinderstuhl. »So, Schätzchen. Ab ins Bett!«

»Mag nicht!«, schrie Leonie.

»Auch nicht, wenn ich dir was vorlese?«, fragte ich.

Sie überlegte. »Die zehn Engelein, die so frieren?«

»Oder die Bärengeschichten.«

»Die Engelein«, beharrte sie.

Ich lachte, nahm sie auf den Arm und trug sie ins Badezimmer, aber sie lief wieder hinaus und holte den kleinen Fußschemel, den ich im Wohnzimmer vor den hohen Bücherregalen stehen hatte. Sie stellte ihn ans Waschbecken, putzte sich die Zähne und passte genau auf, dass auch die übrigen Rituale eingehalten wurden. Auch dem Gartenzwerg Fritz, den sie in einer alten Speicherschachtel gefunden hatte und der seither auf dem Badehocker stand, wurden die Zähne geputzt. Der Schlafanzug musste in der richtigen Reihenfolge angezogen werden – zuerst die Hose, dann das Oberteil, das Gesichtchen durfte erst eingecremt werden, wenn die Haare gekämmt waren, der Schemel musste an die Toilette geschoben werden, die Feuchttücher musste sie eigenhändig herausziehen und den Deckel wieder eigenhändig verschließen, die Hände mussten nochmals gewaschen und Fritz zum Schlafen in ein Handtuch gewickelt werden.

Als sie im Bett lag und der zehnte Engel nicht mehr fror, beugte ich mich zu ihr und küsste sie. Sie umarmte mich und drückte sich an mich. Sie hatte rosige Wangen und roch nach Babycreme und Zahnpasta. Mein Herz wurde eng, wenn ich daran dachte, was alles im Leben ihr begegnen mochte – Unfälle, Krankheiten, Menschen, die ihr wehtaten …

»Schlaf gut, meine Süße!«

Sie drückte ihr Ferkelchen an die Brust und lächelte mich an.

»Wohnen die Engel im Himmel?«

»Ja, das tun sie.«

»Wo die Uroma ist?«

»Ja.«

»Kommt der Uropa auch in den Himmel?«

»Ja … eines Tages.«

»Dann sieht er die Uroma und freut sich.«

Da war ich mir nicht so sicher.

Leonie schloss zufrieden die Augen, und ich löschte das Licht.

Im Wohnzimmer sprachen sie ebenfalls gerade von Papa.

»Habt ihr jetzt schon ein Heim für ihn gefunden?«, fragte Toni.

»Das ›Marienheim‹«, erwiderte Anja.

Ich ging zum Kühlschrank und holte eine Flasche Champagner. »Wir müssen ihn nur noch dazu bringen, es zu mögen.«

»Ich würde auch nicht in ein Heim wollen«, warf Steffen ein.

»Du kannst Opa gerne pflegen«, giftete Anja ihn an.

»Ja, ja, ist ja schon gut.« Steffen und sie maßen sich mit einem wütenden Blick.

Ich stellte den Champagner auf den Tisch. »Überraschung«, sagte ich nervös, weil nun der große Moment da war. Ich verteilte die Gläser, öffnete die Flasche, schenkte ein, während mich alle erwartungsvoll ansahen.

»Ich werde Filialleiterin in meiner eigenen Buchhandlung. Prost!«

Ich trank, während ich mich setzte und eines dieser ohrenbetäubenden Schweigen, eine Mischung aus Beethovens Neunter und dem Radetzky-Marsch, sich auf mich senkte. »Ich habe mich beworben und wurde genommen«, fügte ich mit einem Anflug von Trotz hinzu.

Anja fing sich als Erste. »Freust du dich, oder bist du traurig?«

»Warum sollte sie traurig sein?«, fragte Steffen.

»Weil sie ihre Selbständigkeit verliert, du Ignorant.«

»Na ja«, meinte ich. »Das berühmte lachende und weinende Auge. Aber es ist, wie es ist. Also. Gratuliert mir!«

Toni schwieg. Er hatte mir weder zugeprostet noch auch nur ein winziges Schlückchen getrunken. Ich fühlte mich immer unbehaglicher.

»Okay. Wenn wir schon den Tag der Bekenntnisse haben ...«

Anja lachte ein wenig und umklammerte ihr Glas.

»Du bist schwanger«, witzelte Steffen, nicht ohne dass ein kleiner Funken Hoffnung in seinen Augen glomm.

»Ganz im Gegenteil. Ich arbeite ab sofort Vollzeit.«

Nun hatten wir zwei Männer am Tisch sitzen, die mit fassungsloser Miene ihre renitenten Frauen betrachteten.

»Und wie regelst du das mit der Krippe?«, fragte Steffen eisig.

»Darf ich dich darauf aufmerksam machen, dass ich nicht Opfer eines anonymen Samenspenders wurde? Irgendwie hat Leonie doch auch was mit dir zu tun, oder nicht?«

Nun herrschte Gewitterstimmung bei aufkommendem Sturm.

Ich stand auf, ging in die Küche, Toni folgte mir, und ich schloss die Tür. Wir hörten Steffens und Anjas streitende Stimmen. Toni blickte mich mit zusammengekniffenen Augen an.

»Danke«, fauchte er, und als ich nicht antwortete: »Findest du das richtig? Mir kein Wort zu sagen?« Er lachte spöttisch. »Die Frau der einsamen Entschlüsse. Super. Ich bin beeindruckt.«

»Gewisse Dinge muss man allein entscheiden.«

»Ich habe immer mehr den Eindruck, dass ich für dich nur so am Rande mitlaufe. Alles ist wichtiger: dein Beruf, deine Familie …«

»Dir ist dein Beruf auch wichtig.«

»Aber ich beziehe dich mit ein. Auch in meine Entscheidungen.«

»Du holst dir Ratschläge. Deine Entscheidungen triffst du allein.«

»Und? Hast du mich um Rat gefragt?«

»Den kannte ich schon.«

»Ach ja. Ich war ja so geschmacklos, dir einen Heiratsantrag zu machen.«

Was sollte ich darauf antworten? Dass ich einen Ratschlag gebraucht hätte und keinen Fluchtplan?

»Danke für den schönen Abend«, sagte er wütend und schlüpfte in sein Sakko, das über einer Stuhllehne hing.

»Ich konnte dich nicht einbeziehen. Weil du dagegen gewesen wärst.«

»Das ist nicht der Punkt.«

»Was dann? Dass ich nicht bereit bin zu heiraten und Frau Bürgermeister zu spielen?«

Er maß mich mit einem vernichtenden Blick, verließ die Küche und traf im Flur auf Steffen, der gerade seine Jacke vom Haken riss. Beide verließen sie so schnell meine Wohnung, als sei sie verseucht, und vielleicht hatten sie aus ihrer Sicht auch recht. Das Virus der Selbstbestimmung hatte sich ausgebreitet. Zwei Frauen, die ihren Beruf genauso liebten, wie Männer das taten.

Ich kehrte ins Wohnzimmer zurück. Anja hatte sich ihrer Schuhe entledigt und ihre Beine bequem auf jenen Stuhl gelegt, auf dem bis vor kurzem noch Steffen saß.

Ich schenkte unsere Gläser randvoll.

»Prost, Kind!«

»Prost, Mama!«

Wir sahen uns an und begannen zu lachen. Ich sagte: »Ob sie sich jetzt in einer Stehkneipe volllaufen lassen und Problembewältigung praktizieren?«

»Volllaufen ja. Aber über Probleme sprechen? Eher über die globale Erderwärmung oder die Menschenrechtssituation in China.«

»Was ist mit unserer Menschenrechtssituation?«

»Ist momentan genauso beschissen wie die in China. – Besitzt du noch so ein Fläschchen Sprudelwasser?«

»Aber ja.«

»Dann her damit!«

Was für eine glückliche Frau ich doch war! Hast du eine Tochter, hast du tiefes Verständnis und Solidarität. Nicht immer, aber je älter die Tochter wird, umso öfter. Ich holte eine neue Flasche. Uns standen schließlich harte Zeiten bevor.

21.

Die nächsten Wochen waren der absolute Horror. Hätte ich nicht den verlässlichen, stets gutgelaunten Jakob zur Seite gehabt, wäre ich wohl verrückt geworden. Die von Paul Hieronymus und nicht zuletzt von mir angeregten Umbauten wurden gleich nach den Weihnachtsfeiertagen in Angriff genommen, und ich hatte das Gefühl, dass kein Stein mehr auf dem anderen blieb. Es wurde herausgerissen, eingebaut, gehämmert, es wurden Farben angerührt, Böden verlegt, Regale eingepasst. Auch ein neues Telefonsystem wurde installiert, dessen Bedienungskonsole aussah, als sei sie geradewegs mit gütiger amerikanischer Zustimmung einem Spaceshuttle entnommen worden, um als Carepaket dem Städtchen Bodenfurt die Neuzeit nahezubringen. Wenn ich das monströse Gerät nur von weitem sah, wurde mir heiß und kalt, vor allen Dingen, als mein neuer Mitarbeiter, von Jakob zum »kleinen Scheißer« befördert, das Shuttletelefon mit Kennerblick musterte und meinte: »Nettes Equipment, gibt aber schon besseres.«

An dem Abend, als die letzten Handwerker abzogen und die Putzkolonne ihre Arbeit beendet hatte, saß ich allein und zu Tode erschöpft in der Buchhandlung, die nicht mehr die meine war und nun den Namen »Hieronymus« trug. Ich trank ein Glas Rotwein und blickte mich um. Paul Hieronymus hatte etliche meiner Vorschläge berücksichtigt, und wir konnten beide zufrieden sein mit dem, was entstanden war. Ein heller, freundlicher Verkaufsraum mit hohen Regalen und zwei Leseinseln. Eine bunte, vergrößerte Kinderecke und eine moderne Kaffeebar, deren halbrunde Theke von hüfthohen Regalen umgeben war, auf denen die Neuerscheinungen lagen und zum Schmökern einluden. Drei Tage noch, dann sollte die »Hieronymus-Buchhandlung« den Betrieb aufnehmen und mit einem Sektempfang sowie einer Lesung das Ereignis feiern. Das Chaos hatte sich gelichtet – beruflich. Privat allerdings hatte mein Himmel sich verdüstert. Alles, was vorher zwar anstrengend, aber wohlgeordnet war, fiel wie ein ausgeleiertes Puzzle auseinander.

Es begann damit, dass Toni nach meinem so liebevoll geplanten Familienessen, das Anja und ich unser Coming-out nannten, ernsthaft beleidigt war. Er meldete sich nicht mehr. Als ich ihn anrief, um mich nach seinem Befinden zu erkundigen, blieb er einsilbig und brach lediglich in ein spöttisches Schnauben aus, als ich sagte, die nächsten paar Wochen wegen des Umbaus wenig Zeit für Privates zu haben. Das Gespräch endete mit einem kühlen »Also mach's gut, Christine!«

Zwischen Anja und Steffen herrschte ebenfalls Funkstille, was für Anja umso schwerer zu ertragen war, da sie ja mit Steffen Tisch und Bett teilte und Leonie nicht merken sollte, dass ihre Eltern böse aufeinander waren.

Und da die Umbauarbeiten der Buchhandlung zügiger voranschritten, als ich vermutet hatte, konnte ich auch den Umzug meines Vaters nicht so schnell in die Wege leiten wie geplant. Also hatte ich eine neuerliche Unterredung mit der tüchtigen Elli Burkhart, der ich vorflunkerte, mein Vater sei krank geworden, eine böse Grippe, die wir erst auskurieren wollten, aber ich sei natürlich gern bereit, schon jetzt für Zimmer und Verpflegung zu bezahlen – den Gedanken an mein Bankkonto verbat ich mir zähneknirschend. Mein Vater würde einziehen, wenn er sich wieder ein wenig erholt habe. Als Elli Burkhart hörte, dass ohne Risiko und Arbeitsbelastung Geld eingehen sollte, zeigte sie sich ausgesprochen verständnisvoll. Nur die unterschriebenen Verträge, meinte sie, die würde sie natürlich dringend benötigen. Also blieb mir gar nichts anderes übrig, als Anja anzurufen und sie an ihr Versprechen zu erinnern, zusammen mit mir zu ihrem Großvater zu fahren, um ihn umzustimmen. Und das zu einem Zeitpunkt, da sowohl Politiker als auch die Medien ihre Liebe zu den alten Menschen entdeckt hatten und die Meinung verbreiteten, unsere Pflegeheime seien überwiegend nur noch von sadistischem oder völlig überarbeitetem Personal geführt, und jeder Angehörige, der die Herzlosigkeit besaß, Mutter, Vater, Onkel oder Tante dort unterzubringen, sei verabscheuungswürdig.

Es war ein grauer, regnerischer Tag. Das Wasser spritzte von den Pflastersteinen hoch, und das dreckig braune Mietshaus, in dem mein Vater wohnte, war fleckig vor Nässe und wirkte noch deprimierender als sonst.

Schweigend gingen Anja und ich die Treppen nach oben. Mir war ganz schwindlig aus Angst vor diesem Gespräch, aber als ich klingelte und gleichzeitig den Schlüssel ins Türschloss steckte, lächelte mich Anja aufmunternd an.

»Du weißt ganz genau, dass er es dort besser hat als hier.«

Ich seufzte und nickte, und wir traten ein. Ein fader, säuerlicher Geruch empfing uns. Wieder standen überquellende Abfalltüten neben der Tür, im Badezimmer lag schmutzige Wäsche am Boden, das Geschirr stapelte sich im Spülbecken. Zwar bemühten Anja und ich uns abwechselnd, die Wohnung sauber zu halten, aber da mein Vater den Pflegedienst, der nun wieder regelmäßig kam, sehr schlecht behandelte und störrisch jede auch noch so gutgemeinte Hilfe ablehnte (er wollte diese eifrigen Menschen so schnell wie möglich wieder aus der Wohnung haben), dauerte es höchstens ein paar Tage, und der Urzustand, sprich, das alte Chaos, war wiederhergestellt.

Mein Vater lag auf der Couch. Eine handtellergroße Stelle an seinem kranken Bein nässte, deshalb trug er die Hose hochgekrempelt. Den Verband hatte er abgenommen, er lag, eiterverklebt, auf dem Boden.

Ich erschrak. »Warum trägst du denn den Verband nicht?«

»Der schneidet mich ein.« Er bemerkte Anja, setzte sich mühsam auf, sein Frühwarnsystem fuhr auf die höchste Stufe.

»Zwei gegen einen? Was ist es diesmal? Eine Putzorgie? Oder wollt ihr mit mir ein Bier trinken und Karten spielen?«

Anja beugte sich zu ihm und gab ihm einen Kuss. Er lächelte sie an. Er war ihr immer ein netter Großvater gewesen; das Großvaterdasein schien ihm mehr zu behagen als das des Vaters. Klar doch. Es war nicht so permanent fordernd.

»Wir trinken ein Bier und reden.« Anja ging zum Kühlschrank, holte Bier, dann Gläser und schenkte ein. Wir rückten zwei Stühle an die Couch und setzten uns. Meinem Vater schwante, dass dies keiner der üblichen Besuche war, und warf mir einen unsicheren Blick zu. Er tat mir so leid in diesem Moment. Am liebsten hätte ich alles rückgängig gemacht. Seine Hände fingerten an der abgewetzten braunen Strickjacke herum, er nahm einen Schluck Bier und wartete.

»Papa. Wir müssen noch einmal darüber sprechen, wie es weitergehen soll.«

»Mir geht's gut.«

»Das tut es nicht. Was du brauchst, ist eine ganztägige Betreuung. Du brauchst regelmäßige ärztliche Behandlung, regelmäßige Mahlzeiten. Und du brauchst Kontakt zu anderen Menschen.«

»Ich brauche überhaupt nichts mehr«, sagte er und trat sofort den inneren Rückzug an. Wann immer er Argumenten aus dem Weg gehen wollte, führte er an, dass er nichts mehr wolle, nichts mehr brauche, dass er sowieso bald sterben würde.

»Aber du musst uns doch die Möglichkeit geben, dir zu helfen. Oder sollen wir dich hier verkommen lassen?«

»Ja, warum nicht?«

Anja schaltete sich ein. »Jetzt pass mal auf, Opa.

Hier kannst du nicht bleiben. Zu uns willst du nicht … was auch besser ist. Wir wollen ja nicht alle beim Psychiater landen.«

Er sah sie völlig perplex an. Diesen Ton war er nicht gewohnt. Er war mich gewohnt, die ständig zwischen hilfloser Wut und Resignation hin und her pendelte und so gut wie niemals aussprach, was sie wirklich dachte.

Anja stand auf, setzte sich zu ihm auf die Couch und nahm seine Hand. »Wir haben dich sehr lieb, das weißt du auch. Und wir machen uns Sorgen um dich. Aber wir lassen uns nicht von dir auf der Nase herumtanzen. Klar?«

Sie blickten sich an, lange. Dann sah er zum Fenster hinüber. Sein Kinn zitterte, als würde er gleich zu weinen beginnen. Stille. Dann nickte er, bedächtig und so traurig, dass ich glaubte, nicht mehr atmen zu können, so sehr nahm ich mir seine Trauer zu Herzen.

»Da übersteht man das ganze Leben, mehr schlecht als recht«, sagte er leise, »und dann wird man viel zu alt und ist für alle eine Belastung.«

»Du bist keine Belastung«, sagte ich.

»Mama hat ein wirklich gutes Heim gefunden. Du hast ein Zimmer ganz für dich allein, kriegst das Essen serviert und musst mit anderen nur zusammenkommen, wenn du es willst.«

»Ich muss nicht in einem Speisesaal essen, wo sie den ganzen Tag die Montanara-Chöre spielen und alle in ihre Suppe sabbern?«

»Nein. Musst du nicht.«

»Es gibt dort auch eine große Cafeteria, eine Bibliothek, eine Kegelbahn …«, sagte ich.

»Bibliothek für die Dementen und eine Kegelbahn für die Rollstuhlfahrer.«

»Das ›Marienheim‹ ist auch ein Altenheim, mit Bewohnern, die noch keine Pflegefälle sind. Als ich das letzte Mal dort war, war die Cafeteria randvoll. Mit Frauen, die ein Gläschen Sekt tranken, und Männern, die Karten spielten.«

»Der Pflegebereich ist die Station, die dich versorgt. Aber das ganze Haus steht dir offen«, erklärte Anja.

Er lächelte ironisch, der Anfall von Trauer und Melancholie war vorüber. »Möchtest *du* dort leben?«

Anja lachte. »Frag mich, wenn ich fünfundachtzig bin! Wenn ich überhaupt so alt werde. Die Männer in meinem Leben kosten mich nämlich den letzten Nerv, du mit eingeschlossen. Also, was ist? Willst du noch ein Bier?«

Mein Vater unterschrieb die Aufnahmeformulare, und ich konnte Elli Burkhart mitteilen, dass er zum nächsten Ersten sein Zimmer beziehen würde.

22.

Ich war so erleichtert, meinen Vater in Zukunft gut untergebracht zu wissen, dass ich mir ein paar Stunden freinahm und längst fällige Einkäufe erledigte. Am Ende landete ich in Petras Boutique. Ich brauchte ein paar neue Pullover und Jeans und liebäugelte mit einem nachtblauen Kostüm, das in Petras Schaufenster hing und das ich zur Eröffnungsparty der »Hieronymus-Buchhandlung« tragen wollte.

Ich unterhielt mich mit Petra, während ich in der Umkleidekabine in den Rock schlüpfte und die Jacke überzog.

»Was machen die Handwerker?«, rief sie herein.

»Ist so gut wie alles fertig. Nur noch Kleinigkeiten, dann kann's losgehen.«

Ich trat aus der Kabine. »Und? Wie geht's mit deinem neuen Traummann?«

»Prima«, sagte Petra.

»Wirklich? Ist er nett?«

»Ich rede von deinem Kostüm.«

Petra war blass und sah aus, als habe sie die ganze Nacht kein Auge zugetan.

»Was ist los? Taugt er nichts? Ein Hallodri? Ein Sexstrolch?«

»Schlimmer. Er war nicht einmal der Rede wert. Hab ihn abserviert, bevor er mir seine Boxershorts zeigen konnte.«

»Und das hat dich so mitgenommen?«

»Wieso?«

»Du bist so blass.«

Sie kicherte. »Ich werde nicht mehr blass, wenn ein Mann nichts taugt, da müsste ich ja permanent aussehen wie ein Leichentuch. Nein.« Sie schüttelte den Kopf. »Die üblichen Verfallserscheinungen. Seit Wochen habe ich Schmerzen im Rücken. War beim Orthopäden. Der meinte, meine unteren Lendenwirbel seien ziemlich hinüber. Also empfahl er mir Wirbelsäulengymnastik und eine neue Matratze. Matratze war weniger anstrengend, also ging ich hin und kaufte mir so ein Sieben-Zonen-Wohlfühl-Ding, was immer das bedeuten mag, und einen neuen Lattenrost. Das alte Zeug habe ich sofort entsorgt mit dem Ergebnis, dass jetzt anscheinend alle Lendenwirbel marode sind. Schlaflos in Bodenfurt. Und die alte Matratze ist auch weg.«

»Vielleicht ist dieser Lattenrost falsch eingestellt?«

»Ja. Deshalb beehrt mich seit geraumer Zeit ein Spezialist aus dem Bettengeschäft und stellt die Latten ein.«

»Und?«

»Dem Spezialisten geht es bestens, er bringt mir schon Blumen mit und weiß, wo meine Kaffeemaschine steht, und ich habe inzwischen den Verdacht, dass er absichtlich die Latten manipuliert, um aus mir ein williges Wrack zu machen.«

»Ist zwar eine seltsame Methode, eine Frau anzubaggern, aber warum nicht? Wie sieht er denn aus?«

»So ähnlich wie der Lattenrost. Ein bisschen breit, ein bisschen gewölbt und sehr gut gefedert.«

Wir lachten.

Eine protzige schwarze Luxuskarosse hielt vor dem Laden. Wir beobachteten eine junge Frau, hochgewachsen, mit langen blonden Haaren, und einen älteren, schwergewichtigen Mann. Sie stiegen aus dem Wagen und stritten so laut, dass ihre Stimmen bis zu uns drangen.

»Das ist doch der Bauunternehmer Bremer«, sagte ich.

»Wie er leibt und lebt.«

»Ich finde, junge Frauen machen alte Männer noch älter.«

»So ist es, Süße. Er wird alt und seine Eitelkeiten immer jünger.«

Die blonde Frau rauschte davon. Bremer stieg wieder in seinen Wagen und gab Gas. Und ich erstand noch eine für meine Verhältnisse viel zu teure Seidenbluse zum nachtblauen Kostümchen und schritt dann frohgemut über den Marktplatz auf meine Buchhandlung zu – ich betrachtete sie immer noch als die meine, da war ich stur. Eine meiner Tüten verhedderte sich in der Markise des Obststandes. Ich hielt an und stolperte fast über Sabine, die sich gerade zu Jonas beugte und ihn liebevoll mit Bananenstückchen fütterte.

Ich blieb unschlüssig stehen.

»Hallo«, sagte Sabine.

»Hallo.« Ich deutete auf Jonas. »Er ist wirklich zum Anbeißen.«

Sabines Wangen färbten sich rot, so sehr freute sie

sich über mein Kompliment. Ich wollte schon weitergehen, aber sie hielt mich zurück.

»Hör mal, Christine. Tut mir leid, dass ich immer so ... so unfreundlich bin. Aber ich bin ... na ja ... ein bisschen eifersüchtig.«

»Auf mich?« Ich war völlig überrascht.

Sie zuckte verlegen die Achseln. »Wenn irgendwas ist ... immer rennt er sofort zu dir. Ich versteh's ja, ihr wart so lange zusammen, aber ...« Sie seufzte.

Mich überfiel schlechtes Gewissen, gleichzeitig ärgerte ich mich darüber. Verdammt! Nicht ich war hingegangen und hatte mir einen schon etwas angegrauten, aber gut verdienenden Abteilungsleiter unter den Nagel gerissen. Als *ich* Ulrich kennenlernte, war er ein charmanter Habenichts gewesen, der aus meinem Kühlschrank lebte und mir in seiner Stammkneipe höchstens mal ein Bier spendieren konnte.

»Weißt du«, sagte ich, »ich bin für ihn nur so eine Art Vorzimmerdame der Vergangenheit. Die kennt seine Nöte und seine Allüren, aber abends geht der Chef nach Hause und verschwendet keinen einzigen Gedanken mehr an sie.«

Ich strich Jonas über die bananenverschmierte Wange, nickte Sabine mit einem ziemlich dämlich-mütterlichen Grinsen zu und ging weiter. Meine gute Laune war natürlich dahin. War ich nun großherzig, weil mir Sabine nicht so unsympathisch war, wie sie mir hätte sein sollen, oder war ich einfach ausgesprochen blöd? Petra hätte auf Zweiteres getippt.

»Frau Bonhof? Hätten Sie einen Moment Zeit?«

Bremers junge Eitelkeit. Ich blieb stehen.

»Sie sind doch mit unserem Bürgermeister befreundet?«

Eigentlich war ich momentan eher entfreundet. Na gut – ich lächelte vorsichtshalber und bejahte die Frage.

»Dann sagen Sie ihm, er soll sich mal mit den städtischen Bauaufträgen befassen. Und mit der ... engen Zusammenarbeit von Bauamtsleiter Thoma und Herrn Bremer.«

»Dieter Thoma?«

»Genau.«

»Sind Sie nicht eine Freundin von Herrn Bremer?«

Die junge Eitelkeit lächelte so süß wie einer von Leonies erkälteten Weihnachtsengeln. »Bin schon wieder ausgetauscht worden.«

Mit einem provozierendem Hüftschwung drehte sie sich um und ging davon. Ich sah ihr nach. Die junge Frau, der ältere Geliebte ... Ergraute Männer und ihr Faible für Schaufensterpuppen. Trotzdem – ich gab es nicht gerne zu, aber es bestand ein Unterschied zwischen dieser brieftaschengeilen langhaarigen Designerschnepfe und der braven Sabine. Bremers Exfreundin würde sich schnell einen anderen Bodenfurter Geschäftsmann angeln, um dessen Angst vor dem Alter gewinnbringend für sich zu nutzen. Sabine dagegen schien Ulrich wirklich zu mögen. Sie war häuslich, kinderlieb und sehr sparsam. Shit! Hatte ich das jetzt wirklich gedacht? Was war ich? Eine verkappte Masochistin, die sogar ihre Feinde in Schutz nahm? Und was fing ich mit der vor Rachedurst triefenden Information der jungen Eitelkeit an? Betrachtete ich sie als Chance, um mit einem beleidigten Bürgermeister wieder in Kontakt zu kommen? Ignorierte ich sie? Aber was, wenn Tonis bester Freund und Bauamtsleiter seiner Behörde tatsächlich in einen Skandal verwickelt war? Dann gebot es schon die Bürgerpflicht, Toni zu unterrichten. Ich würde also nicht als schwachsinnige Masochistin handeln, auch nicht als sexbesessene Mittfünfzigerin, sondern als pflichtgetreue Bodenfurter Einwohnerin, der das Wohl ihrer Heimatstadt am Herzen lag. Klang gut. Klang sehr gut. Also machte ich wieder kehrt und strebte dem Rathaus zu.

Es herrschte Wahlkampf, kein Zweifel. An jeder Straßenecke hingen oder standen Plakate der zwei konkurrierenden Bürgermeisterkandidaten, Wahlstände waren aufgestellt, Flugblätter und kleine Werbeartikel wurden verteilt. Wie Toni mir immer wieder erklärt hatte, musste es gelingen, vor allem die politisch nicht interessierten Wähler anzusprechen, und zwar mit einer möglichst einfachen und klaren Botschaft. Tonis Botschaft lautete: »Ein Bürgermeister für alle.« Ich fand diesen Slogan ziemlich genial, vor allen Dingen, weil man sogar auf Nennung der Partei verzichtet hatte. Ein lächelnder, sympathischer Toni und eine klare Aussage: Seht her, hier bin ich, ein Mann in bestem Alter, voller Tatkraft, Erfahrung und Engagement. Partei? Scheiß auf die Partei! Sie interessiert mich nicht. *Ihr* interessiert mich. Weil ich euer Bürgermeister bin. Der Bürgermeister für alle.

Also auch für mich. Ich sah ihn von weitem, er lehnte an einem Stand und diskutierte mit einem Mann, der mit den Armen herumfuchtelte und wohl etwas auszusetzen hatte an der Bodenfurter Lokalpolitik. Ein paar Wahlhelfer verteilten Luftballons, sehr zur Freude einer ganzen Schulklasse, die vom Schwimmunterricht zurück zur Schule trottete. Toni winkte der Lehrerin zu und entdeckte dabei mich, die geduldig auf den Bürgermeister für alle wartete. Er verabschiedete sich von seinem Gesprächspartner, der jetzt mit etwas ratlosem Gesicht die Schnur eines Luftballons in der Hand hielt und nicht wusste, ob er ihn mitsamt seinen Bürgerträumen gen Himmel fliegen lassen oder seinem Enkelkind mit nach Hause bringen sollte.

»Was für eine Überraschung«, sagte Toni, in Anbetracht dessen, dass er gewählt werden wollte, äußerst reserviert.

Mein Herz klopfte ein wenig schneller. Ich hatte ihn vermisst, sehr sogar, und ich dankte insgeheim der jungen Eitelkeit, die mir einen Grund geliefert hatte, ihn zu sehen.

Wir gingen zu einem Stand, an dem Kaffee ausgeschenkt wurde. Während wir warteten, erzählte ich Toni von Bremers abgehalfterter Freundin und ihren giftigen Mutmaßungen.

»Das glaube ich nie und nimmer!«, fuhr Toni auf. »Dieter ist mein Freund. Bei dem wird nicht gemauschelt und betrogen.«

Er nahm zwei Kaffeebecher in Empfang, und wir stellten uns etwas abseits. Es fing schon wieder zu regnen an, ein grauer Tag, meine Lippen wurden allmählich steif vor Kälte.

»Vielleicht solltest du der Sache doch …«

»Nein!«, unterbrach er mich heftig.

Ich wusste, dass er und Dieter Thoma Jugendfreunde waren, dass sie früher, als Toni noch nicht geschieden war, zusammen mit ihren Frauen in Urlaub fuhren, dass sie sich, wann immer es ging, privat trafen. Wenn stimmt, dass das Hirn von Männern einer Problemlösungsmaschine gleicht, dann würde Toni meine Mitteilung sehr wohl speichern. Er würde nachdenken und zu einem Resultat kommen. Er würde mich nicht um meinen Rat bitten; Männer wollen nicht von Frauen beraten werden, sie wollen Frauen lediglich das Resultat ihrer Überlegungen mitteilen.

Also schwieg ich.

»Wie geht's dir?«, fragte er.

»Ich hatte viel zu tun. Der Umbau …« Ich lächelte ihn an. »Und ein beleidigter Bürgermeister machte mir auch zu schaffen.«

Meine Offenheit schockierte ihn. Waren Frauen nicht Weltmeisterinnen der indirekten Rede? Lehnten sie nicht Frontalangriffe ab? Er räusperte sich, zögerte, wahltechnisch gesehen eine Bankrotterklärung.

Also ebnete ich ihm den Weg: »Nächste Woche Freitag ist Eröffnungsfeier. Kommst du?«

»Ja … ja, natürlich.«

»Auch Paul Hieronymus hat zugesagt. Du weißt schon, der große Boss.«

Er zog hastig seinen Kalender aus der Tasche und warf einen Blick hinein. »Mist … Freitag, das geht ja gar nicht. Da habe ich eine Wahlkampfbesprechung. Schade.«

Ja, sehr schade. Ein bisschen hatte ich das nachtblaue Kostüm und die herrliche Seidenbluse auch für ihn gekauft. Christine Bonhof, Filialleiterin, eine gepflegte, geschäftstüchtige Frau, die sich charmant mit ihren Gästen und dem Autor der Lesung unterhält, die bewundernden Blicke des Bürgermeisters für alle im Rücken …

»Ich muss dann wieder«, sagte er. Als er meinen enttäuschten Blick sah, lächelte er plötzlich und legte mir einen Arm um die Schultern. »Kann ich heute Abend noch vorbeikommen?«

Halleluja! Ich würde meine Wohnung in ein Kerzenparadies verwandeln, meinen besten Rotwein kredenzen und dieses leckere Garnelenrezept ausprobieren, das ich beim Friseur heimlich aus einer Illustrierten gerissen hatte.

Ich nestelte jetzt meinen Kalender aus der Tasche und runzelte die Stirn. Blätterte wie eine vielgeplagte Managerin darin herum und murmelte: »Heute Abend? Ja, doch … das geht.«

Dann testete ich den eleganten Seitwärtsschwung, den die junge Eitelkeit so vollendet beherrscht hatte, als sie mich am Marktplatz stehenließ. Aber ich trampelte nur in eine Pfütze, was meinem Abgang die nötige Lässigkeit nahm.

Während ich zur Buchhandlung zurückging, überfiel mich eine Art hyperaktive Vorfreude. Deshalb merkte ich gar nicht, dass ich meinen alten Freund Hannes, die zwei Plastiktüten mit all seinem Hab und Gut bei sich, überholte. Ich spürte eine Hand am Ärmel.

»Graue Tage«, sagte Hannes. »Man sollte um diese Jahreszeit im Süden sein.« Er fror erbärmlich in seiner dünnen Jacke, und die Turnschuhe, die er anhatte, waren so abgetragen, dass sich jeden Moment die Sohlen lösen konnten. Er roch nach Straßenleben und dem Dreck der Bahnhofsunterführungen. Ich war versucht, ihm sofort neue Schuhe zu kaufen und auch eine dickere Jacke, aber Hannes war sehr stolz, er nahm nur Ess- und Trinkbares an, seine Kleidung holte er sich aus den Holzkästen, die am Bahnhof aufgestellt waren und in die man als Bodenfurter Wohlstandsbürger hineinwarf, was man aussortiert hatte. Aber wenigstens einen Kaffee konnte ich ihm anbieten, wenngleich ihm wahrscheinlich Hochprozentiges lieber gewesen wäre.

Ich überredete ihn, mich in die Buchhandlung zu begleiten, und erzählte ihm von dem netten Café, das wir dort integriert hatten. Nein, bei seinem Aussehen könne er dieses Etablissement nicht besuchen, meinte Hannes zunächst würdevoll. Da würde er mir ja sämtliche Kunden vertreiben.

»Das ist Unsinn. Aber keine Sorge! Es sind noch keine Kunden da. Eröffnung ist erst nächste Woche.«

Und so kam es, dass Hannes als erster Gast in einem der gepolsterten Sessel saß, einen Cappuccino trank und ein Hörnchen verdrückte. Er taute buchstäblich auf in der Wärme des Raums und dank der Behaglichkeit der vielen Bücherwände. Jakob plauderte mit ihm über verschiedene Klassiker, die Hannes erstaunlich gut kannte, und als er sich zum Aufbruch bereitmachte, holte Jakob seine Sporttasche – er war passionierter Handballspieler – und sagte, er habe ein Paar Turnschuhe, die er schon habe wegschmeißen wollen, weil er sie in der Waschmaschine gewaschen habe und sie ihn nun zwickten und zwackten. Ob Hannes vielleicht etwas mit ihnen anfangen könne? Der schwankte zwischen Stolz und Bedürfnis, nickte dann und meinte, es wäre schade um die schönen Schuhe. Wenn sie also nicht mehr gebraucht würden? Er setzte sich wieder und zog die Schuhe an. Ich hätte Jakob umarmen können, aber ich hielt mich im Hintergrund und tat so, als sortiere ich einige Bücher um.

Just in diesem Moment kam Markus Hämmerlein zur Tür herein. Er erschien fast jeden Tag, um auf sehr direkte Weise zu überprüfen, ob die Provinzler fähig waren, einen bunt glänzenden neuen Hieronymus-Tempel zu schaffen. Er blickte auf Hannes, blieb abrupt stehen und schaute mich an, als habe ich mich im letzten Moment entschlossen, eine Wärmestube für zahnlose Alte einzurichten.

»Hannes ist ein Freund«, sagte ich mit warnendem Unterton.

»Ah, ja.« Hämmerlein beobachtete schweigend, wie Jakob den alten Hannes zur Tür begleitete, ihm seine zwei Plastiktüten überreichte, als handele es sich um zwei Luxustragetaschen von Hermès, und sich höflich von ihm verabschiedete.

»Viel Glück zur Eröffnung«, wandte sich Hannes an mich. Er grinste mich an, sein Blick streifte den wie immer tadellos gekleideten kleinen Scheißer, der die zwei schmutzigen Tüten anstarrte, als enthielten sie gefährliche Sprengsätze.

»Omnia mea mecum porto«, sagte Hannes würdevoll und verließ uns.

»Wie bitte?«, fragte Hämmerlein.

»All das Meinige trage ich bei mir«, übersetzte Jakob.

»Wir haben es hier mit einem gebildeten Menschen zu tun, der irgendwann in Not geriet, was gebildeten Menschen im Laufe der Geschichte schon oft passiert ist.«

»Tatsächlich«, erwiderte Hämmerlein höhnisch.

Er und Jakob starrten sich an. Feindschaft bis aufs Messer. Das mochte ja heiter werden.

»Was führt Sie denn zu uns, Herr Hämmerlein?«, fragte ich freundlich.

»Herr Hieronymus meinte, ich solle mal nach dem Rechten sehen.«

»Sind Sie sicher, dass er sich so ausgedrückt hat?«

»Ich verstehe nicht?«

»Ich könnte mir vorstellen, er hat Sie gebeten, uns ein bisschen zur Hand zu gehen.«

Er schaute mich bitterböse an.

»Ja, dann helfen Sie Jakob doch, die Vorräte für die Kaffeebar auszupacken.«

»Bitte?«

Jakob verbiss sich ein Lachen, während es in Hämmerlein kochte. Er forschte in meinem Gesicht, hoffte, dass ich meine hierarchische Fehlentscheidung revidierte, schließlich war er Buchhändler und Jakob nur Volontär.

»Wir sind hier ein kleines Team, Herr Hämmerlein, jeder packt mit an.«

»Sogar Frau Bonhof«, meinte Jakob. »Und sie ist der Boss.«

Keine sehr gelungene Bemerkung in Richtung eines kleinen Scheißers, der mit den Hufen scharrte, um alsbald ein großer Scheißer zu sein.

Das Schweigen, das folgte, war eiskalt. Was Hämmerlein nicht wissen konnte, war, dass ich mit dergleichen eine langjährige Erfahrung hatte. Meine Eltern schwiegen sich oft monatelang so eisig an, dass ich es meist als Störung empfand, wenn sie wieder miteinander sprachen. Ich war Weltmeisterin im Ertragen wütender Stille.

Also gab Hämmerlein klein bei. Er zog sein Sakko aus, warf es über einen Stuhl und machte sich mit grimmigem Gesicht an die Arbeit.

23.

Der Tag der Neueröffnung. Am Morgen klarte der Himmel auf, ein kalter Wind blies. Das Laub auf den Wegen im Park gefror und bildete einen eisgrauen Teppich, es knackte, wenn man darauftrat.

Ich hatte diesen Tag genau geplant. Endlich einmal ausschlafen, ein Kosmetiktermin, der Friseurbesuch, ein kleiner Imbiss in einem Bistro, zusammen mit Toni, der sich wirklich auf sehr reizende und angenehme Weise mit mir versöhnt hatte. Dann noch ein paar ruhige Stunden zu Hause und eine mir von meiner Drogistin empfohlene Gesichtsmaske, die den Namen »Seide und Olive« trug. Vielleicht noch ein prickelndes Gläschen Sekt, während ich mich schminkte und umzog?

Nun ja, es gibt Menschen, bei denen so gut wie jeder Plan funktioniert und deren Leben sozusagen wie am Schnürchen abläuft, die schon ärgerlich sind, wenn der Wasserhahn tropft oder die Bremse am Fahrrad nicht ordnungsgemäß funktioniert. Zu diesen Menschen habe ich leider nie gehört. Bei mir wird die Regel eher zur Ausnahme.

So auch an diesem Freitag. Am Vormittag rief mich eine Mitarbeiterin des Pflegedienstes an und meinte, dass gleich der Hausarzt zu meinem Vater kommen würde, da sich sein Bein entzündet habe. Könne sein, dass mein Vater ins Krankenhaus muss, meine Anwesenheit während des Arztbesuches sei dringend erwünscht. Also sagte ich als Erstes meinen Kosmetiktermin ab und fuhr zu Papa.

Während wir auf den Arzt warteten, nutzte ich die Gelegenheit und bat ihn, mir doch zu sagen, welche Möbel er ins Heim mitnehmen wolle.

»Gar keine«, antwortete er grantig.

»Aber da sind nur die Einbauschränke und das Krankenbett im Zimmer. Genau aus diesem Grund. Damit du eigene Möbel mitbringen und dich darin wohl fühlen kannst.«

»Wohl fühlen?« Er schnaubte verächtlich.

»Den kleinen Tisch, zwei Polsterstühle, die Konsole, den Fernsehapparat, Bilder …«, schlug ich vor.

»Brauch ich nicht.«

»Du willst nicht fernsehen?«

Es klingelte, und der Arzt kam. Er bestrich das kranke Bein mit einer Salbe, verband es und stellte ein Rezept aus, das ich heute noch einlösen sollte, um das Medikament dem Pflegedienst zur Verfügung zu stellen. Nein, ins Krankenhaus müsse der Vater nicht, noch nicht, aber höchste Vorsicht sei geboten. Als ich ihn zur Tür begleitete, erzählte ich ihm vom Pflegeheim.

Er nickte zustimmend. »Das ist gut. Dann hat er mehr Menschen um sich. Und wird regelmäßig betreut. Das kann ein Pflegedienst so nicht leisten. Eine halbe Stunde am Morgen, eine halbe Stunde am Abend … Für leichtere Fälle mag das angehen. Für Leute, die sich noch selbst helfen können und das auch wollen.« Letzteres betonte er lächelnd, was bedeutete, dass mein Vater nicht wollte. Aber wem erzählte er das?

Ich besorgte das Rezept, kochte Suppe und Nudeln, räumte auf und sagte auch den Friseurtermin ab. Und den Imbiss mit Toni, der die Absage allerdings sehr verständnisvoll aufnahm. »Du kannst ja nichts dafür, wenn dein Vater krank wird«, meinte er.

Bevor ich mich von Papa verabschiedete, erwähnte ich die Einweihungsparty. Ich hatte ihn schon vor Tagen dazu eingeladen, wollte ein Großraumtaxi bestellen, damit auch sein Rollstuhl Platz fand, aber er hatte abgelehnt. »Wozu eine Feier, wenn eine Buchhandlung eröffnet wird, die immer schon offen war?«, hatte er brummig gefragt.

Ich hatte geschwiegen, hatte nicht argumentiert, dass er es vielleicht für mich hätte tun können. Diese Art von Gespräche führten wir nicht. Als ich ihn vor vielen Jahren einmal bat, meiner Mutter doch ab und zu ein Kompliment zu machen, nett zu ihr zu sein, hatte er sich verschlossen wie eine Auster. Solche eher belanglos beginnenden Diskussionen konnten unvermutet in eine tiefschürfende familienpsychologische Unterhaltung ausarten, und wenn mein Vater etwas hasste, dann das Eindringen in seine Gefühlswelt.

»Tut mir leid, dass ich wegmuss. Aber heute ist diese Party, von der ich dir erzählt habe.«

»Oh. Ja ... dann wünsche ich dir alles Gute«, nuschelte er und hüstelte verlegen, als müsse er die Worte mit Gewalt aus seinem Mund treiben. Denn auch unverbindliche Floskeln waren nicht seine Sache. Er wünschte mir nicht alles Gute, er wünschte mir auch nichts Schlechtes, er wünschte einfach, mit dem Leben dort draußen nichts mehr zu tun zu haben.

Mir blieben gerade noch zwei Stunden, um zu duschen, die Haare zu waschen und mir ein wenig Farbe ins Gesicht zu klatschen. Wurde wohl nichts mit der strahlenden Heldin, die als kompetente Filialleiterin durch ihre Buchhandlung schwebt und ein Raunen und Flüstern erzeugt ob ihres phänomenalen Aussehens.

Als ich vors Haus trat und in Gedanken noch einmal meine Einführungsrede wiederholte, bemerkte ich Ulrich, der gerade aus seinem Wagen stieg.

»Das ist aber nett«, sagte ich. »Mit einem Chauffeur habe ich gar nicht gerechnet.«

Er seufzte. »Nein ... es ist ... Ich kann nicht kommen zu deinem Eröffnungsabend.«

Ich war maßlos enttäuscht. Ich meine ... das ganze Jahr über hörte ich mir seine Klagen an, erteilte Ratschläge, war immer zur Stelle, wie man so schön sagte. Und er brachte es nicht einmal fertig, sich diesen einen Abend frei zu halten. So viel zu der Wir-bleiben-doch-Freunde-Trennung.

»Und das wolltest du mir persönlich mitteilen«, antwortete ich ironisch.

»Ja. Weil es mir leidtut. Ehrlich.«

»Kriegst du keinen Ausgang?«

Es tat mir gut zu sehen, wie sehr er sich ärgerte.

»Sabines beste Freundin hat Geburtstag und gibt ein großes Fest. Also muss ich bei Jonas bleiben.«

»Ah ... verstehe. Als Anja klein war, warst du nicht so rücksichtsvoll.«

»Was soll denn das schon wieder heißen?«

»Dass ich oft abends zu Hause gehockt bin. Babyhüten war nicht gerade deine Stärke.«

»Weil ich beruflich so viel um die Ohren hatte«, erwiderte er aufgebracht.

»Ach! Heute nicht mehr? Ich dachte, du hast gerade Karriere gemacht?« Ich lachte spöttisch, während er beleidigt schwieg. Also setzte ich noch eins drauf. »Aber vielleicht ist das Ganze ja nur eine Ausrede, und du wolltest sowieso nicht kommen.«

»Und warum nicht, wenn ich fragen darf?«

»Vorauseilender Gehorsam?«

»Du bist doch ... tss!« Er war so wütend, dass er mich einfach stehenließ und zu seinem Wagen eilte.

»Na, dann viel Spaß beim Windelwechseln!«, rief ich ihm nach.

Er drehte sich noch einmal um. »Was willst du eigentlich? Du hast doch Toni zum Händchenhalten!« Er stieg in sein Auto und brauste davon.

Klar. Ich hatte ja Toni. Ich war überhaupt umzingelt von aufmerksamen Männern. Der eine saß wie ein verdammter Autist in seinem Rollstuhl, der andere wollte ausgerechnet heute Abend seinen potenziellen Wählern die Hucke volllügen, und der dritte hätschelte die späte Frucht seiner Lenden.

»Herrgott!«, fluchte ich so laut, dass eine Frau, die vorbeiging, erschrocken stehen blieb. Ich hatte es wieder einmal verbockt. Dabei hatte ich mir geschworen, nie, nie mehr mit Ulrich zu streiten. Man stritt nicht mit Männern, die man nicht mehr liebte. Und man zeigte sich schon gleich gar nicht enttäuscht, wenn sie einen schon wieder im Stich ließen – aus welchem Grund auch immer.

Ich machte mich zu Fuß auf den Weg, stapfte zornig durch den Park. Feiner Nebel legte sich auf Büsche und Bäume – und auf meine Frisur. Ich fühlte förmlich, wie mein Haar sich krauste und zu jenen Hausfrauenlöckchen verkam, mit denen sich höchstens noch Rentnerinnen brüsteten, die auf Kaffeefahrten elektrische Wärmedecken kauften. Und das sollte nun mein großer Auftritt werden. Shit, Shit, Shit!

24.

Wenn ich an jenen Abend zurückdenke, wird meine Erinnerung unscharf. Ich weiß noch, dass mein Zorn verrauchte, dass ich mich freute, wie hübsch und einladend die Buchhandlung wirkte. Ein großes Porträt des Autors, der aus seinem neuesten Buch lesen sollte, prangte im Eingangsbereich. In der Cafeteria standen Platten mit Brötchen, Jakob schenkte bereits Prosecco aus, den eine nette junge Frau, die in Zukunft als Hilfskraft bei uns arbeiten sollte, an die ersten Gäste verteilte, während Markus Hämmerlein an der Tür die Leute begrüßte.

Petra kam mit zwei gefüllten Gläsern zu mir. »Toi, toi, toi!«, sagte sie.

Ich atmete tief durch.

»Nervös?«

»Reden zu halten war noch nie meine Stärke.«

»Du siehst blendend aus. Genau so, wie man sich eine Filialleiterin vorstellt.«

Anja umarmte mich. »Hallo, Mama. Alles Gute! Und sei nicht traurig! Hast das Beste aus der Situation gemacht.« Sie eilte weiter zu Jakob und half ihm beim Öffnen der Proseccoflaschen.

»Sieh's doch mal so!«, meinte Petra. »Du hast einen

Job, einen Freund, eine neue Bleibe für deinen Vater …«

Ich lachte. »Du meinst, ich bin nicht mehr Herr im eigenen Haus, mein Freund betrügt mich mit einer Hure namens Politik, und mein Vater tut, als würde ich ihn demnächst auf einem Rastplatz aussetzen.«

Immer mehr Leute betraten jetzt das Geschäft. Ich ging lächelnd umher, begrüßte, erklärte, lobte überschwenglich die Vorzüge, die meine Verbindung mit der Hieronymus-Kette mit sich bringen würde, und kam gar nicht mehr dazu, an Toni, Ulrich oder meinen Vater zu denken. Ich begrüßte den Autor, der inzwischen eingetroffen war, und auch Paul Hieronymus. Er trug einen grauen Anzug und einen dunklen Rollkragenpullover, sein Haar reichte fast bis zum Kragen, er wirkte sehr salopp und strahlte eine Natürlichkeit aus, die mich beeindruckte. Ich führte ihn in der Buchhandlung herum, er schien angetan von den Veränderungen und meinte, er freue sich über eine neue Hieronymus-Filiale, aber er könne natürlich auch verstehen, wenn ich Wehmut empfinden würde bei dem Gedanken, meine Selbständigkeit verloren zu haben. Ich wollte gerade sehr artig erwidern, dass ich trotzdem alles tun würde, um der Buchhandlung zu großem Erfolg zu verhelfen, als mein Handy klingelte.

»Bitte entschuldigen Sie mich«, bat ich und zog mich in eine ruhige Ecke zurück.

Es war Ulrich. »Du musst kommen«, sagte er mit einer so trostlosen Stimme, dass mir kalt wurde vor Angst.

Ich weiß nicht mehr, wie ich aus dem Laden kam. Ich glaube, ich erklärte Markus Hämmerlein, dass er an meiner statt eine kleine Einführungsrede halten und mich entschuldigen solle. Eine dringende familiäre Angelegenheit. Er wollte etwas erwidern, doch ich sah ihn nur an, und er verstummte. Überdies schien ihm aufzugehen, was für eine wunderbare Gelegenheit sich hier bot, seinen Chef für sich einzunehmen und was für einen verheerenden Eindruck ich wohl hinterlassen würde.

»Ist recht, Frau Bonhof. Kein Problem.«

Ich schlüpfte in meinen Mantel und stahl mich unbemerkt davon. Auf dem Marktplatz stand einsam und verlassen ein ziemlich ramponiertes Taxi. Ich stieg ein und bat den Fahrer, mich zum Krankenhaus zu bringen. Er nickte, schaltete die Uhr ein und fuhr los. Schwarze Wolkenfetzen am Himmel, es regnete wieder.

Während der ganzen Fahrt dachte ich an die schrecklichen Monate, als meine Mutter an Krebs erkrankt war und ich so oft dieselben Straßen entlanggefahren war wie jetzt. Dachte an jenen wunderschönen Frühlingstag, an dem unser Hausarzt mir eröffnet hatte, dass Mutters Unterleibskrebs zwar erfolgreich operiert worden sei, sich aber Metastasen in der Leber befänden. Da er meine Mutter schon seit Jahren kannte, wollte er ihr diese entsetzliche Diagnose ersparen. »Wenn ich einmal Metastasen habe, will ich es nicht wissen«, hatte meine Mutter uns und dem Arzt eingeschärft. »Ich kann nicht kämpfen, wenn ich weiß, dass es gar keinen Zweck mehr hat.«

Wir hielten uns daran. Sie bekam im Krankenhaus regelmäßig Blutkonserven, Medikamente, wurde wieder entlassen, wieder eingeliefert. Manchmal ging es ihr besser, dann wieder war sie so müde und teilnahmslos, dass sie nicht einmal mehr aufstehen wollte. Die Ärzte im Krankenhaus, die eingeweiht waren, sprachen von einer schweren Lebererkrankung. Sie nahm das hin, ihre eigene Mutter hatte auch zeitlebens über Beschwerden an der Leber gejammert. Und so gab es immer wieder Phasen, in denen sie fröhlich war, sich an jeder Blume erfreuen konnte und schon ungeduldig darauf wartete, dass es Weihnachten werde. Sie und Vater kamen an den Festtagen immer zu Ulrich und mir, übernachteten sogar bei uns, was für sie einen der wenigen Höhepunkte des Jahres bedeutete. Es war dann eine junge Ärztin, vollgepumpt mit theoretischem Wissen, aber bar jeder Menschenkenntnis, die ihr schonungslos die Wahrheit sagte. Die Medizinerin war der Meinung, jeder Mensch habe ein Recht auf diese Wahrheit, sogar die Pflicht, mit dieser Wahrheit zu leben, Ärzte dürften sie unter keinen Umständen verheimlichen. Der Todkranke müsse sich doch vorbereiten können auf sein Ableben. Von diesem Tag an aß und trank meine Mutter nichts mehr, sie musste künstlich ernährt werden, lag völlig apathisch im Bett und wartete auf den Tod. Drei Tage vor Weihnachten starb sie.

»Wir sind da«, sagte der Taxifahrer. Ich schrak auf, bezahlte und stieg aus.

Die langen Flure, jeder in einer anderen Farbe gestrichen, um die Orientierung zu erleichtern, der Geruch nach Desinfektionsmitteln, die gedämpften Geräusche, die aus den Krankenzimmern drangen.

Ich sah Ulrich schon von weitem. Er saß vornübergebeugt auf einem Stuhl, neben sich den Maxicosi, in dem der schlafende Jonas lag. Ulrich hob den Kopf und blickte mich verzweifelt an. Er sah bleich aus, seine Augen waren rot gerändert.

»Es war auf dem Weg zur Geburtstagsparty.« Er rang nach Worten. »Sie wissen nicht, wie's passiert ist. Eine Kurve … ein Baum …«

Ich war wie gelähmt. Ich sah sie vor mir. *Wenn irgendwas ist … immer rennt er sofort zu dir …* Ich setzte mich neben Ulrich und griff nach seiner Hand.

Er lächelte bitter. »Du hast geglaubt, es war eine Ausrede. Ja. Wär's nur eine Ausrede gewesen.«

»Es tut mir leid«, sagte ich erschüttert.

Beide ließen wir die Tür des Operationsraums, hinter der Sabine lag und um ihr Leben kämpfte, nicht aus den Augen. Neben uns Jonas, der aufgewacht war und kleine vergnügte Jauchzer ausstieß.

Lieber Gott, betete ich, das kannst du nicht wollen. Sie ist doch noch so jung! Ob Gott zuhörte? Falls es ihn gab?

Eine Schwester hastete vorüber. Ein Patient schlurfte zum Kaffeeautomaten und starrte trübsinnig auf die fade Brühe, die in einen Plastikbecher tröpfelte.

Dann kam der Arzt. Sein Gesicht war ernst, und mir war, als lege sich eine Zentnerlast auf mein Herz. Er war erschöpft und hatte tiefe Ringe unter den Augen.

Wir standen auf.

Er sah Ulrich an. »Es tut mir sehr leid. Ihre Frau … wir haben alles versucht. Aber die Verletzungen waren zu schwer. Sie hatte innere Blutungen, Milz- und Leberriss, einen Schädelbruch …«

Er zuckte resigniert die Achseln.

Jeder Tropfen Blut wich aus Ulrichs Gesicht. Er starrte ins Leere, am Arzt vorbei, stand regungslos da, während ich auf Jonas blickte, der friedlich in seinem Maxicosi lag und nicht wusste, dass er keine Mutter mehr hatte.

25.

Ich nahm mir ein paar Tage Urlaub, wohl wissend, was dies in beruflicher Hinsicht für mich bedeutete. Markus Hämmerlein würde zur Höchstform auflaufen und es in vollen Zügen genießen, dass ausgerechnet zur Neueröffnung der Buchhandlung die Filialleiterin nicht anwesend war. Aber wie so oft im Leben schrumpften diese Bedenken zur Bedeutungslosigkeit angesichts der wirklichen Tragödie, die ich gerade erleben musste. Denn Ulrich löste sich nicht aus seiner Erstarrung. Ich hatte ihn noch in der Nacht mit einem Taxi nach Hause gebracht, er zog nicht einmal seinen Mantel aus, er saß im Wohnzimmer, stierte auf seine Hände und sprach kein Wort. Ich kümmerte mich um Jonas, wickelte ihn, gab ihm ein wenig zu trinken und packte ihn ins Bett. Er folgte meinen Bewegungen mit großen Augen, eine fremde Person, die ihn da versorgte, aber er war so müde, dass er schon nach wenigen Minuten einschlief. Ich sah mich im Kinderzimmer um, das auch einmal Anjas Zimmer gewesen war, und dachte, wie grausam das Leben doch war. In diesem Haus hatte ich so viele Jahre verbracht, dann hatte ich es verlassen, hatte einer anderen Frau Platz gemacht, einer jungen Frau, die ich beneidet hatte um die lange, lange Zeit, die noch vor ihr lag, um die Zukunftspläne, die ganz andere sind, wenn man erst Mitte dreißig ist. Ich hatte sie beneidet um ihre Liebe, die auch eine andere war, ohne den grauen Schleier eines in die Jahrzehnte gehenden ehelichen Alltags. Und jetzt stand ich, deren Leben schon zum Großteil gelebt war, hier, und diese junge, hoffnungsfrohe Frau war tot. Und ein paar Türen weiter saß ihr Mann, der auch einmal mein Mann gewesen war, und wartete darauf, dass jemand kam, um ihm zu sagen, er habe nur schlecht geträumt, ein Alptraum, wie man ihn manchmal hat, wenn man nervös und überarbeitet ist.

Ich kehrte ins Wohnzimmer zurück. Ulrich hockte immer noch in Mantel und Schal da, nur dass er jetzt nicht mehr auf seine Hände starrte, sondern auf ein Bild von Sabine, das er auf den Tisch gestellt hatte. Es ist eine schreckliche Banalität zu sagen, das Leben muss weitergehen, aber genau das musste es, weil in diesem Haus ein kleines Kind in seinem Bettchen lag und in Zukunft wenigstens einen Vater brauchte, wenn es schon die Mutter verloren hatte. Natürlich war es noch viel zu früh, Ulrich daran zu erinnern, doch ich hatte das Gefühl, dass ich sein Schweigen und seine völlige Lethargie durchbrechen musste, weil er sonst Gefahr lief, nicht mehr auftauchen zu können aus diesem dunklen Loch, in das er sich zurückgezogen hatte.

Also kochte ich zuerst einmal Tee und brachte ihm eine Tasse.

»Trink!«, sagte ich.

Er reagierte nicht.

»Komm. Zieh wenigstens deinen Mantel aus.«

Widerstandslos ließ er sich aus seinem Mantel schälen, setzte sich aber sofort wieder auf die Couch und starrte auf das Bild, auf dem Sabine einen Strohhut trug und vergnügt lächelte.

Ich reichte ihm die Tasse. Er blickte sie so verwundert an, als wisse er gar nicht, was er mit ihr anfangen solle. Er nahm sie mir ab und stellte sie auf den Tisch.

»Wenn du willst, fahre ich morgen mit dir ins Krankenhaus.«

»Wozu?«, sagte er. »Sie ist tot.«

»Du musst dort die Formalitäten erledigen. Und ein Bestattungsunternehmen beauftragen.«

Er sah mich voller Abscheu an, dann sprang er auf und lief aus dem Zimmer.

Ich wartete. Auf dem Tisch lagen noch Reste von Geschenkpapier und ein Stück gelbes Band. Hier also hatte Sabine noch vor ein paar Stunden gesessen und ein Präsent für ihre Freundin verpackt. Vielleicht hatte sie Jonas auf dem Schoß gehabt, vielleicht hatte sie mit Ulrich gescherzt, weil er den Babysitter spielen musste, während sie auf einer Party tanzte. Vielleicht hatte Ulrich sie geküsst, vielleicht hatte er, halb Ernst, halb Spaß, gemeint, sie solle nicht zu viel flirten auf diesem Fest, vor allen Dingen nicht mit jungen, faltenlosen Männern ohne Bauchansatz. Und sie hatte zärtlich gelacht und geantwortet, sie mache sich nichts aus jungen Männern. Sie sei noch nie so glücklich gewesen wie jetzt.

Mit diesen Bildern vor Augen war mir, als hätte ich eine Tür geöffnet, hinter der sie noch atmete und sprach. Das gelbe Band ... ich nahm es und rollte es sorgfältig zusammen. Es sind diese kleinen Dinge, ein Band, eine Tasse, ein Kleid, achtlos über einen Stuhl geworfen, die einen plötzlichen Tod so unerträglich machen. Gerade hatte dieser Mensch die Tasse noch benutzt, das Kleid ausgezogen, jetzt war er fort, hatte nicht gewusst, als er das Kleid über den Stuhl warf, dass er es nie wieder anziehen würde.

Und so kam es, dass ich um Sabine, die ich einmal so gehasst hatte, weinte.

Ich schlief im Gästezimmer. Ich konnte Ulrich und Jonas in dieser Nacht nicht allein lassen. Da ich mein Handy ausgeschaltet hatte, fand ich erst am nächsten Morgen die Nachrichten von Anja, Jakob und Petra, die sich um mich sorgten und wissen wollten, wo um Himmels willen ich steckte. Ich rief Anja an, erzählte mit ein paar dürren Worten, was geschehen war, und bat sie, Jakob, Petra und auch Toni zu informieren.

Anja war erschüttert. Zwar hatte sie ihrem Vater die Scheidung nie verziehen und mit Sabine kaum fünf Sätze gewechselt, aber der Tod ändert alles. Reduziert. Auch Zorn, Enttäuschung und Verletztheit.

Ich fand Ulrich im Wohnzimmer, er lag, noch völlig bekleidet, auf der Couch und schlief. Sabines Bild hielt er in der Hand. Aus dem Kinderzimmer hörte ich Jonas' Stimme, er brabbelte vor sich hin, rauhe Laute, die von entzückten Schreien unterbrochen wurden, kleine Silben, die sich zu einem »Ma-ma« zusammenfügten.

Ich ging zu ihm und sah, wie er die Stirn runzelte und versuchte, diese Person in dem dunklen Kostüm und mit den wirren Haaren einzuordnen, was ihm natürlich nicht gelang. Ich war fremd, ich war nicht seine Mutter – also begann er zu weinen. Ich versuchte ihn zu trösten, abzulenken, nahm ihn auf den Arm, aber er machte sich so steif, dass ich ihn fast hätte fallen lassen. Sein Schnuller und sein Kuscheltier beruhigten ihn allmählich, und als ich ihm eine frische Windel umlegte und ihn anzog, hatte er sich mit dieser fremden Frau in seinem Zimmer abgefunden. Ich setzte ihn wieder in sein Bettchen, umgab ihn mit Spielzeug und ging in die Küche, um für uns drei Frühstück zu machen. Aber dann überlegte ich es mir anders. Ich musste Ulrich wecken, musste ihn zurückholen. Er war hängengeblieben in einem gestrigen Bild, einer Fotografie des Lebens, ein Zoom und stopp bis zu jenem Augenblick, da Sabine noch mit ihm scherzte und ein gelbes Band zerschnitt.

Er schreckte hoch, als ich ihn sacht am Arm berührte. Sein Blick fiel auf mich, was tat ich hier, wir waren doch geschieden? Dann bemerkte er Sabines Bild, das er immer noch in der Hand hielt, und die Erinnerung kehrte zurück. Sein Gesicht verfiel, wurde alt, die Konturen verschärften sich, seine Augen blickten matt und trüb, und ich konnte mir zum ersten Mal vorstellen, wie er aussehen würde, wenn er tatsächlich alt und gebrechlich war.

Es dauerte lange, bis ich ihn überredet hatte, ins Badezimmer zu gehen, sich zu duschen, zu rasieren und frische Wäsche anzuziehen. Diese tägliche Routine musste ihm vorkommen wie Hohn, als würde er der toten Sabine unrecht tun, wenn er weitermachte wie bisher, sich die Zähne putzte, Seifenschaum auf sein Gesicht strich und Rasierwasser benutzte. Also brachte ich Jonas zu ihm, als sei dieser kleine Junge die Nabelschnur, die ihn, den Vater, mit dem Leben verbinden konnte.

Er reagierte nicht. Schweigend zog er sich an und ging in die Küche, in der ich inzwischen den Frühstückstisch gedeckt hatte. Er ließ Jonas einfach im Badezimmer auf dem Boden sitzen, blieb eingeschlossen in seinem Kokon des Schmerzes und der Wut, ja, ich spürte, dass er wütend war. Wieso musste *ihm* das geschehen, wieso Sabine, die eine so vorsichtige Fahrerin gewesen war, wieso tat Gott ihm das an, gab es überhaupt einen Gott – er hatte nie so recht daran geglaubt. Und jetzt natürlich gar nicht mehr, weil das Leben ihm doch offensichtlich gezeigt hatte, dass alles willkürlich und zufällig geschah.

Jonas begann zu weinen, ich holte ihn und setzte ihn in sein Stühlchen. »Gibt es Angehörige von Sabine, die wir benachrichtigen müssen?«, fragte ich vorsichtig.

»Nein.«

»Aber ihre Freundin?«

Er nickte. Er mochte über diese Freundin, zu deren Fest Sabine auf dem Weg gewesen war, nicht sprechen, und schon gleich gar nicht wollte er sie anrufen. Also gab er mir die Telefonnummer, und ich überbrachte die traurige Nachricht.

Im Krankenhaus sagte man uns, dass Sabines Leichnam bereits in einen Kellerraum gebracht worden sei, wenn wir die Tote noch einmal würden sehen wollen, könne man uns dorthin bringen.

Ich wartete vor der Tür auf diesem kalten, von Neonleuchten erhellten Flur. Als Ulrich zurückkehrte, war er noch bleicher als zuvor, sogar seine Lippen hatten jede Farbe verloren.

Er sagte kein Wort und lief so schnell vor mir her, dass ich kaum folgen konnte.

Im Beerdigungsinstitut schwieg er die meiste Zeit. Die sachliche Routine und der salbungsvolle Ton der Sachbearbeiterin kosteten schon mich große Anstrengung, gefasst zu bleiben, ihn stürzte diese Prozedur in noch größere Verzweiflung. Erd- oder Feuerbestattung? Welcher Friedhof? Ein Pfarrer, ein Redner? Welcher Sarg? Trauerwäsche? Jede Frage vertiefte seinen Schmerz. Zusammen hatten wir seine Eltern und meine Mutter beerdigt, aber es macht einen Unterschied, ob man von einem alten oder einem jungen Menschen Abschied nimmt. Ich versuchte, ihm beizustehen, so gut es ging, aber am Ende des Tages war ich völlig erschöpft.

Wir fuhren zu Anja, die auf Jonas aufgepasst hatte, und dann nach Hause. In sein Zuhause, in dem er sich nun so fremd bewegte, als kenne er es nicht mehr.

Der Anrufbeantworter blinkte. Man ließ Ulrich wissen, dass Sabines Auto auf einem der amtlichen Schrottplätze stand und auch dafür verschiedene Papiere unterschrieben werden mussten.

Da brach er völlig zusammen. »Ich kann das nicht«, schluchzte er, und ich versprach ihm, mich am nächsten Tag darum zu kümmern.

Und wieder versorgte ich Jonas und brachte ihn ins Bett, wieder legte sich Ulrich angekleidet auf die Couch, Sabines Foto auf dem Tisch. Als er eingeschlafen war, wusste ich nicht, wie es weitergehen sollte. Ich musste in meine Wohnung zurück, ich sehnte mich nach einem Bad, nach Stille, nach Toni, der mich schon ein paarmal angerufen und seine Hilfe angeboten hatte. Aber was, wenn Jonas aufwachte? Würde Ulrich sich um ihn kümmern? Konnte er es? Ich war mir nicht sicher. Also telefonierte ich mit Petra und bat sie, mir aus meiner Wohnung Kleidung und Wäsche zu bringen. Sie hatte einen Schlüssel, und obgleich sie nicht verstehen konnte, warum ich nicht endlich nach Hause ging und mich ausruhte, versprach sie mir, sich so schnell wie möglich um alles zu kümmern. Aber ich wusste natürlich, dass sie der Meinung war, man habe mir schon wieder einmal den Schwarzen Peter zugeschoben, auf dem ich sitzenblieb, weil kein anderer ihn haben wollte. Schließlich – was ging mich Ulrich noch an? Oder Jonas? Hatte ich nicht schon genug getan?

Ich blieb bis zur Beerdigung bei Ulrich. Ich half ihm, auch diesen Tag noch durchzustehen, obgleich ich mich fühlte, als lägen Bleigewichte auf meinen Gliedern. Ich war es nicht mehr gewohnt, ein kleines Kind rund um die Uhr zu betreuen, zumal Jonas nun immer öfter unruhig zur Tür schielte. Er wartete auf seine Mutter und im Grunde auch auf Ulrich, der sich so gut wie gar nicht um ihn kümmerte.

Als endlich die letzten Trauergäste Ulrichs Haus verlassen hatten, fand ich ihn, im dunklen Anzug, blass und mitgenommen, im Schlafzimmer. Er saß auf Sabines Bett und hielt ihr Schlafshirt in den Händen. Auf der Konsole stand eine benutzte Tasse mit der Aufschrift *Sabine*. Ich trat ein, ich hatte Jonas auf dem Arm und war bereits im Mantel.

Ulrich blickte zu mir auf. »Sind sie weg?«

»Ja, alle.« Ich setzte Jonas aufs Bett. »Der Tag der Beerdigung ist immer schrecklich.«

Ulrich nickte abwesend. Aber plötzlich fiel ihm auf, dass ich im Mantel vor ihm stand. Jonas neben ihm begann zu quengeln.

»Wo willst du denn hin?«, frage er erstaunt.

»Zurück nach Hause. Und in die Buchhandlung, alle warten dringend auf mich.«

Er sah mich fassungslos an. Ihm schien zu dämmern, dass er von nun an allein auf sich gestellt war. Die Fassungslosigkeit wich Entsetzen.

Ich nahm Jonas und drückte ihn in seine Arme. »Ich habe für den Kleinen ein wenig Gemüse vorgekocht. Und eine neue Windel braucht er auch.«

»Aber …« Er hob Jonas hoch und blickte ihn bestürzt an. »Das hat immer alles Sabine gemacht. Sie …« Er schluckte, als er ihren Namen nannte. »Sie wollte es so. *Du hast deinen Job und ich den meinen …*« Tränen traten in seine Augen. Er setzte Jonas auf den Boden, doch der zog sich an Ulrichs Beinen hoch und fing an zu schreien.

Ulrich saß da wie ein Häufchen Elend, ich konnte die beiden unmöglich in diesem Zustand zurücklassen. Was sollte ich tun? Da war niemand, der mir die Last hätte abnehmen können. Ulrich hatte keine Schwestern, keine Cousinen – es mussten ja Frauen sein, die ihm halfen, immer mussten es Frauen sein, warum eigentlich? Fest stand, dass er im Grunde niemanden mehr hatte außer Anja und mich. Und Jonas natürlich, dessen Gesichtchen nun tränenüberströmt war, der in seinem Kummer verzweifelte kleine Hickser machte und jetzt so flehend zu Ulrich und mir aufsah, dass es mir fast das Herz brach.

Also versorgte ich auch an diesem Tag noch einmal den Haushalt, kaufte ein, kochte, badete den Kleinen und brachte ihn zu Bett.

Dann aber verabschiedete ich mich endgültig. Ulrich schien sich jetzt in einer Art lethargischem Zustand zwischen Wachen und Schlafen zu befinden, doch schon nach meinen ersten Worten, nach meinem »Du schaffst das schon«, schaute er mich an, als riefe ich vor einem überzeugten Monarchisten die Republik aus.

»Fläschchen und Babykost ... steht alles in der Küche. Suppe ist im Kühlschrank. Das neue Windelpaket im Badezimmer. Feuchttücher und Cremes liegen neben dem Waschbecken. Jonas war sehr müde, er wird wahrscheinlich durchschlafen. Lass die Schlafzimmertür offen, damit du hörst, wenn er schreit! Gib ihm ein bisschen Tee zu trinken, dann schläft er schnell wieder ein! Und vergiss nicht die kleine Vitamintablette, die ins Fläschchen muss! Immer morgens.«

Ich weiß nicht, wie viel er von alledem behielt, aber es war mir inzwischen auch egal. An meinen Füßen hingen Eisenkugeln, und mein Kopf lag zwischen Schraubzwingen. Wenn ich nicht noch vor meinem Vater im Pflegeheim landen wollte, musste ich zusehen, dass ich wegkam. Ich musste schlafen. Ich musste zurück in mein eigenes Leben.

26.

Am nächsten Morgen kroch ich über den Marktplatz, ich fühlte mich ausgelaugt und erschöpft, und dass ein strahlender und sehr jung wirkender Toni mir von sämtlichen Wahlplakaten entgegengrinste, tat mir gar nicht gut. Ich blieb kurz stehen, rang nach Atem, wobei mich jede Schnecke hätte überholen können, und nahm mir vor, augenblicklich einem Gymnastikkurs beizutreten. Ich wollte überhaupt mehr für mich tun. Schwimmen, Saunabesuche, Massagen. Gestresste Menschen mittleren Alters sollten ihrem Körper etwas gönnen. Kein Wunder, dass der kleine Scheißer Hämmerlein mich frühpensionieren oder ins Altersexil schicken wollte, wenn man bei meinem Anblick versucht war, sofort einen Krankenwagen zu alarmieren.

Derart in Selbstmitleid versunken, bemerkte ich gar nicht, dass Petra mich eingeholt hatte. Ihre Boutique öffnete zur gleichen Zeit wie meine Buchhandlung. Sie legte einen Arm um mich und blickte mich besorgt an.

»War's schlimm?«

Ich nickte.

»Ich konnte den Laden nicht allein lassen. Sonst wäre ich natürlich zur Beerdigung gekommen.«

»Wie soll das bloß weitergehen?«, jammerte ich. »Er

ist völlig hilflos.« Ich schüttelte den Kopf, lächelte sie matt an und wandte mich zum Gehen.

»Christine?«

Ich drehte mich um.

»Du bist nicht mehr mit ihm verheiratet.«

Sie hatte ja recht. Aber recht haben und recht tun sind zweierlei Paar Stiefel, hatte meine Mutter immer doziert. Es ging mir ja gar nicht so sehr um Ulrich, es ging mir um Jonas. Als würde Sabine mir ein Zeichen geben, mir einen flehentlichen Wunsch aus dem Jenseits senden. Ich versuchte, mich gegen diesen Gedanken zu wehren. Was für ein Unsinn!, schalt ich mich. Ulrich hat es fertiggebracht, sich von dir zu trennen, sich eine junge Frau zu nehmen, er wird es, verdammt noch mal, schaffen, für sein Kind zu sorgen. Aber ich konnte mir so gut zureden, wie ich wollte – ich machte mir große Sorgen. Und über mir der Himmel sah aus wie Teer, Schirm hatte ich auch keinen dabei, den Hosenanzug, den ich trug, konnte ich nicht leiden, und die Bluse gleich zweimal nicht, sie war viel zu fade mit ihrem albernen Kragen und ließ mich so tragisch aussehen wie Maria Stuart vor ihrem letzten Gang. Oder wie diese Angestellte des Beerdigungsinstituts, die so salbungsvoll von »Leichenwäsche« gefaselt hatte, als sie uns diesen Versandhauskatalog des Jenseits vorlegte.

Unbemerkt betrat ich die Buchhandlung. Markus Hämmerlein und Jakob standen an einer Regalwand.

»Der Karton mit den Leseexemplaren muss noch ausgepackt werden«, sagte Hämmerlein.

Jakob lächelte spöttisch. »Wär ich jetzt von selbst gar nicht draufgekommen.«

Eilfertig nahm Markus einem Kunden ein Buch ab und bediente die Kasse. »Schönen Tag noch!« Der Kunde ging, und der kleine Scheißer schob die Hände in die Hosentaschen und gesellte sich wieder zu Jakob.

»Die Bestellungen liegen auch noch rum.«

»Hier läuft alles bestens ... auch ohne den Kasernenton«, fauchte Jakob.

Hämmerlein wollte etwas erwidern, da entdeckte er mich. Ich stand an der Theke der Kaffeebar.

Er wurde verlegen. »Ja ... alles in Ordnung so weit«, sagte er. »Schön, dass Sie endlich wieder da sind.«

Vielleicht sah ich aus wie Maria Stuart, im Augenblick tendierte ich allerdings mehr zu Heinrich VIII.

»Ich hätte gerne einen Kaffee.«

Er riss die Augen auf, wollte etwas erwidern, aber ich sah ihn nur an. Köpfen oder hängen? Eichenfurnier oder Beschläge auf den Sarg?

Er schien meine mordlüsternen Gedanken zu ahnen. Schweigend bediente er die Kaffeemaschine und stellte mir eine Tasse hin, nicht ohne mit einer übertriebenen Handbewegung Löffel und Zuckertütchen dazuzulegen.

»Danke.«

Er nickte.

Ich kämpfte gegen den Nebel meiner Müdigkeit an. »Die Bestellungen ... die liegen doch noch rum, oder?«

Ich hörte förmlich, wie er mit den Zähnen knirschte. Zahnschiene, mein Lieber! Ein notwendiges Accessoire für alle karrieregeilen kleinen Scheißer. Hatte ich das jetzt gedacht oder laut gesagt?

Er drehte sich jedenfalls beleidigt um, ging zu einem Bücherkarton und fing an auszupacken.

Kurz bevor ich den Laden schließen wollte, kam Anja. Sie hatte das Babyreisebett geschultert, an der einen Hand hing Leonie, an der anderen der große Stoffsack mit der Matratze.

»Mama, ich weiß, was du alles an der Backe hast. Aber Steffen übernachtet heute in Frankfurt, er hat morgen eine Präsentation, die er für irgendeinen erkrankten Kollegen übernehmen muss, und ich soll zu einem Abendessen mit meinem Chef. Das kann ich nicht verschieben. Er will mir einiges über seinen Job erzählen, das ist wichtig für mich … bitte, Mama.«

Ich wollte schon erwidern, dass ich nur noch nach meiner Couch und einem doppelten Cognac lechzte, dass ich Toni seit Tagen nicht mehr gesehen hatte, wahrscheinlich hatte er mich längst gegen die rothaarige Architektenexgattin ausgetauscht, mit der er sicherlich mehr anfangen konnte als mit einer Frau, die eine Frischzellenkur so nötig hatte wie ein Schwamm Wasser. Aber ich brachte es nicht fertig. Anja hatte es schließlich auch nicht leicht. Und wenn man als Mutter weiß, wie viel die Tochter zu arbeiten und zu leisten hat, erfahren die letzten Reste von Energie eine erstaunliche Renaissance. Wir packten also den ganzen Krempel in mein Auto, während Leonie vergnügt vor sich hinplapperte. Als ich die Buchhandlung gerade abschließen wollte, fing mich noch eine meiner Stammkundinnen ab, die dringend ein Geburtstagsgeschenk für ihre Mutter brauchte. Ich empfahl ihr den Ratgeber »Wie grenze ich mich ab?«, was aber nicht gut ankam, weil die Kundin zwei kleine Kinder ihr Eigen nannte und keinerlei Interesse daran hatte, dass ihre Mutter sich abgrenzte. Sie entschied sich für einen innigen Roman, der in herrschaftlichem Ambiente im schottischen Hochmoor spielte und in dem es vor Bediensteten nur so wimmelte, auch Omas verfügten darin über Küchenpersonal und einen Gärtner.

Leonie schlief bereits. Ich lag mit leerem Kopf und geschlossenen Augen von giftgrünem Antistressschaum umgeben in der Badewanne, als es klingelte. Ich rührte mich nicht, sollte es doch klingeln, stundenlang meinetwegen! Selbst wenn eine für mich altersgerechte Mischung aus Brad Pitt und Robert Redford persönlich vor der Tür stand – ich würde mich keinen Zentimeter von der Stelle bewegen. Aber es klingelte wieder und wieder, und da fiel mir ein, dass Leonie bei mir nächtigte und sicherlich aufwachen würde. Was bedeutete, dass ich sie mit Saft beruhigen und ihr mindestens dreimal die Geschichte der frierenden Engel vorlesen müsste. Also hievte ich mich fluchend aus meiner warmen Wanne, stieg versehentlich auf Leonies Quietschente und haute mir den Knöchel an ihrem Lillifee-Köfferchen an, das alles enthielt, was eine über Dreijährige so braucht, wenn sie bei Oma übernachtet. Zahnpasta mit Erdbeergeschmack, Gesichtscreme mit den Bärchen drauf, Haargummi, perlenbesetzte Haarklammern, Lipgloss und abgelutschte Plastikfigürchen aus Überraschungseiern. Ich riss zornig meinen alten Bademantel vom Haken, streifte ihn über und schlitterte auf nassen Füßen zur Tür … Parkettboden im Flur war ja gut und schön, aber Teppich wäre praktischer.

Es war Toni. Er trug eine Flasche Wein unterm Arm

und schnalzte vergnügt mit der Zunge, als er mich, tropfend und halb entblößt, sah.

»Hallo, meine Schöne! Was hältst du von einem Glas Wein und all den Streicheleinheiten, die wir die letzten Tage versäumt haben?«

Er war sichtlich zu Scherzen aufgelegt, und ehe ich ihn daran hindern konnte, tänzelte er ins Schlafzimmer und ließ sich aufs Bett fallen. Und fuhr erschrocken wieder hoch.

»Was ist das?«

»Leonies Bauklötze.« Ich wedelte mit der Hand. »Psst, sie schläft.«

Erst jetzt bemerkte er das Kinderbettchen, das in der Ecke stand. Er schloss die Tür. Seine Fröhlichkeit hatte gelitten, der erotische Elan ebenfalls, was auch an meinem Anblick liegen mochte. Die ölige Gesichtsmaske, der Fettstift auf den Lippen, die tropfenden Haare und, ach ja, der Bademantel! Wie oft hatte ich mir vorgenommen, ihn gegen ein weißes, flauschiges Etwas auszutauschen, um dem Bild gerecht zu werden, das ich mir manches Mal gerne von mir machen würde: die verführerische, reife Frau, zart duftend und …

»Ist das richtig?«, unterbrach Toni meine Gedanken. »Du hast die ganze Zeit bei Ulrich übernachtet?«

»Gestern nicht. Da kam ich spät noch nach Hause.«

Schweigen.

»Ich konnte ihn nicht allein lassen.«

Er zog die Brauen hoch.

Ich wurde wütend. Was glaubte er? Dass ich in seidenem Negligé einen Mann verführte, der wie ein graugesichtiger Außerirdischer auf der Bettkante saß und auf das Foto seiner Frau stierte? Litt er unter einer Liebhaberparanoia?

»Besser gesagt, Jonas hat mich gebraucht.«

»Und wieso ist Leonie hier?«

»Weil Anja mich auch gebraucht hat.«

»Vielleicht klingelst du bei deinen Nachbarn und erkundigst dich, ob sie dich nicht auch noch brauchen können?«

Und so begann ein Streit, dem noch so manch andere folgen sollten. Als Toni und ich uns kennenlernten, amüsierte ihn meine Bindung an die Familie. Insgeheim fand er es wohl reizvoll, nun mit einer Frau befreundet zu sein, die so ganz anders war als jene, von der er sich getrennt hatte. Aber es ist eine Sache, Familienleben aus der Ferne zu betrachten, theoretisch sozusagen, und eine andere, in dieses Leben hineinzugeraten wie ein entwurzelter Baum in einen Tornado. Toni hatte seinen eigenen Tornado, die Politik. Seine Mußestunden wollte er mit einer gepflegten, Frohsinn verbreitenden, halbwegs gebildeten Frau verbringen, die Beständigkeit in sein Leben brachte. Natürlich war er hilfsbereit, natürlich verstand er sich mit Anja, Steffen und meinem Vater. Aber diese Menschen sollten Randfiguren bleiben, im Zentrum standen er und ich.

Wir versöhnten uns wieder, tranken ein Glas Wein. Doch nach einer Stunde verabschiedete er sich. Ob er nach Hause fuhr? Oder zum »Goldenen Lamm«, das eine herrlich gemütliche Weinstube besaß? In der die Toni-Jägerin mit hungrigem Blick ein und aus ging?

Als ich mich mit diesen düsteren Visionen endgültig und todmüde zur Ruhe begab, erwachte Leonie.

»Omi?«, murmelte sie verschlafen.

Ich holte sie zu mir ins Bett. Ich spürte ihren kleinen Körper, ihr Kopf lag auf meinem Arm, ihre Hand griff im Schlaf nach der meinen. Meine Gedanken wanderten in die Vergangenheit, zu Anja, die immer zu mir ins Bett gekrochen kam, wenn sie schlecht geträumt hatte oder wenn ein nächtliches Gewitter uns wach hielt. Sie war ein so freundliches Kind gewesen, stets vergnügt, eine gute Schülerin, geradlinig, hilfsbereit und sehr praktisch veranlagt. Sie half mir im Haushalt, sie kaufte ein, sie bügelte die Wäsche. Dass ich berufstätig war, akzeptierte sie, ich hatte sogar das Gefühl, dass sie stolz darauf war, ein wichtiges Rädchen in unserer gut funktionierenden Partnerschaft zu sein. Ulrich war viel unterwegs, Seminare, Fortbildungslehrgänge, Meetings, die wahrscheinlich mehr der Selbstdarstellung dienten als der Problemlösung, aber Anja und ich kamen mit seiner Abwesenheit zurecht. Jeder hatte seine Aufgabe, seinen Status. Ich war die berufstätige Ehefrau und Mutter, Anja die Schülerin, die der berufstätigen Mutter unter die Arme griff, und Ulrich der Vater, der auf Karriere aus war.

Auch Anjas pubertäre Phase überstanden wir gut, vielleicht war Anja ein bisschen frecher als früher, schlampte ein bisschen mehr mit den Hausaufgaben, alles kleine Dinge, nichts, das einen beunruhigen musste. Mit neunzehn machte sie Abitur und ging wie einst ich in die Großstadt, sie wollte medizinisch-technische Assistentin werden. Dort lernte sie Steffen kennen. Er war ein paar Jahre älter als sie und studierte Informatik. Beide bestanden sie ihre Prüfungen. Sie gingen nach

Bodenfurt, weil Anja am hiesigen Krankenhaus eine Stelle angeboten bekam und Steffen einen Job bei einem kleinen Softwarehaus fand. Das waren jene Jahre, da Anja sich von uns entfernte, ein natürlicher Prozess. Wir sahen uns, wir telefonierten, aber wir wussten nicht mehr sehr viel voneinander, wir kannten nur die Äußerlichkeiten, die das Leben der anderen bestimmten. Wohin man in Urlaub fuhr, wo man Silvester feierte, welche Freunde man traf. Dies änderte sich, als Leonie geboren wurde. Familienverhältnisse erneuern sich, leben wieder auf durch die Geburt eines Kindes. Als ich ins Krankenhaus kam und zum ersten Mal Leonie im Arm hielt, wusste ich, dass nun alles gut war für Anja. Was immer mit Ulrich oder mir geschehen mochte, es würde für sie erträglich sein; denn sie hatte jetzt selbst ein Kind, eine Tochter – die sie sich insgeheim so sehr gewünscht hatte.

Als Anja am nächsten Morgen Leonie abholte, um sie in den Kindergarten zu bringen, fiel mir auf, wie mitgenommen sie aussah.

»Ist wohl spät geworden gestern.«

Sie schüttelte den Kopf und wandte sich von mir ab. Das hatte sie schon als Kind getan, wenn sie nicht wollte, dass man ihren Kummer sah. Ich blickte auf Leonie, sie räumte ihre Bauklötzchen in die Spielzeugkiste und war so vertieft in ihre Tätigkeit, dass sie nicht auf uns achtete. Also bereitete ich schnell einen Espresso zu und drückte Anja auf einen Stuhl. »Was ist los?«

Sie stieß einen genervten Seufzer aus. »Als du dich früher öfter mit Papa gestritten hast, weil er so wenig im Haushalt half, oder darüber, dass du unbedingt berufstätig bleiben willst, da habe ich mir insgeheim oft gedacht, dass du übertreibst, so ein Emanzengeschwafel halt, das meine Freundinnen und ich ziemlich ätzend fanden.«

Ich lachte. »Das war mir schon klar.«

»Und jetzt bin ich in derselben Lage. Die gleichen Argumente, die ich Steffen an den Kopf werfe, und die gleichen Retourkutschen, die von Papa immer kamen.«

»Wenn du die Laborleitung übernimmst, wirst du sehr viel besser verdienen. Du beschäftigst eine Zugehfrau, und alles wird leichter.«

»Das ist es ja ... Darum scheint es Steffen gar nicht zu gehen. Er gönnt mir die Berufstätigkeit. Aber bitte als kleines Labormäuschen und nicht als Laborleiterin. Am besten ein Halbtagsmäuschen. Kannst du das verstehen?«

»Ich kann es erklären.«

»Dann erklär's mir!«

»Er fühlt sich besser, wenn du weniger arbeitest als er. In gewisser Weise kann er dann Verantwortung abschieben. Wenn ihr gleichberechtigt euerem jeweiligen Beruf nachgeht, müsst ihr auch gleichberechtigt die familiären Lasten tragen.«

»Und das will er nicht.«

»Sagen wir mal so: Er will frei sein in seinen Entscheidungen. Wann er verreist, wann er Überstunden macht ...«

»Und ich bin die Idiotin, die auf Verzicht getrimmt wird. Wenn ich halbtags arbeite, dann verzichte ich auf die Hälfte meiner Arbeitsstelle, auf die Hälfte meines Gehalts, auf die Hälfte meiner Rentenansprüche. Und auf die Aussicht, später wieder eine Ganztagsstelle zu kriegen. Und wovon lebe ich dann, wenn er sich wie Papa plötzlich eine Jüngere sucht?« Sie trank ihren Espresso aus und stand auf. »Wir hatten eine klare Absprache: beide voll berufstätig, daher nur ein Kind. Und damit hat sich's, basta.«

»Du bist dir aber schon im Klaren darüber, wie schwer es ist, alles unter einen Hut zu bringen.«

»Du hast es auch geschafft.«

»Ich hatte eine sehr verständnisvolle Tochter.«

»Die werde ich auch haben.«

Sie lächelte mich liebevoll an und rief nach Leonie. »Danke fürs Aufpassen, Mama!«

Dann ging sie. Schleppte sich wieder ab mit dem Babybett, der Matratze und Leonie, während Steffen sein Frühstück in einem Fünfsternehotel in Frankfurt genoss und an seiner Karriere bastelte.

Ich wusste, was auf mein Kind zukam. Das Ewigkeitsthema nämlich: Wer kümmert sich wann um was und wen?

27.

In der Buchhandlung schläfrige Stimmung. Am Vormittag lief das Geschäft meist nicht so gut. Die Berufstätigen hatten keine Zeit einzukaufen, die Hausfrauen genossen, wenn der Familienclan sich endlich in alle Winde zerstreut hatte, ihr zweites kleines Frühstück, die Rentner, die einen langen, einsamen Tag vor sich hatten, kauften lieber ein, wenn alle anderen das taten, und die Arbeitslosen besaßen zwar Zeit, aber kein Geld, um sich mit Büchern einzudecken.

Ich plagte mich mit unserer futuristischen Telefonanlage herum und plauderte mit Jakob, der unsere Bestellungen in den Computer eingab, während Markus Hämmerlein zum x-ten Mal die Hörbuchecke umsortierte.

Da klingelte mein Handy. Kein gutes Zeichen, Handy hieß »privat«, hieß »Kannst du mal, Mama?« oder »Hallo, Frau Bonhof, Ihr Vater!« oder »Für einsame Bürgermeister hast du wohl gar keine Zeit mehr …«

Ich nahm ab und hörte Babygeschrei im Hintergrund. Nichts weiter. Nur das klägliche Weinen eines Kindes und die atmende Sprachlosigkeit eines verzweifelten Menschen.

»Ulrich?«

Ein Räuspern, ein rauher Versuch, mit der eigenen Stimme zurechtzukommen, sonst nur Kinderweinen ... Ich wartete noch eine Weile, dann legte ich auf und griff nach meinem Mantel.

»Ich muss kurz weg«, sagte ich zu Jakob und vermied es, in Richtung des kleinen Scheißers zu schauen, der, da war ich mir sicher, aufmerksam wie ein Luchs unerbetene Spitzeldienste versah. Wahrscheinlich führte er Buch über meine Abwesenheitszeiten.

Jakob nickte zerstreut. Bereits im Hinausgehen holte ich meine Autoschlüssel aus der Handtasche.

Ulrich öffnete die Tür. Er war unrasiert, hatte noch seinen Schlafanzug an, er sagte kein Wort, sondern schlurfte in die Küche und ließ sich auf einen Stuhl sinken. Jonas saß, nur mit einer Windel und einem Pulli bekleidet, auf dem Boden. Als er mich sah, brach er in Tränen aus und streckte mir seine Ärmchen entgegen. Auf seinem blassen Gesicht eingetrockneter Obstbrei, seine Lippen waren rissig. Ich nahm ihn hoch und drückte seinen Kopf an meine Schulter. Heißer Zorn stieg in mir auf, als ich auf die traurige Gestalt blickte, die da am Tisch hockte und nicht fähig war, sich um das eigene Kind zu kümmern. Aber meine Standpauke musste warten, so schwer es mir auch fiel.

Ich badete Jonas. Er saß mit seligem Gesichtsausdruck im Wasser, endlich wieder etwas, das er kannte, das warm und behaglich war, das ihn an die Zeit erinnerte, da seine Mutter noch da war und die Welt in Ordnung. Dann zog ich ihn an und gab ihm zu essen. Was für einen Appetit er hatte! Er öffnete sein Mündchen, schluckte gierig und sah mich so vertrauensvoll und glücklich an wie einen Engel aus dem gelobten Land, während sein Vater dem Ritter von der traurigen Gestalt gleich dasaß und sich unendlich leidtat.

Anschließend stellte ich die Heizung im Kinderzimmer an, baute Jonas auf seiner Spieldecke ein Nest aus Kissen, umgab ihn mit seinen Rasseln und Kuscheltieren und beseitigte das Chaos, das Ulrich hinterlassen hatte, als er Jonas so notdürftig nur mit einer Windel und einem Pulli versorgte.

Ging dann in die Küche zurück, bereit, auf den Rabenvater ein Donnerwetter der besonderen Art niedergehen zu lassen. Doch die Einsamkeit, die dieses Häufchen Elend umgab, lähmte mich. Ulrich kauerte immer noch am Tisch, die Hände vors Gesicht geschlagen, seine Füße steckten in den alten Lederpantoffeln, die ich ihm vor vielen Jahren einmal geschenkt hatte.

»Sag nichts«, murmelte er mit brüchiger Stimme und nahm mir damit sämtlichen Wind aus den Segeln.

Also schwieg ich und widmete mich der Küchenarbeit. Räumte die Spülmaschine ein und bereitete eine Kleinigkeit fürs Abendessen vor.

»Wo sind Nudeln?«, fragte ich.

Ulrich nahm die Hände vom Gesicht. »Sabine hat ... sie hat damals alles umgeräumt«, meinte er entschuldigend.

»Natürlich hat sie umgeräumt. Hat ja jeder seine eigene Ordnung.«

Schon wieder die falschen Worte, denn Tränen stiegen in Ulrichs Augen. »Sie wollte eigentlich eine ganz neue Küche haben.«

»Ja. Kann ich verstehen.«

»Warum habe ich ihr keine gekauft?«, fragte er verzweifelt.

»Ulrich. Darauf kommt's doch nicht an! Sie war glücklich, sehr sogar … und das weißt du auch.«

Aber er hörte gar nicht mehr zu, er hatte sich wieder zurückgezogen in sein schwarzes Loch, er machte mir Angst. Was, wenn er sich etwas antat? Unsinn!, schimpfte ich mit mir. Ulrich doch nicht, der so stolz war auf seine realistische Weltsicht, der Schwäche und Gefühlsduseleien verabscheute.

Im Kinderzimmer war es verdächtig ruhig geworden. Ich fand Jonas friedlich schlafend inmitten seiner Spielsachen. Ich hob ihn hoch, legte ihn in sein Bett, deckte ihn zu und schloss sacht die Tür.

»Er schläft«, sagte ich zu Ulrich, der inzwischen seine Sitzsession ins Wohnzimmer verlegt hatte und wieder selbstversunken Sabines Foto betrachtete. Ich bemerkte einen Stapel ungeöffneter Post, der in einem Fach des Bücherregals lag. »Du musst dich um den ganzen Papierkram kümmern! Die Krankenkasse benachrichtigen, die Bank …«

Er hörte nicht zu. »Sie war so glücklich, dass sie endlich eine Familie hatte«, meinte er wehmütig. »Sie ist bei irgendeiner alten Tante aufgewachsen … hab ich dir das mal erzählt?«

Was für eine dumme, dumme Frage. Als ob ich während der schlimmen Trennungstage am Leben meiner Rivalin interessiert gewesen wäre!

»Hast du gehört, was ich gesagt habe? Der ganze Schreibkram …«

Ulrich rückte das Foto hin und her, als wolle er den absolut richtigen Blickwinkel schaffen.

»Du musst dich zusammennehmen, Ulrich! Du hast ein Kind. Jonas braucht dich.«

Er stand auf, öffnete eine Schublade und zerrte ein Spitzendeckchen hervor. Legte es auf den Tisch, strich es glatt und stellte Sabines Foto darauf. »Das hat sie selbst gehäkelt. Sie war so geschickt.«

»Himmel noch mal!«, rief ich und hielt inne, weil er zutiefst erschrocken zusammenfuhr. Stopp! Ich musste mich beherrschen, ich durfte ihn nicht anschreien. Man schrie einen frisch Verwitweten nicht an, man versuchte, ihn mit Milde und Güte ins Leben zurückzuholen, ihn mit viel Fingerspitzengefühl der Trauer zu entreißen. Leider hatte meine Geduld neuerdings überschaubare Grenzen, das musste am Alter liegen, obwohl ich so brav meine Hormone schluckte und jeden Illustriertentest bestand, der sich mit Lebensbewältigung befasste. Lediglich die Frage »Was halten Sie von Sex im Fahrstuhl?« hatte mir einen Punkteverlust beschert, aber da hatte ich an den Fahrstuhl des Hieronymus-Glaspalastes gedacht, und wer will schon Sex haben in einer Gondel mit Bahnhofsbeleuchtung und einem bösartigen Spiegel?

Geduld also. Milde. Güte.

»Kann ich mich darauf verlassen, dass du dich um Jonas kümmerst, wenn er aufwacht?«

Ein leerer, nach innen gerichteter Blick.

»Und ihm ordentlich zu essen gibst? Ich habe Nudeln vorgekocht, Tomatensoße steht im Kühlschrank.«

Er nickte zögernd. Dann, als ich meinen Mantel

anzog, sagte er plötzlich: »Und was soll morgen werden?«

Gute Frage … nächste Frage, dachte ich, und scheiß auf die Geduld!, dachte ich auch. Ich atmete tief durch.

»Du wirst mir doch nicht sagen wollen, dass du keine Ahnung von Jonas' Tagesablauf hast. Du hast doch hier gelebt, oder nicht?«

Er sah mich an, in seinen Augen die nackte Angst. Mein Gott, reiß dich zusammen Christine! Geduld. Milde. Güte.

»Ich habe mit Jonas gespielt, am Abend manchmal und am Wochenende. Hab ihn auch ab und zu gewickelt oder das Fläschchen gegeben. Aber nie gekocht oder … oder …« Er zuckte entmutigt die Achseln. »Da war die Firma … viele Überstunden …«

Männer und ihre Arbeit, ich konnte es nicht mehr hören. Auch wir Frauen arbeiteten. Und waren des Nachts wach, wenn das zahnende Baby schrie, während der Ehemann XXL-Schnarchtöne von sich gab, wir wussten auf die Minute genau, wann das Kind seinen Brei bekam, was in die Brotzeitbüchse musste, ob neue Strumpfhosen fällig waren, welche Pixibücher noch fehlten und welche Rennautos angesagt waren. Wir hetzten zu Elternabenden und ließen unsere Chefs kaltlächelnd auflaufen, wenn sie bei den profilneurosengeschwängerten Meetings über mütterliche Abwesenheit klagten. Karriere ade. Ob uns das wehtat? Natürlich tat es das. Aber das Kind war wichtiger. Wir hatten niemand, der hinter uns stand und unser Leben organisierte. Wir riskierten Magengeschwüre aus Wut über Nichtgesagtes und nahmen unseren zeitgetakteten Alltag hin.

»Hast du dir schon mal überlegt, was es für Jonas bedeutet, plötzlich ohne Sabine zu sein? Gerade jetzt braucht er noch mehr Zuwendung als vorher. Er braucht Sicherheit. Geborgenheit. Und die hat er nicht, wenn er nur in Windeln auf dem kalten Fußboden sitzt, während sein Vater ein Foto anstarrt.«

Ulrich wurde schneeweiß. Er stand mit einem Ruck auf, ging ins Badezimmer und schloss die Tür.

Gut. Schocktherapie. Oder nicht gut. Was wusste ich denn? Wütend war ich immer noch. Ulrich gab sich, solange ich denken konnte, als der Es-gibt-keine-Probleme-es-gibt-nur-Lösungen-Typ, einen Satz, den ich immer schon bescheuert fand, und mein Instinkt hatte recht gehabt, wie man jetzt sah. Nicht alle Probleme ließen sich wie eine nach unten weisende Dax-Kurve durch Senkung des Leitzinssatzes sofort beseitigen.

Ich schlich ins Kinderzimmer, Jonas schlief. Im Badezimmer das Rauschen der Dusche. Wer duscht, bringt sich nicht um, dachte ich. Ich schöpfte Hoffnung. Vielleicht kam Ulrich jetzt zur Besinnung. Wechselduschen, steigender Blutdruck, ein Ruck, der durch Körper und Hirn geht und die Lebensgeister weckt. So grausam sich das nämlich anhört – es ging hier nicht um ihn. Es ging um sein Kind.

28.

Der Umzug meines Vaters stand knapp bevor, und mir wurde ganz übel, wenn ich daran dachte, was nun schon wieder alles auf mich zukam. Die Möbelfrage war geklärt – Papa duldete lediglich zwei Kästchen, einen Tisch und einen Lehnstuhl in seiner neuen Behausung. Und seine Kleidung natürlich, seinen Fernseher, das Radio und den Zeitschriftenständer, in dem er Zeitungsartikel sammelte, die ihn interessierten – neuerdings solche, die sich mit Missständen in Pflegeheimen beschäftigten. Ich hatte vor, nach seinem Auszug trotzdem einige der verbleibenden Dinge in Kartons zu verpacken und bei mir im Keller aufzubewahren. Sicher würde er nach einiger Zeit, wenn die Trotzphase vorüber war, seine Meinung ändern.

Da waren die Kunstkalender, an denen er bisher hing, die CD-Sammlung alter Schlager und Chansons, die ich ihm nach und nach geschenkt hatte, Fotoalben, Kinderbasteleien von Anja und der geliebte Weltatlas, in dem er zeitlebens jene Orte suchte, zu denen er immer reisen wollte, die er aber nie gesehen hatte. Wie traurig – war dies alles, was nach so vielen Jahren blieb? Würde Anja, wenn ich alt war, auch einmal in meiner Wohnung stehen und ein paar Kartons füllen mit jenen

Sachen, von denen sie annahm, sie seien mir wichtig gewesen? Was würde denn wichtig sein, was in nachhaltiger Weise von meinem Leben zeugen? Ich schob diesen Gedanken von mir, ich hatte einfach keine Zeit, mich in Melancholie zu verlieren, denn der Umzugstag stand bereits fest, die paar Möbel sollten einen Tag vorher ins Heim geschafft werden, auch mit einer Entrümpelungsfirma hatte ich gesprochen und mit Handwerkern und Malern, da die Wohnung nach Papas Auszug renoviert werden musste.

Als ich all dies mit ihm besprach, reagierte er nicht. Er fühlte sich nicht zuständig, er wollte nichts davon wissen. Seine Frau, die immer alles für ihn geregelt hatte, war gestorben. Jetzt war die Tochter dran, zumal er ein kranker Mann war. Er hatte sämtliche Vollmachten unterschrieben, auch eine Bankvollmacht; damit war der Fall für ihn erledigt. Für mich war es selbstverständlich, ihm alles abzunehmen, alles zu organisieren, aber ein wenig Zuspruch hätte mir gutgetan, die eine oder andere nette Bemerkung, kein Dankeschön, nein, um Himmels willen, aber vielleicht ein kleines Lob? »Bin ich froh, dass ich mich um all das nicht mehr kümmern muss, Christine …«

Am Tag des Umzugs traf ich mich im Bistro am Marktplatz mit Toni zum Frühstück. Da wir, bedingt durch seinen Wahlkampf und meine Familienaktivitäten, so wenig Zeit füreinander hatten, wollten wir uns eben ein bisschen Zeit stehlen. Ein Frühstück im Marktbistro sei allemal besser, als sich gar nicht zu sehen, hatte Toni argumentiert, und ich freute mich darüber. Ein gutes

Zeichen, sagte ich mir, er ist dir also nicht böse, er versteht dich.

Wir bestellten Kaffee und Croissants. Ich erzählte von Ulrich, sagte, ich sei guter Dinge, meine Standpauke habe sicherlich genützt, er sprach über seine Wahlkampftermine, auch er war guter Dinge, was seine Wiederwahl betraf. Vorne an der Verkaufstheke bemerkte ich Dieter Thoma, der sich einen Espresso holte.

»Hast du mit ihm gesprochen?«, fragte ich und wies mit dem Kopf auf den Bauamtsleiter, der uns im selben Moment entdeckte und herüberkam.

»Der Herr Bürgermeister mit seiner Lieblingsberaterin.«

»Setz dich doch!«, sagte Toni.

Thoma setzte sich. »Wie geht's?«

»Gut, danke«, antwortete ich automatisch. Die Standardantwort moderner Menschen. Außerdem mochte ich Dieter nicht besonders, ein Grund mehr, meinen Seelenzustand zu verheimlichen. Ein Machtmensch, der seiner Meinung nach in der Provinz versauerte. Er hätte besser in ein großartiges Architektenbüro gepasst, mit Rangordnungskämpfen und deftigem Imponierverhalten. Ich habe einmal gelesen, dass Dorsche ihren Kopf vorrecken und die Bauchflossen spreizen, wenn sie Überlegenheit ausstrahlen und sich brüsten wollen. Dieter in seiner bleichen, fleischigen Kühle erinnerte mich daran, vor allen Dingen, als ich einmal mitbekam, wie er einen in peinlicher Demutshaltung vor ihm stehenden Mitarbeiter zusammenstauchte. Tonis freundschaftliche Gefühle für Dieter waren mir ein Rätsel. Aber Freundschaften von Männern funktionieren anders als die der

Frauen. Männer schließen sich zu Jagdgemeinschaften zusammen. Waren es früher Beutetiere, die sie erlegten, um am Lagerfeuer damit zu prahlen, erzählen sie sich heute in der Kneipe, welche Beförderungen und welche Frauen sie sich erjagt hatten. Bei ihren Gesprächen geht es nicht um Gefühle, sondern um Erfolge. Ein immerwährender Wettkampf, genbestimmt wahrscheinlich. Toni hatte mir einmal erklärt, er schätze Dieters Solidarität, mochte sein, dass er recht hatte, aber wie stand es mit Dieters Ehrlichkeit?

»Hör mal. Ich habe dich gestern mit dem Bauunternehmer Bremer gesehen. Vorm Rathaus. Habt ihr euch gestritten?«, fragte Toni.

Dieter wiegelte ab. Lachte. »Du kennst ihn doch.«

»Worum ging's denn?«

»Um die Ausschreibung für das Bürgerhaus.«

»Wofür er natürlich auch ein Angebot abgegeben hat«, meinte Toni und sah Dieter aufmerksam an.

»Ja, klar. Und jetzt geht ihm alles viel zu langsam. Wie sie halt sind, die Bauunternehmer.«

»Mir ist da was zu Ohren gekommen ... Bestimmt völliger Blödsinn, aber du weißt ja, wie das ist mit Gerüchten.«

»Welche Gerüchte?«

»Es ist die Rede davon, dass er Insiderinformationen kriegt. Der Bremer, mein ich.«

Dieter warf mir einen Blick zu.

»Keine Sorge!«, sagte ich. »Ich weiß Bescheid. Ich habe auch davon gehört.«

Etwas in Dieters Gesicht gefiel mir nicht. Was wusste er? Spielte einer seiner Mitarbeiter falsch? Er war Leiter des Amts, er konnte wahrscheinlich nicht für jeden seiner Leute die Hand ins Feuer legen. Oder hatte die junge Eitelkeit recht, und es war Dieter selbst, der korrupt war?

»Na ja ... er liegt mit seinen Preisen ja tatsächlich immer einen Deut unter den anderen Angeboten«, warf Toni ein.

Dieter brauste auf. »Was soll denn das heißen? Dass ich vielleicht?«

»Jetzt beruhig dich wieder!« Toni lächelte ihn voller Zuneigung an. »Soviel ich weiß, ist dein Haus abbezahlt und dein Auto auch. Warum solltest du dann Informationen verkaufen?«

»Eben«, erwiderte Dieter. Er trank seinen Espresso aus und stand auf.

Wieder ein Lächeln Tonis, jetzt kumpelhaft, fast, als wolle er um Verzeihung bitten. »Wenn irgendwas sein sollte ... oder du was hörst ... Du weißt, du kannst immer zu mir kommen.«

Dieter nickte.

»Wir sind doch Freunde, oder?«

»Ja, natürlich«, sagte Dieter und blickte zur Uhr. »Also dann. Bis später!«

Er verließ uns. Toni sah ihm nach. »Siehst du? Er hätte was gesagt, wenn was dran wäre an dem Gerede.«

Ich war mir nicht so sicher. Dieser hungrige Blick, der nach mehr gierte als nach einem schuldenfreien Häuschen und einem Mittelklassewagen. Aber vielleicht täuschte ich mich, ich hoffte es – für Toni.

Es fällt mir schwer, die Gefühle zu beschreiben, die mich beherrschten, als ich mich auf den Weg zu meinem Vater machte, um ihn ins Heim zu bringen. Ich konzentrierte mich bereits auf den Verkehr, auf die Ampeln, als mir einfiel, dass ich noch einige Formulare auf meinem Schreibtisch in der Buchhandlung liegen hatte, die ich mitbringen sollte. Die Verfügung über das Taschengeldkonto, den Abbuchungsauftrag – also kehrte ich wieder um.

Markus Hämmerlein und Jakob hielten sich in der Teeküche auf, ich holte schnell und leise die Unterlagen und wollte den Laden schon wieder verlassen, da hörte ich ihre streitenden Stimmen.

»Wir sortieren die Regale neu«, sagte Markus Hämmerlein. »Nicht nach Schriftstellern, sondern nach Verlagen.«

Und Jakobs spöttische Erwiderung: »Wir können auch nach Farbe sortieren. Oder nach Gewicht. Aber auf jeden Fall sollten wir es vorher mit Frau Bonhof besprechen.«

»Da sie nie hier ist, muss *ich* mich eben drum kümmern.«

»Sie hatte einen Trauerfall in der Familie.«

»Ich denke, sie ist geschieden?«

»*Und* … sie muss heute ihren alten Vater ins Heim bringen.«

»Ach. Einen Vater hat sie auch noch?«

»Sie haben keine Familie, oder?«, fragte Jakob giftig.

»Nein. Gott sei Dank.«

Hinter meinem Rücken! Dieses schleimige Früchtchen! Hatte ich es nicht schon schwer genug? Musste man mich auch noch mit einem jungen Affen strafen, der so gerne Godzilla wäre?

Ich machte, dass ich mit den mordlüsternen Gedanken, die mir schon wieder durch den Kopf fuhren, aus dem Laden kam. Wenn ich als Mörderin im Gefängnis saß, wer kümmerte sich dann um Papa? Um Anja? Um Leonie? Um Ulrich? Um Jonas? Um Toni?

Na ja, vielleicht wäre Gefängnis gar nicht so schlecht!

Mein Vater saß in seinem besten Anzug im Rollstuhl. Er war sauber rasiert, das Haar frisch gewaschen. Die Schwester vom Pflegedienst, die heute zum letzten Mal hier in dieser Wohnung ihre Arbeit tat, packte den Kulturbeutel, die Brille, den Rasierapparat und die Hausschuhe in die kleine Reisetasche, die ich schon am Abend vorher aus dem Schrank genommen hatte. »So, das wär's«, sagte sie. »Alles Gute, Herr Dittmann! Sie werden sehen, im Heim sind Sie besser aufgehoben als hier.«

Man sah ihr an, wie erleichtert sie war, diesen schwierigen Patienten los zu sein. Sie war nur eine kleine, schlecht bezahlte Angestellte, man würde ihr einen neuen Namen auf die Liste schreiben, die sie Tag für Tag, Besuch für Besuch abzuarbeiten hatte, und vielleicht brachte dieser neue Name ein bisschen weniger negativen Stress, vielleicht bedeutete er sogar, dass man ab und zu lachen durfte und seinen Beruf wieder lieben.

Dann der Krankentransport. Zwei Sanitäter, die feststellten, dass man die Trage im engen Treppenhaus nicht um die Kurve hieven konnte. Man müsse meinen Vater, auf den Händen der Sanitäter sitzend, tragen, meinte der kleinere der beiden, sehr zum Ärger seines Kollegen. Ausgeschlossen, er habe es an der Bandscheibe. Er presste zum Zeichen seiner enormen Schmerzen beide Hände in die Nierengegend.

»Dann benachrichtigen Sie Ihre Zentrale und fordern einen Sanitäter ohne Bandscheibenprobleme an«, sagte ich.

»Tss, was meinen Sie, gute Frau, was heute los ist?«

»Was Sie hier bräuchten, wäre ein Lift«, insistierte der Kleine.

»Was ich hier brauche, ist ein Krankentransport, der transportiert. Geben Sie mir doch mal die Nummer der Zentrale!« Ich zückte mein Handy.

Einer dieser überraschenden Heilungsprozesse, die sich kein Arzt erklären kann, trat ein. Ohne große Mühe trugen die beiden zuerst den Rollstuhl, dann meinen Vater nach unten. Der tat so, als ginge ihn dies alles gar nichts an, als habe er immer schon gewusst, dass jenseits seiner Wohnungstür die Häscher auf ihn warteten, um ihn diskret zu entsorgen. Kein einziges Mal mehr wandte er sich um. Es schnürte mir den Hals zu. So viele Jahre hatte er in diesem Haus verbracht, ein braver Familienvater, ein hilfsbereiter Nachbar, ein netter Kerl, ein Charmeur. Und jetzt? Man mochte nicht glauben, was die Zeit einem antat, was sie ihm angetan hatte. Er war geschrumpft, der Rücken gebeugt, die Schultern schienen so schmal wie die eines Kindes, seine Hände hingen groß und knochig an viel zu dünnen Gelenken.

Die letzten Minuten also in diesem Haus. Tatsächlich ohne zurückzuschauen? Oder empfand man in diesem Alter anders? Hatte man schon so viel erlebt, dass man des Erlebens müde war? Der Geist müde, das Herz müde? Noch Hoffnung? Auf was? Dass man möglichst schmerzfrei blieb, dass einem das Essen noch schmeckte, dass einen die Sehkraft nicht ganz verließ, dass man lernte, mit dem Hörgerät umzugehen?

Ich wusste es nicht, und ich konnte meinen Vater auch nicht danach fragen. Er hatte seine Gefühle immer so eifersüchtig bei sich behalten, dass man es irgendwann aufgab, sich nach ihnen zu erkundigen.

Ich hatte mir mit seinem Zimmer große Mühe gegeben. Ein paar Fotos aufgehängt, für Grünpflanzen gesorgt – zu viel des Guten durfte es nicht sein, weil er auf Äußerlichkeiten dieser Art keinen Wert legte. Ein bisschen tat ich es auch für mich, da ich mich sonst vor den Schwestern geniert hätte. Sie hatten mir Zimmer anderer Patienten gezeigt, mit eigenen Möbeln, Teppichen und Bildern, mit Nippes, Vasen und Bücherregalen. Das Zimmer meines Vaters wirkte dagegen fast schon störend spartanisch, sicherlich zur Freude der Putzfrauen. Ob mein Vater ihnen auch Freude machen würde, wagte ich zu bezweifeln.

Als wir in die Empfangshalle kamen, schob ich ihn zu einer gemütlichen Sitzecke, in der drei Frauen saßen und sich unterhielten. Eine Schwester kam vorbei und brachte einen Heimbewohner in seinem Rollstuhl zum Lift. Neben der Rezeption ein Zeitungs- und Glückwunschkartenständer, in der Ecke ein Friseurladen, der jeden Nachmittag geöffnet hatte, und stirnseitig die große Cafeteria, die sich zum Park hin durch Schiebetüren öffnen ließ. Alles in allem ein Haus, das fröhlich wirkte, das nichts hatte von der grauen Tristesse, die ich in anderen Institutionen dieser Art vorgefunden hatte.

»Siehst du, Papa … Es ist doch schön hier«, sagte ich und schaute ihn an.

Sein Gesicht blieb abweisend, er schwieg. Dann, plötzlich, nestelte er an seiner Sakkotasche und zog seinen Schlüsselbund mit dem Anhänger hervor, den ich ihm vor vielen Jahren einmal geschenkt hatte. Ein dicker silberner Glückskäfer, der im Laufe der Jahre so blank gescheuert worden war, dass er immer noch wie neu aussah. Er drückte mir den Bund in die Hand. Sagte gar nichts und sagte doch so viel: *Hier. Mein Zuhause, meine Selbständigkeit, mein bisschen Würde …*

Ich steckte die Schlüssel wortlos ein, für einen Moment fühlte ich mich so mutlos, dass ich am liebsten wieder umgekehrt wäre. Da war das Klingeln meines Handys fast eine Erleichterung, eine Ablenkung, ein Fingerzeig.

Ich nahm das Gespräch an. Paul Hieronymus' knitterfreie Sekretärin. Sie tat mir kund, dass ihr Chef mich heute noch zu sprechen wünsche.

»Heute?«, fragte ich erstaunt.

Da sei wohl etwas Wichtiges, das Herr Hieronymus mit mir zu klären habe, antwortete sie schadenfroh. »Vierzehn Uhr, Frau Bonhof.«

»Ja, aber ich bin jetzt …«

»Sie schiebt mich gerade ins Heim ab«, krähte mein Vater dazwischen, er, von dem ich geglaubt hatte, er sei für immer verstummt. Ich ärgerte mich so sehr, dass ich den Termin bestätigte. Eigentlich hatte ich noch ein paar Stunden hierbleiben und ihm den Einstieg in diesen neuen Lebensabschnitt, den letzten, den für ihn so furchtbaren, erleichtern wollen.

»Gut. Um zwei. In Ordnung.«

Ich beendete das Gespräch und ging zur Rezeption. Vor mir eine alte Frau, die nach ihrer Post verlangte. Ich blickte verstohlen zu meinem Vater hinüber. Er saß angespannt und nervös – ich erkannte dies an seinen Lippen, die er immer wieder befeuchtete – im Rollstuhl, seine kleine Reisetasche auf dem Schoß, die Henkel fest umklammernd. Mein Zorn verrauchte. Würde er sich doch einleben? Wenigstens ein paar Leute finden, mit denen er sich unterhalten konnte? Keine Freunde, nein, die paar echten, die er besessen hatte, waren alle schon tot. Und in seinem Alter schloss man keine Freundschaften mehr, so hatte er mir vor kurzem erklärt, da gründete man höchstens Zweckgemeinschaften. »Alters-WGs«, höhnte er. »Alle sind rüstig und fröhlich. Wenn man krank wird, kümmern sich die anderen um einen. Aber je älter man wird, desto schwieriger wird man. Und was ist, wenn man zum Pflegefall verkommt? Das ist nämlich die Regel – und nicht die fröhlichen Alten jenseits der achtzig, die noch herumhüpfen wie junge Fohlen.«

»In solchen WGs sind nicht alle jenseits der achtzig«, hatte ich erwidert.

»Du meinst, da ist auch ein Siebzigjähriger drunter, der nichts Besseres zu tun hat, als den anderen den Arsch abzuwischen?« Er lachte verächtlich. »Nein,

nein. Man sollte uns ausrotten, ganz einfach. ›Sie sind ein Pflegefall, Herr Dittmann? Wollen Sie eine Prise Zyankali oder den Strick?‹ … ›Danke der Nachfrage, Herr Doktor. Zyankali ist einfacher, Strick wäre eine sportliche Höchstleistung in meinem Fall …‹« Dann hatte er wieder laut und verächtlich gelacht. Und sich gefreut über mein ratloses Verstummen.

Die Rezeptionistin riss mich aus meinen Gedanken. »Wollen Sie jemanden besuchen?«

»Nein, jemanden bringen. Meinen Vater.«

Wir schauten hinüber zu ihm. Er saß noch immer verkrampft und mutlos in seinem Rollstuhl und blickte sich so ängstlich um, als befände er sich inmitten eines Horrorfilms, die Aliens schon an der Tür, bereit, ihn mittels Laserstrahl zu meucheln.

»Schorsch Dittmann«, erläuterte ich.

»Georg Dittmann«, rief er zurechtweisend herüber.

Die Rezeptionistin tätschelte meinen Arm und lächelte mir aufmunternd zu. »Das wird schon!«

Die letzte Station. Wenn er starb, würde nicht viel mehr bleiben als die kleine Reisetasche, die er umklammert hielt, mit den persönlichsten seiner Sachen. Was noch? Ein paar Möbelstücke. Seine Wäsche, die Schlafanzüge, zwei Strickjacken, ein Anzug. Alte Kunstkalender. Eine Handvoll Fotos. Ja, und Erinnerungen. Ich würde mich an ihn erinnern. Anja ebenfalls. Leonie würde ihn wahrscheinlich schon vergessen haben, ehe sie erwachsen wurde, es sei denn, er lebte noch viele Jahre. An was würde ich mich erinnern? Wie fröhlich er mit anderen Menschen war und wie traurig mit uns? An den kleinen braunen Koffer, den er zweimal im Jahr ein- und wieder auspackte. An die Städte, von denen er mir als Kind erzählt und die er niemals selbst kennengelernt hatte. An den Globus, den er auf den Küchentisch stellte, und die Kerze, die er anzündete, um mir zu erklären, wie die Erde um die Sonne und der Mond um die Erde wandert. An seine ausgelassene Stimmung, wenn er allein zu einer Party ging. An die Melancholie, wenn das Fest zu Ende war und er wieder zu uns zurückkehren musste. An das Geld, das er mir zusteckte, damit ich mir ein neues Kleid für den Tanzstundenball kaufen konnte – er hatte es eigentlich für eine Busreise nach Paris verwenden wollen. Eigentlich, so dachte ich, als ich neben der Rezeptionistin stand, sollte man Familiengeschichten aufschreiben und sie weitergeben. Weil dann von jedem Menschen etwas mehr bleibt als das bisschen Habe, das die Angehörigen wegwerfen, wenn man stirbt.

»Gut«, sagte ich seufzend. »Georg Dittmann. Wir sind angemeldet.«

29.

Büro Hieronymus, vierzehn Uhr, Regen trommelte an die Fensterscheiben.

»Verstehen Sie mich nicht falsch, Frau Bonhof«, sagte Paul Hieronymus, in dessen Gesicht ich kein einziges Lachfältchen mehr entdecken konnte. »Aber ich bin nicht zufrieden. Dass Sie bei der Eröffnungsfeier einfach so verschwunden sind ... und sich nur sporadisch an Ihrem Arbeitsplatz aufhalten ... Ich nehme an, dass sehr starke private Angelegenheiten Sie hindern, sich so einzusetzen, wie ich das erwarten darf.«

Mir wurde schwarz vor Augen, so viel zorniges Adrenalin schoss durch meine Adern. Hämmerlein! Dieser Intrigant! Und verheerenderweise waren mir die Hände gebunden, ich konnte nicht in meiner Eigenschaft als Filialleiterin vor Paul Hieronymus sitzen und mich über ein unbedeutendes Würstchen, dessen Chefin ich war, ausheulen. Also schluckte ich mühsam und mit klopfendem Herzen meinen Zorn hinunter, kräuselte lediglich ironisch die Lippen und meinte: »Wenn Sie schon so gut von Herrn Hämmerlein unterrichtet werden, dann müssten Sie auch wissen, dass ich einen Todesfall in der Familie hatte. Und dass mein Vater von einem Tag auf den anderen in ein Pflegeheim musste.«

Schweigen. Er starrte mich an. Ich war nahe daran, hysterisch zu kichern. Bei Zwergschimpansen bedeutet intensives Anstarren den Auftakt zum Koitus, aber so weit wollen wir nicht gehen, dachte ich, während meine Hysterie von Sekunde zu Sekunde zunahm. Prima Leistung, Christine! Kaum vier Wochen im Amt und schon gekündigt.

»Nein. Das habe ich nicht gewusst. Der Todesfall … ein enger Verwandter?«

»Die Frau meines Mannes … nein, die geschiedene Frau … die Frau meines geschiedenen Mannes.« Mein Gott, was redete ich nur für einen Unsinn!

Nun neigte er irritiert den Kopf zur Seite.

Also fuhr ich schnell fort: »Und da ist nun das Baby … Jonas. Eine Tragödie.«

»Das Baby Ihres geschiedenen Mannes … und seiner zweiten Frau?«

»Ja.« Ich lachte nervös. »Der Bruder meiner Tochter und der Onkel meines Enkelkindes, das ich auch zur rechten Zeit hüten muss.«

Er schwieg und versuchte, die Fäden dieser komplizierten Verwandtschaftsverhältnisse zu entwirren. Klick, nun hatte er's. »Und Sie kümmern sich jetzt um den … Witwer, um sein Baby, um Ihr eigenes Enkelkind … und um Ihren Vater … der in ein Heim musste.«

Danke, Herr Kandidat, hundert Punkte! Ich nickte, während er mich betrachtete wie einen radioaktiven Gegenstand, dem man besser nicht zu nahe kam.

»Familie eben«, fügte ich erklärend hinzu.

Er begann zu lächeln, was die angespannte Situation sehr entschärfte.

Diskret kehrte ich zu höflichem Smalltalk zurück.

»Haben Sie auch Familie?«

»Nicht so richtig.« Er sah mich nachdenklich an. Ich erwiderte seinen Blick, furchtlos, wie ich hoffte. Das Schweigen dehnte sich, bis er bedauernd die Achseln zuckte. »Schade. Ich wäre zu gern noch ein wenig tiefer in Ihr kompliziertes Leben eingedrungen, aber ich habe leider noch eine Verabredung.«

Sofort erhob ich mich.

Er seufzte, schob seinen Stuhl zurück und sprang auf. Wow! Reife Leistung für sein Alter. Flirtete er mit mir? Der jugendliche Sprung, die vorgewölbte Brust ... Nein, stopp, ich war keine junge Eitelkeit, meinetwegen sprang kein Affe mehr schmatzend von Ast zu Ast, also konnte ich es auch getrost unterlassen, ihn zu lausen, was bekannterweise im Affenreich den Beginn einer entwicklungsfähigen Freundschaft signalisiert.

»Vielleicht ein andermal? Bei einem Mittagessen in Bodenfurt? Ich habe dort einen alten Freund, den ich ab und zu mal besuche.«

»Ja ... warum nicht?«, antwortete ich verdutzt. Dann reichte ich ihm die Hand und wandte mich zum Gehen.

»Was sagt Ihr Vater denn zum Heim?«

Ich wandte mich wieder um. Lächelte. »Er ist mit mir genauso unzufrieden wie Sie.«

Nun doch wieder ein kleiner provozierender Hüftschwung – allmählich kam ich in Übung – und die Tür leise geschlossen. Sein Lachen drang zu mir und zur knitterfreien Sekretärin heraus.

»Schönen Tag noch!«

»Danke, gleichfalls«, antwortete sie enttäuscht. Das herzliche Lachen hinter der Tür zum Allerheiligsten bedeutete nämlich, dass der böse Wolf die Großmutter nicht gefressen hatte. Worauf, bitte schön, sollte man als Sekretärin noch bauen, wie den tristen Alltag bewältigen, wenn Delinquenten mit Hüftschwung aus dem Büro marschierten und der Henker vor Lachen grölte?

30.

Auf dem Weg zurück nach Bodenfurt telefonierte ich mit dem »Marienheim« und erfuhr, dass mein Vater den ersten Tag gut überstanden hatte. Er habe die Mahlzeiten auf dem Zimmer eingenommen, morgen würde sich ein Arzt um ihn kümmern, um sich einen Überblick über den körperlichen Zustand zu verschaffen, und ja, leider hätte ich vergessen, meinem Vater zu sagen, dass er auf seinem Zimmer nicht rauchen darf. Das sei im Pflegebereich zu gefährlich. Aber es existiere ein Raucherzimmer, und im Sommer sei das Ganze sowieso kein Problem, da gebe es ja die Terrasse der Cafeteria, den Park, die großen Besucherbalkone.

Nun: Ich, die Tochter, hatte es nicht vergessen. Ich hatte nur vermieden, mich freiwillig in ein Sperrfeuer wüster Beschimpfungen zu begeben. Ich konnte mir gut vorstellen, was mein zorniger Vater alles abgesondert hatte, als ihm die Schwester den Aschenbecher verweigerte.

In der Buchhandlung herrschte reger Spätnachmittagsbetrieb, und wir hatten alle Hände voll zu tun. Markus Hämmerlein, der wusste, dass ich eine Unterredung mit Paul Hieronymus gehabt hatte, warf mir eine Anzahl prüfender Blicke zu, und ich brachte ihn durch meine freundliche Heiterkeit gehörig ins Grübeln.

»Herr Hieronymus scheint sehr erfreut über die Umsätze, die wir machen«, schwindelte ich. Ich konnte das getrost tun: Unsere Umsätze waren tatsächlich gut. »Ja. Wir hatten ein ausnehmend angenehmes Gespräch.«

Das saß. Möchtegern-Brutus begab sich schmollend zu einer Kundin, die auf der Suche war nach einem Ratgeber, der ihr besseres berufliches Durchsetzungsvermögen vermitteln sollte.

»Da sind Sie bei unserem Herrn Hämmerlein genau an der richtigen Adresse«, sagte ich zu ihr. »Er ist ein Ass, was Finten und Finessen anbelangt.«

Er würdigte mich keines Blickes und führte die Kundin zum Taschenbuchbereich. Ich aber genehmigte mir einen Cappuccino und ließ diesen harten Tag Revue passieren. Papa gut untergebracht, Hieronymus besänftigt, Brutus abgewehrt. Wenn ich jetzt noch den politischen Stammtisch, der heute Abend drohte, gut hinter mich brachte und obendrein das aufdringliche Flirtgehabe der Toni-Jägerin überstand, konnte ich getrost von einem erfolgreichen Tag sprechen. Was wollte ich mehr?

Zuvor aber schaute ich noch bei Anja und Steffen vorbei. Ich hatte mich auf dem Markt mit viel zu viel Gemüse eingedeckt, wann sollte ich das alles kochen und für wen? Ich würde die nächsten Tage bis spät am Abend in der Buchhandlung schmoren, um Versäumtes nachzuholen, Toni hetzte von einem Wahltermin zum nächsten – also keine Chance für Broccoli und Co.

Anja hantierte in der Küche herum, Steffen saß im Wohnzimmer vor seinem geöffneten Notebook und schien nicht sehr erfreut, mich zu sehen.

»Ich bin gleich wieder weg«, beruhigte ich ihn. Ich trug die Gemüsetüten in die Küche, Anja küsste mich auf die Wange, doch auch ihre Wiedersehensfreude hielt sich in Grenzen.

»Hier ist ziemlich Land unter.« Sie stieß die Küchentür ein Stück weiter auf und erhob ihre Stimme: »Kein Wunder, wenn man alles allein machen muss.«

Steffen drehte sich um und betrachtete uns ärgerlich. Eine Mutter-Tochter-Front, so mussten wir ihm in diesem Moment vorkommen.

»Wo ist Leonie?«, fragte ich hastig in die bedrohliche Stille hinein. Die beiden reagierten gar nicht, waren mittendrin im Auge des Orkans. Ich verdrückte mich und verschwand im Kinderzimmer.

Leonie hatte ein altes Shirt von Anja an, das ihr bis zu den Knien reichte und eine an Picasso gemahnende Farbkomposition bot. Ihre Hände patschten in die Schalen mit den Fingerfarben, das Zeichenpapier und leider auch ein Stückchen des Kinderteppichs zeigten eine begeisterte Hommage an die Farben Pink und Türkis.

»Omi«, jubelte sie und warf mir ihre Arme um den Hals. Sofort waren sämtliche künstlerischen Ambitionen vergessen, sie wühlte in ihren Bilderbüchern und zog mit triumphierender Miene die Geschichte von den zehn frierenden Englein hervor. Nebenan die streitenden Stimmen von Anja und Steffen. Ich legte eine CD mit Kinderliedern ein und drehte den Ton ziemlich laut. Jetzt vermischten sich helle Singstimmen mit dem grantigen Organ Steffens und Anjas wütendem Gekeife: *Alle Vöglein sind schon da ... Tut mir leid, das Angebot muss morgen fertig sein ... Dir tut es leid? Dass ich nicht lache!*

»Vögel fliegen«, sagte Leonie.

»Richtig.«

»Warum?«

»Weil sie Flügel haben.«

»Warum?«

»Damit sie davonfliegen können, wenn sie ein anderes Tier verfolgt. Oder sie fliegen im Herbst weit weg, irgendwohin, wo es wärmer ist.«

»Und die Babys?«

»Sie schlüpfen aus einem Ei und fliegen erst, wenn sie größer sind.«

Sie sah mich mit gerunzelter Stirn an. »Mami kocht Eier, und wir essen sie.«

»Aber keine Vogeleier.«

»Huhnei«, sagte Leonie lächelnd und drückte mir die frierenden Engel in die Hand.

Als ich zu Steffen und Anja zurückkehrte, standen sie in der Küche und räumten auf. Steffen schlug die Schranktüren sehr viel lauter zu als nötig, während Anja hektisch mit dem Spüllappen über den verdreckten Herd fuhr.

»Ich geh dann wieder«, sagte ich betont munter, als sei ich mir der Gewitterstimmung gar nicht bewusst.

»Ich war heute Abend noch bei Opa im Heim.« Anja unterbrach ihr hektisches Gefummel. »War ja ein schwerer Tag für ihn.«

Ich umarmte sie gerührt. »Das finde ich wirklich nett

von dir.« Da fing ich einen Blick von Steffen auf, ein wütendes, eifersüchtiges Gefunkel, das mich zutiefst erschreckte. »Was ist?«, entfuhr es mir.

»Nichts«, antwortete er mit schmalen Lippen. Dann knallte er die letzte Schranktür zu. »Hauptsache, *ihr* versteht euch alle gut. Der Bonhof-Clan. Familie über alles!«

Er stürmte hinaus.

»Jetzt spinnt er komplett«, presste Anja hervor. Ich merkte, wie sehr sie sich bemühte, nicht zu weinen.

»Ist er eifersüchtig? Auf mich?«

»Er hat einen Knall. Er denkt, du würdest mich permanent feministisch beeinflussen. Seiner Meinung nach wäre ich ohne dich niemals auf die Idee gekommen, plötzlich Karriere machen zu wollen.«

»Aber ich habe mich doch nie in euer Leben eingemischt! Ich wusste keine Minute früher als er, dass du Laborleiterin werden kannst.«

»Ich sage ja, er hat einen Knall.«

»Soll ich mit ihm sprechen?«

»Zwecklos. Er würde dir nicht antworten. Wenn Familienleben ein Sudoku-Rätsel wäre, würden wir ihn vielleicht so weit bringen, sich näher damit zu befassen ... aber kommunizieren? Da müsste man ja seinen Mund aufmachen, zuhören, Gefühle erklären.« Sie lachte spöttisch. »In seinen Augen eine emotionale Völlerei.«

Also verließ ich die Wohnung, ohne mich von Steffen zu verabschieden. Aber ich machte mir große Sorgen, sehr große sogar.

Im Gasthof »Zur Post« stand der Geräuschpegel nahezu auf Maximum. Die Wahlkampfleute tagten im Nebenzimmer, und da ich wie meist viel zu spät dran war, orderte ich beim Wirt am Tresen ein Glas Wein und Mineralwasser. Ich wollte mich mit beidem gerade auf den Weg zum Nebenzimmer machen, als plötzlich die junge Eitelkeit vor mir stand. Sie trug hautenge Jeans, hochhackige Stiefeletten und schien sich von ihrem Schicksalsschlag prächtig erholt zu haben.

»Haben Sie's ihm gesagt?«, fragte sie und lächelte mich so spöttisch an, als kenne sie meine Antwort bereits.

»Ja. Habe ich.«

»Und?«

Ich zuckte die Achseln, um ihr zu bedeuten, dass mit der Weitergabe der Information meine Aufgabe beendet war und ich nicht vorhatte, mich stärker zu engagieren.

»Wetten, dass die Ausschreibung für das Bürgerhaus auch der Bremer gewinnen wird?«

»Hören Sie … ich habe damit überhaupt nichts zu tun. Ich bin weder in einer Partei noch im Stadtrat …«

Sie blickte mich verächtlich an. »Ja, natürlich. Wissen Sie was? Ich kann mich auch an die Presse wenden. Wundern tut's mich sowieso nicht, dass nichts passiert. Unser Bürgermeister ist ja der beste Freund vom Bauamtsleiter. Und eine Krähe hackt der anderen kein Auge aus.«

Wieder der gekonnte Hüftschwung – ich würde ihn nie und nimmer so hinbekommen –, und schon eilte sie zurück an einen Tisch, um den sich eine lustige Runde versammelt hatte, die gar nicht merkte, dass eine aus ihrer Mitte die Rachegöttin spielte.

Im Nebenzimmer ging es ähnlich hoch her wie im Gastraum.

Amazonenkönigin Gundula saß neben Toni und genoss sichtlich meine Abwesenheit. Sie hielt ihr Köpfchen schief, blickte Toni so innig in die Augen, als sei sie eine rotgelockte Lara und er ein in die Jahre gekommener Schiwago, und säuselte: »Von einer Telefonaktion würde ich dir abraten. Die Leute haben's nicht so gern, wenn man sie beim Essen oder Fernsehen stört.«

Dieter Thoma lachte. »Ich kenne aber etliche Frauen, die sich gern von Toni anrufen lassen würden.«

»Wie gut, dass Christine das nicht hört!« Lara-Gundula kicherte.

»Ich hab's aber gehört.« Ich setzte mich neben Dieter. »Ist doch wunderbar, wenn der Kandidat bei Frauen gut ankommt. Mach dir keine Sorgen, Gundula ...« Ich wandte mich lächelnd an sie. »Ich komm damit gut zurecht. Du hoffentlich auch?«

Allgemeines Schmunzeln.

»Wie meinst du das?«, fragte sie.

»So, wie ich es sage. Also ... was steht an? Habt ihr schon die Personaleinteilung für die Informationsstände besprochen?«

Eine allgemeine Diskussion begann, an der sich Dieter eifrig beteiligte. Ich beobachtete ihn verstohlen. Konnte es sein, dass er hier seelenruhig in unserer Runde saß, obwohl er Korruptionsgelder nahm? Dann musste er Nerven wie Drahtseile haben. Oder er war sich hundertprozentig sicher, dass Bremer dichthalten würde. Zwei Halunken, die sich gegenseitig schützten, weil ihnen gar nichts anderes übrigblieb.

Ich sprach Toni noch einmal darauf an. Wir saßen beide bereits in unseren Frotteemänteln und flauschigen Socken auf der Couch und tranken Espresso. Meinem Bericht über das Gespräch mit Paul Hieronymus war Toni mit mäßigem Interesse gefolgt, also brachte ich die Thoma-Bremer-Geschichte wieder aufs Tapet.

»Was soll ich denn tun?«, fragte Toni gereizt. »Mit Dieter habe ich doch gesprochen, du hast ja gehört, dass da nichts ist. Soll ich nun zu Bremer gehen? Der würde mich auslachen, und das mit Recht.«

»Und wenn du mit dieser jungen Frau redest, ganz formell, meine ich? Schließlich bringt sie einen deiner Mitarbeiter in Misskredit. Verlange Beweise von ihr!«

»Bist du wahnsinnig? Ich soll in meiner Eigenschaft als Bürgermeister die verflossene Geliebte eines Bauunternehmers, der laufend für uns tätig ist, quasi offiziell befragen? Das würde Konsequenzen haben. Ich müsste den Stadtrat informieren, die Polizei einschalten und das Finanzamt auch.«

»Wieso das Finanzamt?«

»Wenn Bremer tatsächlich große Summen an Dieter zahlt, um Insiderinformationen zu erhalten, dann wird Dieter das Geld schwerlich in seiner Steuererklärung erwähnen. Also macht er sich auch der Steuerhinterziehung strafbar. Nein, bitte, malen wir den Teufel nicht an die Wand! Das wäre das Letzte, was wir jetzt vor der Wahl gebrauchen könnten.«

»Aber man muss doch irgendetwas tun?«

»Warum? Weil eine abservierte Sexschnepfe ein bisschen Wind macht?«

»Und wenn ein Sturm daraus wird?«

»Mal angenommen, sie lügt *nicht*. Glaubst du wirklich, sie hat Beweise? Glaubst du, der Bremer ist so dumm und lässt irgendwelche Belege rumliegen?«

»Im Bett werden Männer oft sehr gesprächig.«

»Na, und? Das ist noch lange kein Beweis.«

Ich schwieg. Ich mochte die Art nicht, wie Toni mit dem Problem umging. Ich selbst wollte auch nicht glauben, dass Dieter Thoma so dumm war, sich bestechen zu lassen. Aber es widerstrebte mir, diese junge Frau zu unterschätzen oder gar moralisch herabzusetzen. Nur weil sie sich ältere, reiche Liebhaber suchte, war sie noch lange nicht dumm, manche Menschen würden sogar das Gegenteil behaupten. Von Dieter wusste ich, dass er oft in die nahe Großstadt fuhr, um in entsprechenden Etablissements auf seine Kosten zu kommen, während er zu Hause den braven Ehemann spielte. Das ging mich nichts an, auch Toni nicht, der sich über Dieters amouröse Abenteuer höchstens lustig machte. Fest stand, dass Dieter und Bremer moralisch keinesfalls höher standen als die junge Eitelkeit, und ich hatte den Verdacht, dass diese Frau gar nicht dumm war, nicht so dumm, wie die Männer um sie herum sie gerne gesehen hätten. Aber gut, ich hatte es noch einmal versucht.

In der Nacht schreckte ich hoch. Toni drehte sich murrend auf die andere Seite, ohne wach zu werden. Mein Herz klopfte heftig, ich hatte schlecht geträumt, konnte mich aber an den Traum nicht mehr erinnern.

Leise stand ich auf, ging in die Küche und kochte mir Tee. Vor den Fenstern hing feuchter Nebel. Ich war unruhig. Mir fiel ein, dass ich den ganzen Tag noch nichts von Ulrich gehört hatte, ungewöhnlich, da er mich sonst fast stündlich anrief. Auch Anjas Streit mit Steffen ging mir durch den Kopf, ich erinnerte mich an den zornigen Blick, mit dem er mich bedacht hatte, als ich so einträchtig neben Anja stand. War er eifersüchtig, weil ich mich mit meinem Kind gut verstand? Er, der keine Eltern mehr hatte? Ich kannte ihn nun schon jahrelang, er war mir ans Herz gewachsen, aber umgekehrt schien dies nicht der Fall zu sein. Und dann … wollte er wirklich ein zweites Kind, oder war dieser Wunsch verquickt mit der Hoffnung, Anja möge zurückkehren zu Heim und Herd, damit er, der heldenhafte Krieger einer Softwarefirma, am Abend an ebendiesem Herd ein liebevoll gekochtes Süppchen essen und seine Tagessiege in Ruhe ausbreiten konnte? Nun, er würde sich abfinden müssen mit der Tatsache, dass das Patriarchat die Götterdämmerung schon hinter sich hat. Ob es ihm passte oder nicht: Je besser die Berufsausbildung einer Frau, desto weniger Kinder bekommt sie. Frauen wollen arbeiten, Frauen müssen arbeiten. Hohe Mieten, teure Lebensmittel, die Kosten für die Kinderbetreuung … Nur mit dem Geld des Mannes? Das alte Schema »Mutti kocht, Papa arbeitet«? Um möglichst viele Kinder großzuziehen? Und um dann eines Tages gegen ein jüngeres Modell ausgetauscht zu werden, mit nichts im Rücken, da man den eigenen Beruf ja an den Nagel gehängt hatte?

Ich hatte mich richtig in Rage gedacht und merkte

gar nicht, dass Toni in die Küche gekommen und neben mir stehen geblieben war.

»Kannst du nicht schlafen?«

»Oh …« Ich zuckte zusammen, nahm meine Teetasse und setzte mich an den Tisch. »Ich bin so unruhig. Ich weiß auch nicht …« Ich schüttelte den Kopf.

»Du und dein sechster Sinn«, sagte Toni zärtlich und strich mir liebevoll über die Wange. Es tat so gut, dass er hier war. Ich nahm seine Hand und drückte sie an mein Gesicht. »Tut mir leid, dass ich dich geweckt habe.«

»Hast du nicht. Ich schlafe selbst nicht so gut in letzter Zeit. Der Wahlkampf …« Er seufzte. »Mit zunehmendem Alter fällt es mir schwerer, auf dem Marktplatz herumzustehen und den Optimisten und Strahlemann zu spielen. Aber so wollen dich die Leute sehen.«

»Gott sei Dank läuft viel über deine Podiumsdiskussionen und Bürgerversammlungen! Da kannst du sachlich argumentieren, das liegt dir, das machst du großartig.«

»Danke für das Kompliment.« Er zögerte ein wenig und blickte mich nachdenklich an. »Ich wurde angesprochen, ob ich mir vorstellen könne, in die Landespolitik zu gehen.«

»Und?«

»Nein. Ich bin gern Bürgermeister. In einem Ort wie Bodenfurt kann man etwas bewirken, und man sieht, Monat für Monat, Jahr für Jahr, was man geleistet hat. Wenn wir ein Bürgerhaus planen, uns herumstreiten, kalkulieren, das Geld beschaffen, das Gebäude errichten, einweihen …« Er lachte. »Meine Großeltern waren Bauern. Säen und ernten und das Geerntete quasi in den eigenen Händen halten ... Diesen Hang zum Bodenständigen habe ich wahrscheinlich geerbt.« Er streckte sich. »Ein paar Stündchen Schlaf bleiben uns noch.« Er zog mich hoch und legte einen Arm um mich.

Da klingelte das Telefon. Sofort begann mein Herz wieder heftig zu schlagen.

»Um diese Zeit?«, fragte Toni erbost.

Ich nahm ab. Es war Ulrich, die Stimme völlig erschöpft, ich konnte ihn kaum verstehen.

»Ich wollte endlich mal schlafen und habe zwei von diesen Tabletten geschluckt, die der Arzt mir gegeben hat. Und Whisky getrunken.«

»Was waren das für Tabletten?«

»Was weiß ich? Zur Beruhigung ...?« Er lachte verächtlich.

Ich hörte ein Glas klirren.

»Mir geht's so miserabel ... Soll ich den Notarzt rufen? Nicht, dass ich umkippe und Jonas ...« Ich hörte ihn tief, wie in Panik, durchatmen. »Mein Gott, Christine ...«

Er wirkte auf mich, als stehe er kurz vor einem Zusammenbruch.

»Ulrich?«

Aber er hatte bereits aufgelegt.

Ich zog mich eilig an. Toni saß auf dem Bett, er hatte große Mühe, sich seinen Ärger nicht anmerken zu lassen.

»Wie kann dieser Typ Tabletten mit Whisky schlucken, wenn er ein kleines Kind zu Hause hat?«

»Du hast ja recht. Aber er ist völlig verzweifelt.« Ich

fuhr mir mit einer Bürste durchs Haar. »Außerdem geht es hier nicht um ihn. Sondern um Jonas.«

Toni stand auf, schlüpfte aus seinem Schlafanzug und begann ebenfalls sich anzuziehen. »Bist du sicher, dass es hier um Jonas geht?«, fragte er spöttisch.

»Du bist doch nicht eifersüchtig?«

»Warum nicht? Schließlich warst du mit dem Kerl ja mal verheiratet. Und so richtig geschieden seid ihr auch nicht.«

»Bei einer Trennung nach dreißig Jahren Ehe bringt man sich entweder gegenseitig um oder man bleibt befreundet.«

Ich nahm meine Handtasche und stopfte Geldbörse und Führerschein hinein. »Du weißt doch ... die glücklichsten Ehen sind die geschiedenen.«

»Denn die halten ewig«, antwortete Toni wütend.

»Jetzt sei nicht albern, ja?« Ich wollte ihn umarmen, aber er trat einen Schritt zurück.

»Warum bleibst du nicht hier?«, fragte ich.

»Allein frühstücken kann ich auch zu Hause.«

»Wie du meinst«, sagte ich und ließ ihn stehen.

31.

Das Haus befand sich in einem schrecklichen Zustand. Kleidungsstücke lagen herum, benutzte Tassen und Teller auf jeder nur erdenklichen Abstellfläche, der Windeleimer im Kinderzimmer quoll über und verbreitete einen so ekligen Geruch, dass ich sofort das Fenster öffnete und den Kübel ins Freie trug.

Ulrich schlurfte zurück zu seiner Couch. Er hatte sich eine Bettdecke um die Schultern gehängt, kalter Schweiß stand auf seiner Stirn, er war unrasiert, sein Haar strähnig. Ich erschrak. Ein alter Mann – er war tatsächlich über Nacht zum alten Mann geworden. Die tiefen Falten um den Mund, seine Augen so trüb: ein Häufchen Elend. Der Schock war für mich umso größer, da ich Jonas bemerkte, der so blass wie sein Vater dalag, ebenfalls in eine Decke gehüllt, mit Kissen umgeben. Im ersten Moment dachte ich, er würde gar nicht mehr atmen, aber dann bemerkte ich das leichte Heben und Senken seiner Brust.

Um ihn wollte ich mich sofort kümmern. Als ich ihn ins Kinderzimmer hinauftrug, wachte er auf und begann jämmerlich zu weinen. Er tat mir unendlich leid, seine ganze kleine Welt lag in Trümmern, und mit dem Gefühl des Mitleids stieg wieder unbändiger Zorn in mir auf. Zorn auf seinen Vater, auf diesen graugesichtigen Mann, der, den Blick nur nach innen gerichtet, in seinem Selbstmitleid badete, ohne an sein Kind zu denken, an die Pein, die dieses Kind durchlebte, da seine Mutter und mit ihr alles Vertraute verschwunden waren. Der große Macher. *Es gibt keine Probleme, es gibt nur Lösungen.* Ich war so wütend, dass ich am liebsten nach unten gestürmt wäre, um diesem Ritter von der traurigen Gestalt die bittersten Vorwürfe zu machen.

Doch dann rief ich mich zur Ordnung. Es war keinem damit gedient, wenn jetzt auch noch ich die Nerven verlor. Ich setzte Jonas in sein Bettchen, sofort wurde sein Weinen lauter und jämmerlicher; er schien Angst zu haben, ich könnte ihn ebenfalls verlassen. Er zog sich an den Gitterstäben hoch und streckte die Arme nach mir aus. Rotz lief ihm aus der Nase, er bot einen so bemitleidenswerten Anblick, dass mir Tränen in die Augen traten.

»Ist ja gut, mein Kleiner! Weißt du was? Wir ziehen dir jetzt etwas Warmes an, und dann kommst du mit mir in die Küche.«

Ich nahm ihn in die Arme, streichelte ihn und trug ihn im Zimmer umher. Als er sich beruhigt hatte, zog ich ihn aus, rieb ihn mit einem Waschlappen und Feuchttüchern sauber, wickelte ihn und kleidete ihn an. Dann setzte ich ihn in der Küche in seinen Kinderstuhl und begann aufzuräumen. Draußen dämmerte es bereits, ein grauer Morgen, dunkle Wolken trieben am Himmel. Ich machte Milch warm und fütterte Jonas mit Grießbrei, den er so gierig verschlang, dass ich eine zweite Portion warm machte. Er gab vor Begeisterung wieder seine kleinen Hickser von sich, patschte mit den Händchen in mein Gesicht und strahlte mich an. Ich nahm ihn auf den Arm und trat mit ihm ans Fenster. Mit großen Augen beobachtete er die dunklen Wolken, tat dann einen zufriedenen Seufzer, und sein Köpfchen sank auf meine Schulter. Er schlief ein. Ich brachte ihn zurück in sein Bett, deckte ihn zu und räumte das Kinderzimmer auf.

Ulrich, unendlich erleichtert, hier wieder eine Frau schalten und walten zu sehen, war inzwischen in einen tiefen Schlaf gesunken. Also deckte ich auch ihn zu und machte mich daran, die übrigen Räume in Ordnung zu bringen. Ich kannte es ja gut, dieses Haus. Das Regal in der Speisekammer hatte ich eigenhändig aufgebaut. Die Schramme an der Tür des Garderobenschranks stammte von Anjas Kinderwagen. Die bunten Fliesen rund um die Badewanne hatte ich selbst verlegt. Die messingfarbenen Handläufe des Treppengeländers fand ich auf einem Trödelmarkt, das Schränkchen im Gästezimmer ebenfalls, ich hatte es ein paarmal abgebeizt, bis die wunderschöne Maserung freilag.

Während ich meine Arbeit tat, wuchs in mir das Gefühl des Unwirklichen. Als ich damals, ein paar Wochen vor meinem Scheidungstermin, das Haus verlassen hatte, war ich noch einmal durch alle Räume gegangen, krampfhaft bemüht, meine Trauer zu unterdrücken, Kopf und Herz abzuriegeln, Bitterkeit, Verletztheit, all diese Boten einer gescheiterten Beziehung, nicht zuzulassen. Ich würde wahrscheinlich nie mehr hierher zurückkehren, so hatte ich gedacht und überlegte, ob ich nicht wenigstens die messingfarbenen Handläufe abschrauben oder die Tiffanylampe aus dem Wohnzimmer mitnehmen sollte. Aber auch diese sentimentale Regung überwand ich. Die paar Möbelstücke, die ich für mich aussortiert hatte, und meine persönlichen Sachen, nichts, was mit allzu viel Vergangenheit belastet war – so wollte ich mein altes Leben verlassen und ein neues beginnen.

Und jetzt stand ich wieder hier, und für einen Moment kam es mir vor, als habe eine Zeitmaschine mich in die Vergangenheit katapultiert. Ich war wieder Christine, die einen Mann hatte und ein Baby und in deren Kopf ein Handbuch gespeichert war, das ihr sagte, wie man am besten Haushalt, Beruf und Familie unter einen Hut brachte. Nur, dass dieser Mann, der auf der Couch lag und noch die gleichen Schnarchtöne von sich gab wie früher, nicht mehr der meine war, das Kind zwar seines, aber nicht meines war und ich … Ja, was war ich? Ein bisschen gaga, wie Petra meinte? Sie warf mir vor, an einem überdimensionalen Helfersyndrom zu leiden. Warum kümmerte ich mich nicht um meine eigenen Angelegenheiten und ließ die anderen sich um die ihren sorgen? Doch im Nu hatte ich Jonas vor Augen, wie er die Arme nach mir ausstreckte, wie er selig seinen Brei schluckte und mich so voller Vertrauen und Hingabe ansah, als sei ich eine Rettungsinsel in stürmischer See. Nein. Jonas war keine fremde Angelegenheit, er war ein kleiner Mensch, der Hilfe brauchte, die er momentan aus welchen Gründen auch immer von seinem engsten Angehörigen nicht erhalten konnte. Hier ging es nicht um Selbstabgrenzung, es ging überhaupt nicht um mich, es ging darum, für dieses Kind so lange da zu sein, bis sein Vater aus seiner seelischen Ohnmacht erwachte. Und um das zu erreichen, musste ich auch für diesen Vater da sein, Vergangenheit hin oder her.

Was bist du? Mutter Teresa?, hörte ich in Gedanken Petra spotten. Sie hatte gut reden. Sie hatte ihre Familie hinter sich gelassen, sechshundert Kilometer entfernt. Äußerst kluge Entscheidung.

Zwei Stunden später waren das Haus aufgeräumt, die Wäsche gewaschen, die Blumen gegossen. Es war Samstag, ich musste sehen, dass ich in meine Buchhandlung kam. Aber Ulrich, in dessen Gesicht allmählich ein wenig Farbe zurückkehrte, schlief so fest, dass ich ihn nicht wecken wollte. Ich hinterließ ihm einen Zettel, auf dem ich ihm mitteilte, dass ich Jonas mitnehmen und erst am Abend zurückbringen würde. Eine Einkaufsliste ließ ich auch da. Sollte er am Nachmittag noch nicht so weit sein, aufstehen zu können, so schrieb ich, würde man ihm die Sachen auch ins Haus bringen. Ich fügte die Telefonnummer des Supermarktes bei und lehnte den Zettel an Sabines Bild.

Dann fiel mir ein, dass ich für mein Auto keinen Kindersitz hatte, dass es überhaupt keinen Kindersitz mehr gab. Er lag im Wrack von Sabines Wagen, und niemand hatte in der Aufregung der vergangenen Tage an einen neuen gedacht. Also ließ ich mein Auto stehen und fuhr mit dem Bus in die Innenstadt. Eine ältere Frau half mir, den Kinderwagen samt Jonas ins Innere zu heben.

»Ja, ja, Omas wenn man nicht hätte«, sagte sie und lächelte mich an. »Hab selber zwei Enkelkinder.«

Sofort wollte ich sie berichtigen, wollte mit einiger

Ironie klarstellen, dass sich hier in diesem Kinderwagen das späte Zeugungsprodukt meines geschiedenen Mannes befand, aber Gott sei Dank hielt ich mich im letzten Moment zurück. Welche Idiotin fuhr schon im Kinderwagen die erotische Selbstverwirklichung ihres Verflossenen spazieren? Wollte ich zum Gespött der Leute werden?

Also nickte ich nur, verzog ein wenig gequält die Lippen und fiel in ein psychisches Tief. War meine Situation nicht bezeichnend? Ulrich war unbestreitbar Jonas' Vater. Ich dagegen fungierte aus Altersgründen als Oma. Fazit? Ich war alt geworden, Ulrich anscheinend nicht. Das hatte er zumindest geglaubt, als er sich eine junge Frau nahm. Oder hatte er sich eine junge Frau genommen, um genau dies nicht glauben zu müssen? Er war in die Wechseljahre gekommen und hatte die Frau gewechselt. Ich war in die Wechseljahre gekommen und hatte dann das körperliche Unvermögen, nicht mehr Mutter werden zu können, mit dem unbestreitbaren Komfort gewechselt, nur mehr Frau zu sein. Genau besehen kein schlechter Tausch.

Sogleich verflüchtigte sich bei diesen Gedanken mein psychisches Tief, was bei mir stets zu pragmatischer Aktivität führt. Ich rief Anja an und sagte ihr, dass man mich dringend in der Buchhandlung erwarte und ich deshalb Jonas bei ihr vorbeibringen würde.

»Wir müssen uns um ihn kümmern«, argumentierte ich.

Ablehnendes Schweigen.

»Deinem Vater geht's schlecht, sehr schlecht sogar.«

»Aber es ist Samstag«, empörte sich Anja. »Steffen

arbeitet bis mittags, und dann wollten wir mit Leonie zum Spielplatz.«

»Dann könnt ihr Jonas doch mitnehmen.«

»Das ist wieder typisch Papa. Die anderen werden sich schon um alles kümmern.«

Nun war ich es, die schwieg. Was sollte ich auch antworten? Papa ist ein Mann und somit kein Kümmerer, sondern ein bis ins Mark erschüttertes Alphatier, zu dessen Trauer sich nun der Schock gesellt, Arbeit leisten zu müssen, die in seinen Augen Frauenarbeit ist?

Da brach es aus ihr hervor. »Ist doch wahr! Ich habe genug eigene Sorgen. Den ganzen Tag im Labor, einen stinkgrantigen Mann am Hals … Also gut, bring Jonas vorbei! Er kann ja nichts dafür, dass die Männer alle beschissene Egoisten sind. Hoffentlich wird er nicht auch so. Bei dem Vorbild, das er hat …!« Sie legte wütend auf.

Jonas, dem seine spätere Geschlechterrolle schnurzegal war, spielte mit seiner Schnullerkette und sabberte auf seinen Anorak. Und ich spürte plötzlich, wie müde ich war. Wie viele Stunden hatte ich geschlafen? Drei? Vier? Und der Tag war noch lange nicht zu Ende.

Als ich Jonas bei Anja abgab, weinte er. Leonie schleppte ihre Kuscheltiere und Bauklötzchen an, holte das Buch mit den frierenden Engeln und gab sich große Mühe mit ihrem kleinen Onkel, während Anja mir eine Tasse Kaffee hinstellte und meinte: »Hast sicher noch nicht gefrühstückt.«

»Hab ich ganz vergessen bei all der Aufregung.«

Sie schob Bügelwäsche, die auf der Couch lag, zur Seite und setzte sich zu mir.

»Immer noch Streit mit Steffen?«

»So eine Art Waffenstillstandsabkommen. Verschiedene Dinge dürfen nicht beim Namen genannt werden. Als da sind: Familienplanung, Beruf, Karriere, Hausarbeit ...« Sie lachte unfroh.

»Wenn du willst, dann bring doch Leonie am Abend zu mir! Sie kann bei mir übernachten. Und du gehst mit Steffen nett essen, und ihr sprecht euch in Ruhe aus.«

»Aber du bist doch selbst fix und fertig.«

»Ach, was. Ich will sowieso nur die Füße hochlegen und ein bisschen fernsehen.«

Anja umarmte mich. »Danke, Mama. Ich liefere Jonas bei Papa ab und bringe auf dem Rückweg Leonie bei dir vorbei.«

Ich sah ihr an, wie erleichtert sie war. Schon als Kind konnte sie es nicht ertragen, längere Zeit mit uns oder mit Freundinnen zerstritten zu sein. Vielleicht renkte sich alles wieder ein, wenn sie und Steffen einen netten Abend hatten? Wenn sie einmal nicht Eltern waren, sondern so wie früher einfach ein junges Paar, das zusammen Spaß hatte.

In der Buchhandlung angekommen, setzte ich mich sofort mit Paul Hieronymus in Verbindung. Er hatte um Rückruf gebeten, etwas, das mir Markus Hämmerlein süffisant mitteilte. Er freute sich offensichtlich ungemein, dass ich schon wieder einmal durch Abwesenheit geglänzt hatte, als der große Boss nach mir verlangte.

Der aber ziemlich aufgeräumt und heiter klang. »Oh, Frau Bonhof. Ich habe hier eine Notiz von Ihnen auf dem Tisch liegen, ist schon einige Tage alt, aber ich kam erst heute dazu, sie zu lesen. Sie regen an, die Anzahl der Hardcovertitel zu reduzieren und die der Taschenbücher aufzustocken.«

Ich erklärte ihm, dass ich unser Angebot damit noch stärker unserer Klientel anpassen wolle. Inzwischen kauften sehr viele junge Leute mit Kindern bei uns ein, die begeisterte Leser waren, aber oft jeden Cent umdrehen mussten, bevor sie ihn ausgeben konnten. Bei ihnen rangierte das Taschenbuch an erster Stelle, auch als Geschenk. Also wollte ich mehr Taschenbücher anbieten, aber inhaltlich Schwerpunkte setzen.

»Außerdem würde ich in der Kinderabteilung zusätzlich zu den Büchern und CDs gerne etwas mehr Spielzeug anbieten. Verstehen Sie? Man ist eingeladen, man braucht Geschenke. Ein Taschenbuch für die Gastgeber, eine CD fürs schulpflichtige Kind, eine kleine Handpuppe fürs Baby. Ich möchte gerne, dass es heißt: ›Oh, wir brauchen ein Geschenk? Gehen wir doch zu Hieronymus‹!«

»Ein interessanter Aspekt.«

»Ich weiß natürlich nicht, inwieweit alle Hieronymus-Filialen einheitlich sein müssen.«

»Müssen sie nicht.«

Er meinte, er wolle sich die Sache überlegen, und bedankte sich ausdrücklich für die kreative Anregung.

Als Nächstes stand mir die Auseinandersetzung mit Hämmerlein bevor, der tatsächlich, ohne mit mir darüber zu sprechen, einige Regale neu sortiert hatte. Ich rief ihn zu mir.

»Sie werden das alles wieder umräumen«, befahl ich.

»In anderen Filialen haben wir aber dieses System.«

»Ich hatte es auch. Früher. Aber es hat sich nicht bewährt. Leute, die einen guten Krimi suchen, wollen nicht von Regal zu Regal marschieren, um bei den einzelnen Verlagen zu prüfen, was überhaupt an Krimis vorhanden ist. Sie wollen das gesamte Angebot auf einen Blick übersehen können.«

Ein Kunde sprach uns an. »Entschuldigung. Die Selbsthilfebücher …?«

Markus stand ratlos vor seinem eigenen Durcheinander.

Ich versuchte, die Situation zu retten. »Oh … Die hat unser Herr Hämmerlein so gut versteckt, dass er jetzt selbst … Hilfe braucht, um sie zu finden. Kommen Sie!« Ich wies auf die Regale, die für ihn in Frage kamen, und bemerkte aus den Augenwinkeln, dass der kleine Scheißer sofort zu Jakob eilte und auf ihn einsprach.

Jakob riss wütend einen Stoß Bücher aus einem Regal und warf sie zu Boden, während Hämmerlein so tat, als prüfe er Bestandslisten.

»Herr Hämmerlein?«

Er blickte auf.

»Das Umsortieren ist *Ihr* Job. Aber nicht während der Geschäftszeit. Da werden wohl einige Überstunden fällig.«

»Bücher sortieren?«, fragte er arrogant.

»Wer Unordnung macht, muss sie auch wieder beseitigen. Lernt man schon im Kindergarten.«

Wir starrten uns an, die Luft vibrierend von Aggressionen. Hoffentlich hatte er sein Horoskop studiert und erfahren, dass heute kein guter Tag für Auseinandersetzungen war. *Legen Sie sich nicht mit Ihrer Chefin an* … Ich war seit drei Uhr morgens auf den Beinen. Ich war müde. Ich war grantig, kurz vor dem Explodieren. Er studierte mein Gesicht – und zog es vor, mich nicht mehr zu reizen. Ich atmete tief und dankbar durch. Ich wollte ungern einem Bodenfurter Polizisten erklären müssen, warum in einem Hieronymus-Palast die Leiche eines intriganten Buchhändlers herumlag.

Kurz bevor wir den Laden schlossen, rief Toni an. Ich hatte mich schon gefragt, wie lange er wohl brauchen würde, um seinen nächtlichen Groll zu überwinden.

Er schien gutgelaunt. »Tut mir leid«, sagte er. »Aber ich habe das Gefühl, wir sollten uns einmal darüber unterhalten, welchen Rang ich in der Hierarchie deiner Familie einnehme. Und wer alles zur Familie gehört.«

»Hierarchisches Denken liegt mir fern, das weißt du doch.«

»Also gut. Was hältst du von einem Abendessen beim Italiener? Und einer traumhaft schönen Nacht mit einem Mann, den du ziemlich vernachlässigt hast.«

Mein Gott, nicht schon wieder! Ich ging in Gedanken die Ratgeberbücher durch. Hatten wir nicht eines mit den tausend besten Ausreden der Welt?

»Warum machen wir das nicht morgen, Toni? Ich bin wirklich sehr müde, und …« Ich verhedderte mich.

»Dann wird es dir guttun, dich verwöhnen zu lassen.«

»Aber morgen wäre ich sehr viel ausgeruhter.«

»Ich möchte dich aber sehen. Wir können auch zu Hause bleiben, wenn dir das lieber ist.«

»Toni … ich kann nicht.«

»Warum?«

»Ich habe heute Abend Leonie bei mir.«

Ein Schweigen, das sich dehnte und dehnte. Und Selbstvorwürfe, die an meinem Gewissen klebten wie hungrige Blutegel.

»Es ist, weil ... Verstehst du, Anja und Steffen brauchen einmal ein bisschen Zeit für sich, und daher ...« Ich stieß einen theatralischen Seufzer aus.

»Und wir brauchen die nicht, die Zeit, meine ich.«

»Doch. Natürlich. Aber wir beide sind nicht zerstritten, Anja und Steffen schon.«

»Nun, dann sind wir es jetzt auch«, sagte er und legte auf.

Ich schlich wie ein geprügelter Hund aus dem Laden. Der Marktplatz lag leer und verlassen da, es begann zu regnen, und ich musste sehen, dass ich nach Hause kam, bevor Anja mit Leonie vor der Tür stand. Himmelherrgott noch mal! Wieso, bitte schön, klebten eigentlich diese widerlichen Egel an meinem Gewissen? Was hatte ich denn getan? Woher hätte ich wissen sollen, dass Toni, einige Wochen vor der Wahl, ausgerechnet den Samstagabend mit mir verbringen wollte? Samstagabende waren sonst tabu in Wahlzeiten. Vereinsfeiern, auf denen er sich blicken lassen musste, Vernissagen, Treffen mit regionalen Politikern, Essen mit Geschäftsleuten. Nicht zu vergessen der neunzigste Geburtstag eines noch wahlfähigen Bürgers, der auf einen Geschenkkorb samt Bürgermeister wartete. Toni nahm manches Mal an solchen Abenden bis zu drei oder vier Termine wahr. Es hatte also den Anschein, als habe er alle Verabredungen storniert, nur um das Vergnügen zu haben, mit einer Frau allein zu sein, die aufgrund einer Fehlprogrammierung allmählich zu einer Anlaufadresse für sozial gescheiterte Existenzen zu werden drohte. Die dies aber beharrlich bestritt und quasi im gleichen Atemzug den Beweis ihrer Fehlprogrammierung lieferte, indem sie ihrem Enkelkind im Frühjahr Weihnachtsgeschichten vorlas und statt Saltimbocca Fischstäbchen mit Kartoffelbrei zubereitete. Andererseits hatte ich ihn gewarnt. Schon bei unserem ersten Treffen nach meiner Scheidung, als immer klarer wurde, dass die Zeit des Flirtens und verbalen Pingpongspiels beendet war, dass wir, wenn nicht an diesem Abend, so doch an einem der kommenden, miteinander schlafen und vielleicht – hoffentlich? – in die nächste Phase unserer Beziehung treten würden. Ich hatte ihm von Anja, Steffen und Leonie erzählt, von meinem Vater und meinem Plan, eine eigene Buchhandlung zu eröffnen. Und was hatte er geantwortet? »Wunderbar«, hatte er gesagt. »Ich liebe Frauen, die so aktiv sind wie du. Und wie wunderbar, dass du Familie hast. Ich habe keine, und ich hoffe, dass du mich mit einbeziehst in dein Familienleben.« Ja, in der Theorie mochte ihm mein kleines turbulentes Leben sehr reizvoll erschienen sein. In der Praxis allerdings kühlte die Euphorie von Jahr zu Jahr mehr ab.

Ich musste mit dem Bus fahren, mein Auto stand ja noch vor Ulrichs Tür. Ich würde es morgen abholen, dann konnte ich auch sehen, ob es Vater und Sohn gutging oder ob ich für die beiden einen Notfallplan brauchte. Ich beschloss gerade, Toni gegenüber nicht zu erwähnen, dass ich mich schon wieder kümmerte, da fiel mir ein, dass es eine Weile dauern mochte, bis Toni wieder aufnahmebereit war für Geschichten aus Christines Almanach. Schließlich hatte ich die Nacht der Nächte und damit auch ihn zurückgewiesen. Hatte darauf verzichtet, ihn in meinem Bett zu haben, obwohl er zugegebenermaßen auch in dieser Hinsicht eine sehr erfreuliche Ausnahme darstellte, die ganz und gar aus der Reihe tanzte. Normal wäre gewesen, dass er sich nach seiner Scheidung eine mindestens zwanzig Jahre jüngere Frau gesucht hätte, diese beliebte Variante der männlichen Zweit- und Drittehe mit jeweils einer neuen Kindfrau, die auch ich aus leidvoller Erfahrung kannte. Nicht so Toni. Er entschied sich für eine gleichberechtigte, sogar ein paar Jahre ältere Partnerin, was sehr für sein Selbstbewusstsein sprach. Nur zurückgesetzt mochte er sich nicht fühlen, wenn er schon darauf verzichtete, Patriarch einer jungen Frau zu spielen und in den Genuss eines späten Jungbrunnens zu gelangen. Ich konnte das gut verstehen. Ändern konnte ich es nicht.

Ich setzte mich im Bus in die Mitte der letzten Reihe und streckte meine schmerzenden Beine von mir. Da entdeckte ich den alten Hannes, der eine Bank vor mir saß, sein Hab und Gut auf dem Nebensitz. Er trug Jakobs Turnschuhe und futterte Schokoladenkekse, die er wieselflink aus einem Beutel zog.

»Hallo, Hannes!«, begrüßte ich ihn.

Er wandte sich um, und ein Lächeln erhellte sein Gesicht, als er mich erkannte. »Frau Bonhof. Einen schönen Tag gehabt?«

»Kann man nicht gerade behaupten.«

Er schaute mich, neugierig geworden, an. »Würden Sie mir verraten, warum? Wenn das nicht zu indiskret ist.«

Ich lachte. »Wissen Sie … ich habe eine Menge gearbeitet. Aber bis auf ein Baby, das mich für eine Märchenfee hält, hat keiner meinen Fleiß geschätzt.«

Er hielt mir die Kekstüte hin.

»Nein danke.«

»Doch, nehmen Sie!«, sagte er. »Sie können's ja aufheben. Manchmal kriegt man Lust auf einen Schokoladenkeks und ist froh, wenn man einen hat.«

Also nahm ich mir einen Keks, und da die nächste Haltestelle die meine war, stand ich auf. »Machen Sie's gut, Hannes!«, sagte ich. »Gott sei Dank ist endlich Abend!«

»›Am Abend wird man klug für den vergangenen Tag, doch niemals klug für den, der kommen mag.‹ Tja … ich werd auch aussteigen …«

Er linste nach vorne zum Fahrer – Hannes war der geschickteste Schwarzfahrer Bodenfurts – und stieg dann rasch mit mir aus. Es regnete jetzt stärker, ein kalter Wind kam auf.

»Wo wollen Sie denn hin, Hannes?«

»Oh. Ich habe eine sehr nette Einladung erhalten von Frau Wiedenbrück.«

»Dann viel Spaß.«

»Ihnen auch, Frau Bonhof.«

Er schlurfte, seine zwei Tüten in Händen, in Richtung des Hauses der Arbeiterwohlfahrt. Frau Wiedenbrück war dessen Leiterin. Sie betreute auch Obdachlose.

Als Leonie beim achten frierenden Engel eingeschlafen war, schleppte ich mich ins Badezimmer. Die letzten Stunden hatte ich nur deshalb einigermaßen gut überstanden, weil ich ständig meine schaumgekrönte Badewanne vor Augen hatte, in die ich jetzt endlich steigen wollte, um sie die halbe Nacht nicht mehr zu verlassen. Ich brachte Leonies Entchen in Sicherheit, den blauen Delphin und den Gartenzwerg Fritz, der von ihrer letzten Waschorgie immer noch Zahnpasta im Plastikgesicht hatte, träufelte dann andächtig azurblauen Sirup der Marke Entspannungsessenz auf den Wannenboden und öffnete die Wasserhähne. Aus der Küche holte ich mir ein Glas Rotwein, stellte es auf den Rand der Wanne, warf Kleidung und Unterwäsche einfach auf den Boden und stieg ins Nass. Welch göttliche Wohltat! Diese meine Wanne sollte die Insel meiner Seligkeit werden, ich wollte sie nie mehr verlassen. Ich nahm einen Schluck Wein und schloss die Augen. Eines langen Tages Reise in die Nacht … Sogar um Ulrich und Jonas musste ich mir momentan keine Sorgen machen. Anja hatte mir erzählt, dass der Supermarkt tatsächlich die Lebensmittel ins Haus geliefert habe, dass Ulrich einigermaßen bei Sinnen gewesen sei und dass sie den kleinen Jonas mit Gemüsebrei gefüttert und dann ins Bett gebracht habe.

Meine Gedanken wanderten zu Toni. Familienhierarchie … Warum mussten Männer stets Rangordnungskategorien aufstellen? Laut den Familienratgebern, die ich in meiner Buchhandlung verkaufte, gab es angeblich keine hierarchischen Strukturen mehr in der Familie, eher ein ersprießliches Miteinander. Na ja … Autoren! Erdachte und wirkliche Welten.

Vielleicht war tatsächlich die Rangordnung abgeschafft worden, aber das gleichberechtigte Miteinander warf wohl eine Menge neuer Fragen auf. Nur – so weit hatte Toni ja gar nicht gedacht. Was er meinte, war, dass ich entweder das Leben einer Singlefrau mit potentem Geliebten führen sollte oder das einer berufstätigen Ehefrau mit bürgermeisterlichem Gatten, keinesfalls aber das mühselige und beladene Leben einer Frau inmitten einer Art Patchworkfamilie. Ich sollte eine Ich-AG gründen. Und da lag er falsch. Mittelpunkt war ja nicht ich speziell, sondern Frauen waren es generell. Auch Anja leistete beispielsweise ihren Beitrag. Wie oft hatte sie mich schon betreut, wenn ich krank zu Hause lag. Wie sehr kümmerte sie sich um ihren Großvater. Was alles tat sie für Leonie, was für ihre Freunde, wenn sie in Not gerieten. Ergo – Frauen besaßen soziale Kompetenz. Und die Geschlechterhierarchie war durcheinandergeraten, weil die Frauen heutzutage fast alle einen Beruf hatten und nicht mehr gewillt waren, dem Mann die Hemden zu bügeln und dafür zu sorgen, dass er den Rücken frei hatte, um die beruflichen Jagdreviere zu durchpirschen.

Über diesen philosophischen Gedanken schlief ich, wohlig in mein Schaumbad versunken, fast ein. Vom Regal grinste das Gesicht des Gartenzwergs Fritz, ich war schon zu träge, um noch einen Schluck Rotwein zu nehmen – da klingelte plötzlich laut und fordernd das Telefon. Es musste ein verschwörerischer Pakt existieren zwischen meinen Wannenbädern und diesem verdammten diversen Klingeln. Toni? Nein, auch für Toni würde ich meine Insel der Seligkeit nicht verlassen, schließlich war er beleidigt, da durfte auch ich für mich in Anspruch nehmen, beleidigt zu sein.

Das Telefon klingelte unerbittlich weiter. Nun wurde ich doch unruhig. Ich quälte mich stöhnend aus meinem azurblauen Schaumbad, lief nackt auf den Flur und nahm ab.

»›Marienheim‹«, meldete sich eine Schwester. »Frau Bonhof?«

»Ja?«

»Tut mir sehr, sehr leid. Aber wir mussten Ihren Vater ins Krankenhaus bringen lassen. Auf unserer Station grassiert ein böser Magen-Darm-Virus, der kann bei einem so alten Menschen lebensgefährlich werden.«

»In welchem Krankenhaus liegt er denn?«

»Im Kreiskrankenhaus. Ja. Und da für ihn noch keine Notfalltasche für solche Fälle gepackt war, müssen wir Sie bitten, ihm einige Sachen zu bringen.« In ihrer Stimme lag ein vorwurfsvoller Ton, und schuldbewusst fiel mir ein, dass auf einem der vielen Zettel, die man mir ausgehändigt hatte, die Bitte vermerkt war, eine kleine Reisetasche mit allem Erforderlichen für einen Krankenhausaufenthalt bereitzustellen. Das hatte ich vergessen.

»Sie meinen … heute Nacht noch?«

»Sie können natürlich auch erst morgen zu Ihrem Vater in die Klinik fahren, aber er war ziemlich … aufgebracht, ein wenig panisch, wissen Sie … Wäre schon besser, er würde noch heute Besuch erhalten, zumal er nichts dabeihat, nur seinen Bademantel und seine Hausschuhe.«

Ich hörte, wie nach der Schwester gerufen wurde, und bevor ich ihr erklären konnte, dass mein Enkelkind bei mir war, hatte sie sich schon verabschiedet und aufgelegt.

Was jetzt? Anja anrufen, damit sie Leonie abholte? Nein, unter keinen Umständen. Petra? Sie war übers Wochenende ins Elsass zu einer Freundin gefahren. Toni? Sehr witzig, Christine! Da konnte ich ja gleich einen Liter Öl ins Feuer gießen.

Jakob! Leonie liebte ihn, er sie auch … Ich suchte nach seiner Handynummer und rief ihn sofort an.

»Hallo, Jakob. Wo bist du gerade?«

»Boss?« In seiner Stimme grenzenloses Erstaunen. Noch nie hatte ich ihn privat angerufen.

»Ich bin in einer extremen Notlage. Habe Leonie hier bei mir und gerade einen Anruf erhalten, dass mein Vater ins Krankenhaus eingeliefert wurde.«

»Und die Kindseltern sind verschollen.«

»So in etwa.«

»Ich bezahle hier noch meinen Daiquiri – Hemingway, Sie wissen schon – und rufe mir ein Taxi.«

»Hoffentlich habe ich dir jetzt nicht den ganzen Abend verdorben.«

»Nein, Boss, du hast mich eher gerettet. Denn wenn ich jetzt Babysitter spiele, mache ich nicht die Dummheit, diese langbeinige Blondine anzuquatschen, die am Ende des Tresens sitzt und ausschaut wie Barbie auf der Suche nach Ken.«

»Warum müssen es eigentlich immer Blondinen sein?«

»Weil Männer blöd sind. Wusstest du das nicht?«

»Im Prinzip schon. Übrigens … Leonie ist auch blond.«

»Ja, richtig«, sagte Jakob und lachte. Und versprach, in einer Viertelstunde bei mir zu sein.

Mein Vater lag noch in der Notaufnahme. Bereits in einem Krankenbett, während eine Schwester verzweifelt versuchte, eine Station ausfindig zu machen, die noch nicht restlos überfüllt war.

Es ging bereits auf Mitternacht zu, und da ich vergangene Nacht nur ein paar Stunden geschlafen hatte, konnte ich fast keinen Fuß mehr vor den anderen setzen, so müde war ich.

Ich hatte mich von Jakobs Taxi gleich weiter zum »Marienheim« fahren lassen – mein Auto stand ja immer noch vor Ulrichs Haus –, hatte dort die bewusste Tasche gepackt und mich gleich auf den Weg ins Krankenhaus gemacht.

»Wie geht's dir denn, Papa?«

»Schlecht.«

Ich tätschelte seine Hand.

»Wenn man mich nicht ins Heim verfrachtet hätte, wäre ich jetzt nicht in diesem Irrenhaus.«

»Einen Darmvirus kannst du dir überall einfangen.«

»In meiner Wohnung nicht.«

Ich schwieg. Es hatte schon unter normalen Umständen keinen Zweck, mit ihm zu streiten, erst recht aber nicht, wenn er mit einer verkackten Windel im Krankenbett lag.

Die Schwester war fündig geworden und kündigte an, dass ein Pfleger kommen und den Patienten auf sein Zimmer bringen würde. Aber der Pfleger kam nicht. In der Zwischenzeit wurde meinem Vater übel, er übergab sich und versaute das frisch bezogene Bett. Eine Schwesternhelferin nahm sich seiner an, wechselte die Bettwäsche, half ihm in einen frischen Schlafanzug, wusch ihm Gesicht und Hände, nahm ihm die Zahnprothese aus dem Mund, reinigte sie und brachte sie wieder an Ort und Stelle. Da der Pfleger immer noch nicht da war, erbot sie sich, meinen Vater zu der ihm zugewiesenen Station zu bringen.

»Sie ist nett, nicht wahr?«

Er seufzte nur. Ich zog seine Bettdecke höher, sein Gesicht hatte eine gelbliche Farbe, aber die nette Helferin meinte, dass er jetzt dann gleich Infusionen erhalten und es ihm schon nach einem Tag sicherlich bessergehen werde.

Es war zwei Uhr morgens, als ich nach Hause kam und Jakob heimschickte. Und drei Uhr, bis ich endlich im Bett war. Und sechs Uhr, als Leonie vergnügt auf meinen Bauch hopste, mein Augenlid nach oben zog und fragte: »Omi? Schläfst du noch?« Und sieben Uhr, als es wieder Sturm klingelte, dieses Mal an der Haustür, worauf Anja hereinkam, mit verheultem Gesicht und so zornig, dass ich sofort in die Küche ging und mein Allheilmittel zubereitete: heiße Schokolade.

32.

Sie saß am Küchentisch, trank in kleinen Schlucken ihre Schokolade und schwieg. Leonie durfte ausnahmsweise fernsehen, Sonntagvormittagsprogramm, ein Zeichentrickfilm. Während ich darauf wartete, dass mein Kind zu sprechen begann, und Anjas verweintes, blasses Gesicht sämtliche mütterliche Schutzmechanismen auf den Plan rief, erinnerte ich mich an jene Nacht, als sie geboren wurde. Es stürmte und regnete so wie heute, ich hatte einen Fruchtblasensprung und erste Wehen, saß im Wohnzimmer und trank noch rasch eine Tasse Kaffee, während Ulrich, bleich und sehr viel nervöser als ich, meine schon seit Wochen gepackte Reisetasche holte und im Flur abstellte. Auf der Fahrt zum Krankenhaus erklärte ich ihm, was alles ich vorbereitet und er auszuführen hatte während der wenigen Tage, die ich nicht zu Hause sein würde. Zwei Freunde hatten Geburtstag, ihre Geschenke lagen bereit, er musste sie nur noch überbringen. Ich konnte mir gut vorstellen, wie das vor sich ging. Das männliche Schultergeklopfe und die vielen Schnäpse für den glücklichen Vater, und ich gestehe, dass ich neidisch war, als ich mit nichts als meiner Tasche und der geplatzten Fruchtblase neben ihm im Auto saß. Meine Eltern sollte er erst am Morgen anrufen, die Unterlagen für den Geburteneintrag beim Standesamt hatte ich auf seinen Schreibtisch gelegt. Essen hatte ich vorgekocht und eingefroren, die Blumen waren gegossen.

Die Hebamme im Krankenhaus entpuppte sich als Dragoner, der mit tiefer Stimme Ulrich barsch befahl, sich von mir zu verabschieden. Es war damals noch nicht an der Tagesordnung, dass Väter der Geburt beiwohnten. Vielmehr wurden sie wie kleine Missetäter vor die Tür gesetzt. Ulrich könne gegen Morgen anrufen, befand der Dragoner. Dann verpasste man mir einen Einlauf, der mich eine Stunde lang auf die Toilette zwang, steckte mich ins Bett und schob mich wegen der nächtlichen Überfüllung der Kreißsäle in einen kleinen Raum, in dem Handtücher, Bettpfannen und Verbandsmaterial gehortet wurden. Gegen Morgen, meine Wehen erfolgten in immer kürzeren Abständen, entdeckte mich die Tagesschwester, als sie einen Stapel Handtücher holte. »Was machen Sie denn hier?«, fragte sie so vorwurfsvoll, als hätte ich es auf ihre Handtücher abgesehen, und es stellte sich heraus, dass man mich völlig vergessen hatte.

Die Geburt dauerte zwölf Stunden. Ich verfluchte die Hebamme, die inzwischen eine andere und eine sehr viel nettere war, ich verfluchte die Schwangerschaftsgymnastik, an deren Atemtechnik ich mich in all meinen Schmerzen und dem Schweiß ums Verrecken nicht mehr erinnern konnte, ich verfluchte Ulrich, der jetzt gemütlich zu Hause saß und von Gott und der Welt gestützt und getröstet wurde, und mich verfluchte ich auch. Gab es doch so viele kinderlose Ehepaare, die glücklich waren!

Dann hielt ich sie im Arm, Anja, der Name stand schon fest, natürlich das schönste Baby, das es auf Gottes Erdboden gab, und alles war vergessen. Es regnete immer noch, ein sanftes Rauschen, und ich war so erleichtert und zufrieden, dass ich alle Welt hätte umarmen mögen, auch den bösen Dragoner mit dem Oberlippenbart und der Einlaufpumpe.

»Wir haben eine neue Variante«, sagte Anja bitter und holte mich in die Gegenwart zurück. Die Missstimmung habe schon am Nachmittag begonnen, erzählte sie, als sie mit beiden Kindern auf dem Spielplatz waren.

»Ein süßer Kerl«, hatte Steffen mit Blick auf Jonas bemerkt.

Sie hatte lediglich genickt.

»Dein Vater hat mir erzählt, dass er nachts immer aufwacht und nach Sabine weint.«

»Du hast mit Papa telefoniert?«

»Er tut mir leid.«

Sie hatten geschwiegen, jeder aus einem anderen Grund. Anja wollte, misstrauisch geworden, nicht näher eingehen auf Steffens plötzlich erwachten Verwandtschaftssinn, er dagegen suchte wohl nach den richtigen Worten, um genau diesen für seine Zwecke zu nutzen.

Zögernd meinte er schließlich: »Wenn du nicht ganztags arbeiten würdest, könntest du dich ab und zu um deinen kleinen Bruder kümmern.«

»Ach, so ist das. Jetzt schleichen wir uns durchs Hintertürchen herein. Dir geht's doch gar nicht um Jonas!«

»Mir geht's um so vieles.«

»Und um was, bitte schön?«

Steffen hatte abermals gezögert, dann ihre Hand genommen und gelächelt. »Du magst das nicht hören. Aber ich hätte wirklich selber auch noch gern ein Kind.«

Gar nichts habe sie darauf geantwortet, berichtete Anja. Aber es sei der Auftakt gewesen zum großen Streit. Denn als sie Jonas bei Ulrich und Leonie bei mir abgeliefert hatte und auf ein klärendes, ruhiges Gespräch in netter, gepflegter Atmosphäre in einem netten, gepflegten Lokal hoffte, fing Steffen schon zu Hause wieder an, das Thema breitzutreten. Sie stritten so sehr, dass sie keine Lust mehr hatten, gemeinsam auszugehen.

»Mama! Er kann doch nicht plötzlich unsere ganze Lebensplanung auf den Kopf stellen! Seit die Aussicht besteht, dass er einmal richtig viel Geld verdienen wird, würde er am liebsten den Alleinernährer spielen. Das könnte ihm so passen! Ich hänge meinen Beruf an den Nagel, mutiere zum Back- und Kochgenie, und wenn er in fünf oder zehn Jahren Lust auf was anderes kriegt, sitze ich von heute auf morgen da mit zwei Kindern, bin auf Unterhaltszahlungen angewiesen und habe obendrein den beruflichen Anschluss verpasst. Dann kann ich mich mit Minijobs über Wasser halten oder mir ein Schießeisen besorgen und eine Bank überfallen.«

»Hast du ihm das genau so erklärt?«, fragte ich in banger Ahnung.

»Ja. Habe ich. Das Ergebnis: Er war stinksauer. Denn niemals würde er natürlich seine Familie verlassen, es sei eine Unverschämtheit, ihm dies zu unterstellen. ›Dann arbeite du doch halbtags und kümmere dich um Haushalt und Kinder!‹, habe ich ihn angeschrien. Und weißt du, was dieser reaktionäre Arsch geantwortet hat? ›Wieso? Ich verdiene doch besser als du.‹

›Aber nicht mehr lange‹, sagte ich. ›Wenn ich Laborleiterin bin, verdiene ich genauso gut wie du. Und was dann? Knobeln wir dann? Stein schleift Schere?‹ Das Ganze endete damit, dass er in typisch männlicher Manier die Tür hinter sich zuschlug und in die Kneipe ging. Wahrscheinlich nahm er an, ich würde mich in meinem Frust der längst fälligen Hausarbeit widmen, so wie es die Frauen früher gemacht haben. Tat ich aber nicht. Ich schlug auch die Tür hinter mir zu und ging in ›Charlys Bar‹. Und kam erst um vier Uhr morgens nach Hause. Da flippte er völlig aus.«

Sie schwieg erschöpft.

»Tja«, meinte ich mitfühlend, »das ist eine schwierige Situation, nicht nur bei euch. Wir haben die alte Ordnung aufgehoben und noch keine neue gefunden. Das braucht Zeit.«

»Die ich nicht habe. Ich lebe hier und jetzt. Was also soll ich tun?«

»Abwarten«, antwortete ich.

»Und Schokolade trinken?« Jetzt lächelte sie wieder.

»Mami?«, rief Leonie aus dem Wohnzimmer zu uns herüber.

»Ja, mein Schatz?«

»Du hast ›Arsch‹ gesagt. Das darf man nicht.«

»Da hast du recht. Entschuldige, bitte.«

»Jakob hat mal ›Titten‹ gesagt.«

»Das sagt man auch nicht.«

»Hörst du?«, redete Leonie auf ihr Ferkelchen ein. »Arsch und Titten sind böse.«

»Aber sehr viel beliebter als Charakter und Hirn.« Das sagte Anja zu mir. Und lachte schon wieder, Gott sei Dank!

33.

Ein paar Tage später wurde mein Vater aus dem Krankenhaus entlassen, und ich besuchte ihn noch am gleichen Abend im Heim. Er war denkbar schlechter Laune und jammerte mir die Ohren voll, was an Nutzlosem sie alles in dieser Endstation des Daseins mit ihm anstellen würden.

»Ich komm mir in meinem Zimmer vor wie in einem Durchgangslager. Tür auf, Tür zu ... jeden Morgen werde ich geduscht ... ganz schlecht für die Haut, hab ich gelesen. Sie kommen zum Saubermachen, sie bringen was zu trinken, sie bringen was zu essen ... *Was ist, Herr Dittmann, wollen Sie nicht rüberkommen in den Aufenthaltsraum?*«, äffte er nach. »Dann diese Therapeutin, die meine Beine auf Trab bringen will, der Friseur, die Fußpflegerin ... was wollen die aus mir machen? Einen Marienheim-Gigolo?«

»Sei froh, dass sie sich so viel Mühe geben! Ist nicht in allen Heimen so.«

»Mit mir braucht man sich keine Mühe zu geben, ist doch sowieso alles zu spät. Schau mich an! Hock doch bloß noch meine Zeit ab und warte aufs Abkratzen.«

»Es liegt an dir, was du aus der Zeit machst, die du noch hast.«

»Ah … wir sind jetzt Briefkastentante«, höhnte er. »Was unsere Alten doch noch alles machen können. Schöne Bildchen malen, im Kreis sitzen und Lieder singen …«

»Diese Dinge machen sie mit Leuten, die bereits dement sind. Das bist du nicht. Du hast alle Möglichkeiten. Kannst die Cafeteria besuchen. Dir in der Bibliothek Bücher holen. Jeden Donnerstagabend gibt es im Saal einen Vortag, ein Konzert, einen Film … und bestimmt auch Leute, mit denen du dich unterhalten könntest oder was mit ihnen unternehmen.«

»Rollstuhlrennen?«

Ich gab es auf. »Tschüss, Papa!«

Er antwortete nicht.

Zu Ulrich fuhr ich jeden Tag. Er befand sich noch in Urlaub. In seinem Haus bewegte er sich wie ein Fremder. Seine Gefühlslage wechselte zwischen Verzagtheit und Wut. Es war, als habe er den Atem angehalten und könne sich nicht entscheiden, ob er neuerlich Luft holen soll oder an seiner Verzweiflung ersticken. Wieso hatte ihm das Schicksal so übel mitgespielt? Alle anderen lebten in einer strahlend hellen Welt, nur er nicht. Zwar hatte er inzwischen gelernt, Jonas zu wickeln und zu füttern, aber das Haus befand sich in einem schlimmen Zustand.

Als ich ihm eines Abends in meinem Zorn an den Kopf warf, dass die permanente Unbeholfenheit in Alltagsdingen ein männliches Generationsproblem sei, sah er mich verständnislos an. »Was soll das denn schon wieder heißen?«

»Schon mal was von den ›neuen Vätern‹ gehört? Die wickeln, die kochen, die bügeln und gehen einkaufen. Und sind auch berufstätig.«

»Sie sind jünger.«

»Ach. Um ein Kind zu machen, warst du jung genug, aber um es zu betreuen, bist du es nicht.«

»Und wahrscheinlich haben diese sogenannten ›neuen Väter‹ auch keinen Job, der sie so fordert wie mich der meine.«

»Falsch. Sie passen ihren Job dem Familienleben an. In deiner Generation war es umgekehrt.«

»Was soll ich denn tun? Kündigen und aufs Sozialamt gehen? Du vergisst, dass ich jetzt allein bin. Ich habe keine Frau mehr, mit der ich mir berufliche und familiäre Arbeit teilen kann.«

»Was du vorher natürlich getan hast.«

Wenn ich ihm mit Spott kam, zog er sich sofort in sein Schneckenhaus zurück. Seine Nasenflügel bebten, er ging im Zimmer umher, ersetzte eine Unordnung mit einer anderen und schwieg beleidigt. Und natürlich tat er mir sofort wieder leid. Christine! Ein gramgebeugter Witwer! Noch im Schockzustand! Also hielt ich schleunigst weitere giftige Bemerkungen, die ich noch im Köcher hatte, zurück, genauso, wie ich es bei meinem Vater tat. Wenn ich so weitermachte, würde sich mein Inneres eines Tages umstülpen und dieses ganze ätzende Gift ausspeien. Kein Mensch konnte existieren, wenn ihn so viel Ungesagtes aufblähte wie falsches Futter ein Schaf.

Schaf war überhaupt ein gutes Stichwort, wenn ich an mich dachte. Zumindest war Petra dieser Ansicht. Sie fand, dass ich es mit meinem erweiterten Familiensinn allmählich gnadenlos übertrieb. Aber wie hatte meine Mutter immer gesagt? Jeder Mensch besitzt eine innere Richtschnur, die ihn leitet. Ein ureigenes Gewissen. Na ja … eine sehr gewagte These, wenn ich mir die Welt ansah. Aber ideologische Betrachtungen halfen mir sowieso nicht weiter. Eher Kenntnisse der Babypflege, der Altenbetreuung und der Sanierung konfuser Witwer.

In der Buchhandlung lief alles den gewohnten Gang. Markus Hämmerlein hatte mit eisiger Miene in den Regalen die alte Ordnung wiederhergestellt, und Paul Hieronymus signalisierte Zustimmung, was meine hoffentlich umsatzsteigernden Marketingpläne betraf. Ich hatte mich in der Zwischenzeit mit Kunstmalern und bildenden Künstlern des Landkreises in Verbindung gesetzt, die in der Cafeteria Gemälde und Skulpturen ausstellen wollten.

Auch neue Lesestunden mit Kindern waren geplant, und zwei Autoren würden Workshops veranstalten, in denen sie über ihre Arbeit, über die Vermarktung von Romanen und das Risiko eines Autorenlebens berichten wollten. Es lief gut, wenn man davon absah, dass der kleine Scheißer Hämmerlein, dieser Prototyp der neuen Ellbogengeneration, sich in einer Art postnatalen Depression befand, was seine Geburtsstunde als Buchhändler in Bodenfurt betraf. Sie hinderte ihn allerdings nicht daran, mir auch weiterhin das Leben schwer zu machen. Dabei haperte es bei ihm an allen Ecken und Enden. Die größte seiner Schwächen lag darin, dass er Bücher nicht las, sondern nur verscherbeln wollte. Meine Kunden aber waren daran gewöhnt, beraten zu werden, sie lehnten es ab, nur Titel empfohlen zu bekommen, die auf den Bestsellerlisten standen.

»Es ist wichtig, dass Sie sich vor allem auch die Leseexemplare zu Gemüte führen, die von den Vertretern verteilt werden«, argumentierte ich. »Damit wir entscheiden können, was und wie viel wir ordern sollen.«

»All diese Leseexemplare? Das ist nicht Ihr Ernst!«

»Mein lieber Herr Hämmerlein, lesen hat irgendwie auch etwas mit Ihrem Job zu tun, oder nicht?«

So kam es, dass Jakob, der faktisch Tag und Nacht las, zum beliebten Ansprechpartner der Kunden wurde, was wiederum Markus Hämmerlein ärgerte. Der benahm sich wie ein kleines Kind. Der Kunde war ihm im Grunde genommen völlig egal, und doch wurde er sofort eifersüchtig, wenn es sich umgekehrt genauso verhielt und der Kunde sich an einen netteren Zeitgenossen wandte. Außerdem hatte ich ihn in Verdacht, dass er nach wie vor den Undercoveragent für Hieronymus spielte. Wobei er auch in dieser Eigenschaft eine Niete war. Verdeckte Ermittler schleimten sich beim auszuspionierenden Subjekt ein, um es dann zu gegebener Zeit mit einem Messer im Rücken zu erledigen. Mein Möchtegern-Brutus aber giftete sein Opfer an und machte kein Hehl daraus, dass er ein ganzes Sortiment von Messern im Jackett mit sich herumschleppte.

Petra rief mich an. Ihre Stimme klang belegt, ich spürte sofort, dass etwas nicht in Ordnung war. Ich versprach ihr, sie in meiner Mittagspause zu besuchen und vom Markt einen Imbiss mitzubringen.

Als ich sie sah, erschrak ich. Sie hatte sich nicht geschminkt und war nachlässig gekleidet, ein besorgniserregender Umstand. Sie sperrte die Boutique ab und ging mit mir in einen rückwärtigen Raum, der als Küche und Büro gleichermaßen diente. Sie hatte Kaffee gekocht, zwei Tassen standen bereits auf dem Tisch. Neben der Kaffeekanne lag ein ungeöffnetes Kuvert.

»Was ist los?«

Sie holte ein Flasche Cognac und goss sich ein großes Glas ein. Meine Unruhe wuchs. Petra trank selten Alkohol, keinesfalls harte Sachen, höchstens Wein oder Sekt.

Sie nahm einen Schluck und stand mit hängenden Schultern vor mir. »Ich bin völlig fertig.« Ihre Augen füllten sich mit Tränen.

Ich drückte sie auf einen Stuhl und setzte mich zu ihr. »Egal, was es ist, ich helfe dir.«

Sie blickte mich eine Weile schweigend an. Anschließend nickte sie und seufzte. »Du weißt doch, dass ich jedes Jahr zu meiner alten Schulfreundin Margot nach Strassburg fahre.«

»Ja, natürlich.«

»Als ich im letzten Jahr dort war, war auch ihr Cousin zu Besuch. Daniel. Ich kenne ihn gut, schon als Kinder haben wir miteinander gespielt. Er ist sehr nett. Arbeitet als Fotojournalist und lebt inzwischen in Mailand. Wir feierten Margots Geburtstag. Eine tolles Fest.« Sie lächelte bitter. »Ja. Musik und Tanz und dann … kam eines zum anderen. Ich verbrachte die Nacht mit ihm. Was von dieser Nacht halt noch übrig war. Später haben wir ein paarmal telefoniert, aber uns war beiden klar, dass wir das Ganze unter ›nettes Erlebnis‹ abheften würden.«

»Das hast du mir gar nicht erzählt.«

»Es war nicht so wichtig. Außerdem habe ich mich ein bisschen geniert. Wer gibt schon gerne zu, dass er aus einer Champagnerlaune heraus plötzlich One-Night-Stands praktiziert.«

Ich streifte den Brief mit einem Blick. Blaues Kuvert, ein amtlich wirkender Stempel, den Absender konnte ich nicht entziffern. Was war los? War dieser Daniel verunglückt? Saß er im Gefängnis?

»Als ich dieses Mal bei Margot war, erzählte sie mir, dass es Daniel sehr schlechtgehen würde. Sie erzählte mir auch, dass er bisexuell sei.« Sie schluckte. »Und HIV-positiv. Er hat es wohl erst vor einigen Wochen erfahren.«

»Schlimm, ja. Und?«

»Vielleicht habe ich mich angesteckt.«

Mir stockte der Atem. »Willst du damit sagen, ihr habt keine Kondome benutzt?«

»Er war kein Fremder. Wir kannten uns. Wir mochten uns schon immer. Ein ruhiger Typ, sehr nett, introvertiert. Ich kam gar nicht auf die Idee ...« Sie schüttelte verzweifelt den Kopf.

»Vielleicht hat er sich erst infiziert, nachdem ihr zusammen wart?«

»Nein. Sein Arzt hat ihm erklärt, dass er sich wohl schon lange in der Latenzphase befand. Und dann wurde er plötzlich immer wieder mal krank. Da wurden sie hellhörig. Haben einen Test gemacht.«

»Petra. Es war doch nur ein einziges Mal.«

»Ich habe das Internet bemüht. Die Häufigkeit muss nicht zwangsläufig eine Rolle spielen. Weißt du, was das Verrückte ist? Ich habe eine Scheißangst, trotzdem tut er mir wahnsinnig leid. Ein so sympathischer Kerl. Hilfsbereit. Er unterstützt mit dem Erlös seines neuesten Fotobandes ein Waisenhaus in Rumänien. Er ist Mitglied bei Greenpeace, er …«

»Und wieso hat er dich nicht informiert? Wieso musstest du das von Margot erfahren?«

»Weil er mit einer schweren Lungenentzündung in Mailand im Krankenhaus liegt.« Petra atmete tief durch. »Mein Gott. Wenn du wüsstest, wie ich mich gefühlt habe, als Margot es erzählt hat. Ich war wie gelähmt. Und wollte mir natürlich nichts anmerken lassen. Das längste Wochenende meines Leben, das schwör ich dir.«

»Du musst dich testen lassen.«

»Hab ich. Sofort, als ich wieder hier war. Gleich im Labor. Nach ungefähr einer Woche gibt es das Ergebnis. Eigentlich nur persönlich, aber das hätte ich nicht geschafft. Also habe ich meine Zustimmung gegeben, dass es mir schriftlich übermittelt wird.«

»Und?«, presste ich heraus.

Sie nahm den Brief und legte ihn vor mich hin. »Ich kann ihn nicht öffnen«, flüsterte sie. »Ich kann es einfach nicht.«

Mir schnürte es den Hals zu, ich blieb stumm. Wir sahen uns an. Sie nahm meine Hand und drückte sie. Nickte mir auffordernd zu. Ich begann, den Brief zu öffnen. Sie stützte ihre Arme auf den Tisch und vergrub ihr Gesicht in den Händen. Ich las. Mein Herz klopfte schnell und heftig, in meinen Ohren rauschte es. Dann, wie ein heller Blitz, grenzenlose, wunderbare Erleichterung.

Ich zog ihr die Hände vom Gesicht. »Alles in Ordnung, Petra. Der Test ist negativ.«

»Wirklich?«, flüsterte sie.

Ich nickte.

Ihre Anspannung löste sich. Sie weinte und lachte zugleich, stand auf, setzte sich wieder hin, und ich holte die Cognacflasche.

»Prost. Wenn du mich noch mal so erschreckst, verlange ich Schmerzensgeld.«

»Danke, Christine«, sagte sie ein ums andere Mal, wischte sich die Tränen vom Gesicht und putzte sich die Nase.

»Wofür? Ich habe nur einen verdammten Brief aufgemacht.«

»Du bist der einzige Mensch, dem ich es erzählen konnte.«

Plötzlich sprang sie auf und zog mich in den Verkaufsraum. »Such dir etwas aus. Egal, was es ist.«

»Kommt ja gar nicht in Frage«, protestierte ich.

»Doch. Ich möchte dir etwas schenken, bitte!«

Sie ließ sich nicht davon abbringen und war enttäuscht, als ich mich nur zu einem allerdings sündteuren Seidenschal überreden ließ, der genau zu meinem nachtblauen Kostüm passen würde.

»Und heute Abend gehen wir aus, bitte, Christine, das darfst du mir nicht abschlagen! Du bist eingeladen. Ich kann nicht nach Hause gehen und so tun, als sei dies ein Tag wie jeder andere.«

Also unternahmen wir am Abend eine Kneipentour, die es in sich hatte. Wir begannen mit einem Essen in einem kleinen französischen Speiselokal, wir besuchten eine Weinschenke und anschließend »Charlys Bar«. Weit nach Mitternacht landeten wir in einer Klitsche, die sich »No-name« nannte und in der sich alles versammelt hatte, was noch nicht willens war, nach Hause zu gehen. Wir saßen an der Theke, tranken Kräuterschnaps, weil wir uns in unserem benebelten Zustand einredeten, so ein Schnäpschen sei kein Alkohol, sondern lediglich ein Friedensangebot an unseren gebeutelten Körper. Wir alberten herum, wir lachten ... dann zupfte mich jemand am Ärmel. Ich traute meinen Augen kaum: die Toni-Jägerin. Sie hing am Arm eines Stadtrates, der meines Wissens streng verheiratet war und sich vorwiegend gegen Alkohol, Drogen und Promiskuität engagierte. Gundula fand es ungemein spaßig, uns in dieser Aufreißerkneipe anzutreffen.

»Wo hast du denn Toni gelassen?«

»Er waltet seines Amtes, wie es sich für einen Bürgermeister gehört.«

Sie grinste. Und obwohl mein Promillepegel jenseits dessen lag, was Hausärzte in der Regel empfehlen, wenn sie mit dir über gesunde Lebenshaltung sprechen, war mir sofort klar, dass Toni von meiner exzessiven Nacht erfahren und daraus schließen würde, dass er hierarchisch schon wieder eine Stufe nach unten gerutscht war. Mit meiner Freundin zechte ich bis zum Morgengrauen. Ihn wies ich ab, wenn er mich auch nur zu einer Tasse Kaffee einlud.

Gundula nebst Begleiter, auch nicht mehr nüchtern, stolperten davon.

»Sie hat zum Halali geblasen.« Ich ahmte ein Jagdhorn nach. »Hirschjagd.«

»Wen jagt sie denn?«

»Den Bürgermeister für alle. Weißt du, was das bedeutet?«

»Dass er sich als Hase verkleidet?«

»So was Raffiniertes würden höchstens Frauen tun.«

»Während die eitlen Hirsche sich im Mondschein auf eine Lichtung stellen und einfältig ihr Geweih präsentieren.«

»Und dann – peng! Blattschuss.«

»Vielleicht ist Toni gar kein Hirsch.«

»Er ist ein Mann.«

Nach dieser deprimierenden Erkenntnis benötigten wir dringend einen weiteren Kräuterschnaps. Die Musikbox dudelte ausschließlich Countrysongs und ABBA-Lieder. Irgendwie erinnere ich mich auch an Singen. Aber das konnte nicht sein. Selbst meine Musiklehrerin hatte mich gebeten, nicht im Chor mitzusingen. Stattdessen durfte ich die Noten umblättern.

Ein paar Stunden später – ich lag quer über meinem Bett, und der Wecker klingelte – war mir so speiübel, dass nicht einmal die Magentropfen halfen, die mir sonst immer das Leben retteten. Ich trank Unmengen von Wasser, das ich sofort erbrach, als ich mich im Spiegel erblickte. Grandios! Ich hatte ein Gesicht wie Haferschleim und so rot unterlaufene Schlitzäuglein, dass man mich gewinnbringend als Karnevalsmaske hätte verscherbeln können. »Maske« war ein gutes Stichwort. Aber leider hatte ich nur mehr die Champagnermaske im Schrank, und schon allein der Anblick dieser alkoholgetränkten Bezeichnung verursachte mir so viel

Übelkeit, dass ich gleich wieder vor der Toilettenschüssel kauerte.

Als ich eine Stunde später das Haus verließ, verkörperte ich in bewundernswerter Weise den Sieg des Geistes über die Materie. Mein Anblick zeigte allerdings auch deutlich die Grenzen auf, die der Kosmetikindustrie gesetzt sind. Gesichtsfalten, buchstäblich über Nacht mutiert und schminkresistent. Puder und Lidschatten hielten nicht, wahrscheinlich erzeugen Alkoholdämpfe, die durch Poren dringen, eine verheerende chemische Reaktion. Das Kreislaufsystem: völlig desolat. Und erst das Erinnerungsvermögen: schwarze Löcher. Hatte ich wirklich gesungen? Im Beisein der Toni-Jägerin? Beim Gedanken daran ereilten mich Hitzewallungen, und sofort fiel mir ein, dass ich vergessen hatte, mein Hormongel aufzutragen, mein Alterungsprozess würde also rigoros vorwärtsschreiten.

Gott sei Dank erging es Petra nicht besser. Sie hing in ihrer Boutique über einem Kleiderständer und fächelte sich Luft zu.

»Sag mal«, fragte ich sie, »kann es sein, dass ich heute Nacht … irgendwie auch … gesungen habe?«

»Hast du. ABBA. *The winner takes it all.* Dann hast du Rotz und Wasser geheult.«

»Schweig still! Ich will nichts mehr wissen.«

»Warst aber ein großer Erfolg.«

Wir sahen uns an und brachen in Gelächter aus.

»Wenn das nicht die tollste Feier anlässlich eines Briefes vom Gesundheitsamt war?«, rief Petra übermütig.

»Was wir in dieser Art und aus diesem Anlass aber nicht wiederholen wollen.«

»Wo denkst du hin? Ich habe ein Keuschheitsgelübde abgelegt. Nur mehr Rotwein, fetten Käse und Pralinen. Kein Sex.«

»Übertreibst du jetzt nicht?«

»Vibrator?«

»Kondome reichen.«

»Hast du mir heute Nacht schon geschenkt.«

»Wie bitte?«

»Sicher. Du hast den Wirt um Münzen gebeten, drei Packungen Gummis, Geschmacksrichtung Himbeer, aus dem Automaten gezogen und wie Jagdtrophäen auf den Tresen geknallt: *uno, due, tre*. Und auch noch eine flammende Rede gehalten.«

»Ich kann keine Reden halten.«

»Über Safer Sex.«

»Ich werde Bodenfurt auf der Stelle verlassen.«

»Und wer soll sich dann um deine ganze Mischpoke kümmern?«

»Du natürlich. Hast mich durch sämtliche Kneipen geschleift und völlig betrunken gemacht. Also, pass auf: Papa kriegt jede Woche fünf Pfundtafeln Vollmilchschokolade, Leonies Lieblingsbuch handelt von zehn verdammten Engeln, die fortwährend frieren, und Anja …«

»Stopp! Ich emigriere auch.«

»Wohin?«

»In den Süden.«

»Nimmst du mich mit?«

»Damit es in unserem Haus von obdachlosen Katzen

und Hunden nur so wimmelt? Und alles, was irgendwie nicht weiß, wie es weitergehen soll im Leben, sich bei uns die Klinke in die Hand gibt?«

»Jetzt übertreibst du.«

»Bestimmt nicht.«

Sie umarmte mich, und mir ging es ein bisschen besser. Geteiltes Leid … Petra sah nämlich um keinen Deut grandioser aus als ich.

34.

Die nächsten Tage tat ich Buße. Mineralwasser, Haferflockenmüsli, Obst und rohes Gemüse. Da Toni mit mir zerstritten war, wurde ich auch nicht mit italienischem Essen und anderen Annehmlichkeiten vom rechten Weg abgebracht, ganz abgesehen davon, dass Sex, wie ich gelesen hatte, eine gehörige Anzahl von Kalorien verbraucht hätte. Abnehmen auf natürliche Art. Kam für mich nicht in Frage. Wegen unbotmäßigen Verhaltens musste ich meine Pfunde und kräuterschnapsähnlichen Lebergifte auf rabiate Weise loswerden. Manches Mal knurrte mein Magen so gottserbärmlich, dass Jakob mich beunruhigt musterte und wohl befürchtete, ich sei aus familieninternen Gründen zur Bauchrednerin geworden.

»Diät. Hunger«, erklärte ich knapp.

»Oh.« Jakob lachte. »In einem unserer Ratgeber wird empfohlen, bei starkem Hunger zwanzig- bis dreißigmal stehend auf den Zehenspitzen zu wippen.«

»Schlecht für meinen Spreizfuß.«

»Was willst du? Gesunde Füße oder abnehmen?«

An diesem Abend, es war ein Samstag, lag ich nach einem frugalen Mahl, das ein Minutensteak und eine Schüssel Salat beinhaltete, auf der Couch, widmete mich meinen Leseexemplaren und lauschte Maria Callas,

Casta Diva, als das Telefon klingelte. Toni, dachte ich freudig und nahm sofort ab. Es meldete sich Dr. Bender, der Chefredakteur des »Bodenfurter Anzeigers«. Er verlangte Toni Hoffmann zu sprechen. Er habe ihn zu Hause und auch auf Handy nicht erreichen können.

Ich wusste, dass sich Toni auf einer Benefizveranstaltung zugunsten der Bodenfurter Schulen befand, zu der ich ihn eigentlich hätte begleiten sollen. Da ich mich aber im Zustand der Ungnade befand, lag ich auf meiner Couch und lauschte der Stimme einer Frau, die sich ebenfalls an Abmagerungsdiäten geklammert hatte. Sie allerdings wollte im Gegensatz zu mir ihren Geliebten heiraten. Schwamm drüber! Ich war ja nicht die Callas, ich konnte weder singen noch abnehmen; was ich jedoch konnte, war, dem Herrn Chefredakteur mitzuteilen, dass Toni Hoffmann an diesem Abend schwer zu erreichen sei. Aber ich könne doch sicher eine Nachricht übermitteln. Eine glückliche Fügung, denn dies eröffnete mir die Möglichkeit, mit meinem schmollenden Geliebten wieder in Verbindung zu treten. Deshalb war ich umso verstörter, als ich erfuhr, was Martin Bender von Toni wollte.

»Er wird sich bei Ihnen melden«, sagte ich. Ich legte auf und nahm mir nicht einmal die Zeit, meine Jeans gegen einen netten Rock zu tauschen. Was völlig egal war. Wenn Toni hörte, um was es ging, würde er nicht einmal ein Hularöckchen auf meinen kalorienverseuchten Hüften bemerken.

Im Foyer des Hotels »Excelsior« standen festlich gekleidete Bodenfurter Bürger in Grüppchen beisammen und unterhielten sich angeregt. Die Flügeltüren zum Festsaal waren geöffnet. Seitlich von ihnen ein großes Plakat: *Benefizveranstaltung zugunsten der Bodenfurter Schulen – Schirmherr Bürgermeister Anton Hoffmann.*

Ich ging zur Rezeption, bat darum, dass man Toni rufen möge, und fügte hinzu, dass die Angelegenheit dringend sei. Man musterte mich skeptisch – Trenchcoat, alte Jeans –, aber einer der Angestellten zeigte Mitleid, wahrscheinlich dachte er, ich sei Tonis Mutter, so verhärmt, wie ich dank meiner Diät aussah. Er erbot sich, den Herrn Bürgermeister sofort zu holen.

Ich stellte mich neben eine Säule und wartete. Mir lag nicht besonders viel daran, erkannt zu werden, und war deshalb froh, als Toni schon nach wenigen Minuten auf mich zueilte. Mit frostigem Gesicht, das noch frostiger wurde, als er meine sehr legere Kleidung bemerkte.

»Siehst nicht so aus, als wolltest du mitfeiern.«

»Du hast nicht angerufen. Also habe ich angenommen, dass du immer noch beleidigt bist.«

»Tja ... ursprünglich wollte ich mich melden. Wollte mich sogar entschuldigen. Aber dann erfuhr ich, dass du auch ohne mich sehr fröhliche Nächte hast.«

Die Toni-Jägerin! »Es war eine Ausnahmesituation.«

Er lacht so laut und aufgebracht, dass einige Leute zu uns herübersahen. »Sorry. Aber bei dir herrscht immer Ausnahmesituation.« Er sah mich an, als sei er Chefarzt der Psychiatrie und habe eine besonders gefährdete Patientin vor sich.

Ich schwieg. Was sollte ich auch sagen? Meine beste Freundin benutzt keine Kondome?

»Der ›Bodenfurter Anzeiger‹ hat sich bei mir gemeldet. Man konnte dich nicht erreichen.«

»Wer war es denn?«

»Dr. Bender.«

»Der Chefredakteur persönlich?«

Ich nickte.

»Und was will er?«

»Er beabsichtigt, über die Verwicklungen des Bauamts in einen Auftragsskandal zu berichten.«

»Was?« Toni starrte mich an, schüttelte den Kopf und lachte ungläubig.

»Er will dir Gelegenheit zu einer Stellungnahme geben.«

»Dann ist diese blöde Zicke tatsächlich zur Presse gelaufen! Gott schütze uns vor rachedurstigen Exfreundinnen!«

»Nimm es nicht auf die leichte Schulter!«

»Dieter hat mir noch einmal in die Hand versprochen, dass da nichts ist.«

Dennoch wirkte er beunruhigt, auch wenn er es nicht zugeben wollte. »Na ja ... trotzdem ... danke, dass du gekommen bist!«

»Ruf ihn an, Toni!«

»Mach ich. Gleich morgen früh. Sonntags erscheint sowieso keine Zeitung. Außerdem können die den Artikel nicht bringen, ohne vorher gründlich recherchiert zu haben.«

»Vielleicht haben sie das.«

»Wenn jemand im Rathaus herumschnüffelt, erfahre ich das.«

»Vielleicht hat irgendein Mitarbeiter getratscht. Ich

habe gehört, dass Dieter als Chef nicht sonderlich beliebt ist.«

»Das sind Chefs meistens nicht. Aber ich kümmere mich drum. Muss ich ja. Das fehlt uns gerade noch, dass kurz vor der Wahl so ein Schwachsinn verzapft wird.«

»Tja ... dann geh ich wieder«, sagte ich und ging nicht. Blickte ihn wahrscheinlich so sehnsüchtig an wie Leonie diese knallroten Lutscher, deren Kauf Anja strengstens untersagt hat, da sie bei Stiftung Warentest auf der Giftliste stehen.

Er legte mir die Hand in den Nacken und streichelte mich sanft. »Sehen wir uns morgen? Sonntags ist dein heißgeliebter Laden ja Gott sei Dank geschlossen.«

»Ich muss zu Papa ins Heim. Aber hinterher ...«

»Okay. Ich hol dich ab.«

»Wirklich?«

»Wenn Amnesty International dich nicht anruft, weil sie gerade einen personellen Engpass haben ...«

Ich war sehr erleichtert. Konnte doch nicht so schwierig sein, in Zukunft eine bessere Balance zu finden zwischen Tonis Bedürfnissen und meinen familiären Pflichten. Zumal seine Bedürfnisse ja auch die meinen waren.

»Dann noch viel Spaß!«, sagte ich.

»Ohne dich?«

»Pharisäer!«

Die alte Vertrautheit hatte sich wieder eingestellt. Ich küsste ihn.

»Wenn dich jemand fragt, wer um Gottes willen dieses alte Weib war, das dich im Foyer abgeknutscht hat, sag einfach, es war ein Fan, der es auf Bürgermeister abgesehen hat.«

»Wird mir nichts anderes übrigbleiben.«

»Ein betagtes Groupie.«

Ich drückte seine Hand und ging davon. Vielleicht hatte ich nun den Zenit unglücklicher Tage überschritten. Vielleicht wurde Ulrich zum treusorgenden Vater, Anja und Steffen versöhnten sich, Papa lernte eine rüstige Mittsiebzigerin kennen, und der kleine Scheißer Hämmerlein studierte das Leben von Mahatma Gandhi und wollte nur mehr Gutes tun.

Und wenn sie nicht gestorben sind …

35.

Die ganze Nacht schlief ich selig wie ein Baby. Am Sonntagvormittag frühstückte ich ausgiebig, weil ich, durchströmt von Glückshormonen, meine Diät für beendet erklärte. Ich räumte auf, schrubbte das Badezimmer, überzog mein Bett. Entfernte aus dem Kühlschrank Essensreste und wischte angetrockneten Bananenmatsch aus dem Gemüsefach. Füllte die Waschmaschine und goss sämtliche Blumen. Und malte mir in rüschchenrosa Vorfreude aus, wie herrlich dieser Tag mit Toni werden würde. Ich nahm es auch als gutes Zeichen, dass mein Telefon still blieb, dass keiner meiner Hilfe oder meines Rats bedurfte. Sogar meine Nägel vermochte ich noch zu richten und die Augenbrauen zu färben, kurzum: Ich konnte es wieder mit der Welt aufnehmen.

Als ich gerade die Dinge, die ich meinem Vater ins Heim mitbringen wollte – Schokolade, Kekse, Saft, einen Blumenstock –, in einer Tragetasche verstaute, klingelte es an der Tür. Ich hielt den Atem an. Nein. Nicht schon wieder! Ulrich? Stand er draußen, weil Jonas bei seiner schlechten Pflege die Staupe oder eine andere undefinierbare Krankheit bekommen hatte? Oder Anja mit Koffer und Leonie mit dem Engelbuch unterm Arm?

Oder … ich linste durch den Spion. Gott sei Dank! Es war nur meine Nachbarin. Sie hielt eine Schachtel in Händen und sah völlig ungefährlich aus. Ich öffnete.

»Frau Bonhof, tut mir leid, dass ich störe«, meinte sie verlegen.

»Kommen Sie doch rein!«

»Nein, nein … nicht nötig … oder doch …«

Sie trat ein, und erst jetzt sah ich, dass in der Schachtel ein bunt gestreiftes Handtuch lag und dass die Streifen sich bewegten.

»Sie haben mir mal erzählt, dass Sie Katzen so gerne mögen.«

Stimmt. Ich hatte ihr von meiner alten Minka erzählt und meinem Versprechen, einer streunenden Katze ein Zuhause zu geben, falls mir eine über den Weg laufen sollte.

Sie zog das Tuch ein Stückchen zur Seite, und eine Handvoll Katze, vielleicht zwei, drei Monate alt, undefinierbare Farbe, blinzelte mich an und jammerte so leise und ziepend wie ein Neugeborenes.

»Im Nebenhaus, Erdgeschoß. Die Leute sind ausgezogen, sie lassen sich scheiden. Und haben die Katze einfach dagelassen, keiner der beiden wollte sie haben. Können Sie sich das vorstellen? Solange die Wohnung leer stand, habe ich das arme Ding gefüttert und die Terrassentür offen gelassen, damit sie rüber in den Park konnte. Aber jetzt kommen neue Mieter. Und ich kann sie nicht behalten, mein Mann mag keine Katzen. Nur Hunde.«

Ja, ich kannte den Nachbarn, er hatte dieses typische Arco-sitz!-Gesicht, und ich konnte mir gut vorstellen, dass er Katzen verabscheute. Katzen gehorchen nicht … Ich aber hatte doch noch alles da. Den Korb, das Klo, die Spielzeugmäuse. So ein kleines Häufchen Bedürftigkeit! Das Fell struppig, die Augen mit gelblichem Schorf verklebt. Ich nahm der Nachbarin die Schachtel und eine Tüte mit Futter ab.

»Ist ein Mädchen«, sagte sie. »Hab sie Lissy genannt.«

»Und die Besitzer sind einfach auf und davon?«

»Ich habe keine Ahnung, wo die hingezogen sind.«

»Ja, dann …« Ich kraulte Lissys Fell, dachte an meine alte Minka und daran, dass sie mit mir zufrieden sein würde, wenn ich diesem armen Tier ein neues Zuhause gab.

Ach ja, Toni! An ihn dachte ich auch. Aber er hatte ja nur von Amnesty gesprochen, nicht vom Tierschutzverein. Außerdem, er mochte Haustiere – sagte er. Nur leider sei man mit ihnen so angebunden. Man könne nicht einmal für ein paar Tage verreisen, ohne Freunde oder Nachbarn bitten zu müssen, dass sie sich um das Tier kümmern. Ja, da waren wir wieder beim Thema. Kümmern. Hatte das Wort etwas mit Kummer zu tun? Denn Kummer würde ich auf jeden Fall kriegen, wenn ich mich schon wieder kümmerte.

Auf der Fahrt zu meinem Vater sang ich. Hörte mich ja keiner. Meiner neuen Hausgenossin hatte ich ein Körbchen in den Flur gestellt, daneben einen Futter- und einen Wassernapf. Die Türen hatte ich alle geschlossen, denn ich wollte dabei sein, wenn sie die Wohnung erforschte.

Als ich ging, hatte sie sich im Korb zusammengerollt

und mit einem offenen Auge beobachtet, wie ich in meine Jacke schlüpfte.

Es war ein herrlicher Tag, viel zu warm für Mitte Februar. Die Forsythien setzten bereits Knospen an. Die Amseln, des Kalenders unkundig, sangen, als sei bereits Sommer. In weniger als zwei Wochen sollte die Bürgermeisterwahl stattfinden, und ich zweifelte keine Minute daran, dass Toni sie gewinnen würde. Er war sehr beliebt. Er nahm die Menschen für sich ein.

Ich war überrascht, als ich Vaters Zimmer betrat und ihn nicht antraf. Ich hatte mich bereits damit abgefunden, dass er es so gut wie nie mehr verlassen und für immer grübelnd in seinem Stuhl kauern würde auf der Suche nach der verlorenen Zeit.

Eine Schwester, die kam, um das Mittagstablett abzuräumen, sagte mir, er sitze in der Cafeteria, mit seiner Zeitung.

»Tatsächlich?« Ich lächelte erfreut.

»Nicht ganz freiwillig. Wir haben so lange auf ihn eingeredet, bis er es satthatte, ständig nein zu sagen.«

Ich dankte ihr und machte mich auf den Weg.

»Könnte sein, dass er ein bisschen grantig ist«, rief mir die Schwester warnend hinterher.

Er hatte sich in die hinterste Ecke der Cafeteria verzogen und benutzte drei leere Tische zwischen sich und den anderen als Barriere. Die anderen waren Männer, die Karten spielten, Frauen, die Kaffee tranken und Kuchen aßen, sowie eine Geburtstagsgesellschaft mit einer vor Aufregung rotwangigen Jubilarin im Rollstuhl, umringt von ihrer Familie.

»Hallo, Papa! Schön, dass du rausgekrochen bist aus deiner Höhle«, witzelte ich.

Er antwortete nicht, legte auch die Zeitung nicht aus der Hand.

»Wie geht es dir?«

»Schlecht.«

Ich stellte die Tragetasche auf den Tisch, setzte mich und packte aus. Fünf Tafeln Schokolade, eine Packung Kekse, Traubensaft aus dem Reformhaus und einen Blumenstock. Narzissen, leuchtend gelb, Boten des Frühlings, obwohl mein Vater zu den wenigen Menschen gehörte, an denen der Wechsel der Jahreszeiten fast unbemerkt vorübergeht. Nie hatte er den Wunsch geäußert, Landschaften zu bereisen, nur Städte. Riesengroße Städte. Einmal hatte er mit meiner Mutter und deren Freundin eine Busreise an die italienische Adria unternommen. Tagsüber schlief er, da er sich aus dem Strandleben und Wanderungen zu verschlafenen Dörfern im Hinterland nichts machte, abends ging er aus und kam oft erst zurück, wenn Mama und ihre Freundin frühstücken gingen. Ein Urlaub mit Schrecken für alle Beteiligten.

»Ich habe dir Kekse und Saft mitgebracht.«

»Kannst du wieder mitnehmen.«

»Aha. Und warum?«

»Kekse bröseln. Schlecht für meine Prothese.«

Er schob die Zeitung beiseite und sah mich angriffslustig an. Streittag also. Ich kannte das von früher. Er, schlechtgelaunt, sucht Streit, sie, meine Mutter, mit zusammengepressten Lippen, demonstrativ leidend. Beziehungspoker. Wortpfeile. Die Lautstärke richtete sich nach der Tagesform.

»Und Saft will ich auch keinen. Krieg ich Blähungen. Und auch keinen Blumenstock.«

»Kriegst du von dem auch Blähungen?«, fragte ich freundlich.

»Ist mir zu viel Arbeit.«

Ich lächelte ihn an, was ihn zu irritieren schien. Dann stand ich auf und packte Schokolade, Kekse und Saft wieder in die Tüte. Den Blumenstock nahm ich und brachte ihn der Jubilarin, die sich ungemein freute und sichtlich bemüht war, mich einzuordnen. War ich eine Pflegerin? Eine Nachbarin von früher?

Ich deutete auf meinen Vater. »Ich soll Ihnen alles Gute wünschen.«

»Danke«, stammelte sie und winkte zu meinem Vater hinüber, der mit grimmigem Gesicht mein Tun beobachtet hatte. Doch als diese fremde alte Frau sich ihm zuwandte, änderte sich seine Haltung. Sein Körper straffte sich, er lächelte und hob so hoheitsvoll grüßend die Hand, als sei er der Bundespräsident auf Besichtigungstour von Seniorenheimen.

Ich ging zurück zu ihm und nahm die Tüte vom Tisch. »Schönen Tag noch, Papa.«

Er blickte mir verdutzt nach, als ich den Raum verließ. Hatte ich ihm doch tatsächlich auch die Schokolade weggenommen! Und um seinen Streit gebracht! Dies war ein grundsätzliches Problem zwischen uns. Als meine Mutter starb, lechzte er wie ein Verdurstender nach einer neuen, ebenbürtigen Partnerin für seine Wortgefechte, aber ich verweigerte mich, es entstand ein Vakuum, ein luftleerer Raum. Und den Teufel wollte ich tun, mich wie weiland die Rösser in Magdeburg vor eine Halbkugel spannen zu lassen, um dieses Vakuum zu beseitigen.

Ein Purpurschleier lag über den Grünanlagen, kleine Halme, die sich ans Licht kämpften, scheue Vorfrühlingsblumen in Büscheln unter den Bäumen.

Toni und ich saßen auf einer Bank. »Das war schon immer mein Lieblingsplatz«, sagte ich und streckte, zufrieden seufzend, die Beine aus. Zwischen uns stand Papas Kekstüte.

Toni, die Arme ausgebreitet auf der Lehne der Bank, genoss die Stille. Entfernt, im Dunst der Dämmerung, Häuser, Kirchtürme und hohe, hässliche Glasbauten. Die Skyline von Bodenfurt.

»Eigentlich sollte man wegziehen von den Städten. Weißt schon ... Mutter Erde und Bruder Himmel ...«

Toni streifte mich mit einem Blick. »Wäre nichts für mich.«

»Langsamer leben«, sinnierte ich. »*Wir können in euren Städten, die wie viele schwarze Warzen auf dem Angesicht der Erde erscheinen, nicht gut leben ... oder so ähnlich.*«

»Häuptling Seattle.« Toni lächelte. »Uns fehlt aber das indianische Verständnis vom Geflecht zwischen Mensch und Natur.«

»Leider.«

»Und die Industrialisierung können wir nicht rückgängig machen. Wollen wir doch auch gar nicht, oder?«

»Alle paar Jahre sei es mir gestattet, an eine heile Welt zu denken.«

»Du als Frau? Beeren sammeln, die Höhle sauber halten, während Papa in seiner Chefetage Jagd auf Erfolg macht? Und ob Indianerfrauen mit ihrem Los immer zufrieden waren, wage ich zu bezweifeln.«

»Stimmt. Alte Indianerfrauen werden im Wald ausgesetzt, wenn sie zu nichts mehr nutze sind.« Ich lehnte meinen Kopf an seine Schulter. »Hast du den Chefredakteur noch erreicht?«

»Nein. Und Handynummer habe ich keine.«

Wir schwiegen. Ein leiser Wind kam auf und strich mir übers Gesicht. »Angenommen, du würdest nicht mehr gewählt werden ... was würdest du dann tun?«

»Ich habe vorgesorgt. Wenn ich die Politik verlasse, kann ich als freier Mitarbeiter in meine alte Kanzlei zurückkehren.«

»Wirtschaftsrecht.«

»Ja. Aber daran will ich lieber nicht denken.« Er biss in einen Keks. »Dein Vater hat recht. Sie bröseln.«

Ich stieß einen belustigten Seufzer aus.

»Und du? In ein paar Jahren wird man dich in Rente schicken.«

»Rente ... wie das klingt«, protestierte ich.

»Ist aber eine Tatsache.«

»Drum bist du Politiker geworden. Die hampeln trotz ihrer fetten Pensionen auch mit achtzig noch in ihren Ämtern rum.«

»Nur kein Neid!«

»Aber ich habe auch vorgesorgt. Mit einem Sparvertrag. Den lasse ich mir auszahlen und gehe auf Reisen. Mindestens ein Jahr lang.«

Toni lachte schallend. »Das glaubst du doch selbst

nicht! Ein Jahr ohne Anja, Leonie, Steffen, Ulrich, Jonas …«

»Warum denn nicht?«

»Und was ist mit mir?«

»Was soll sein?«

»Du könntest es ein Jahr lang ohne mich aushalten?«

»Na ja … es würde mir schwerfallen … in der Karibik … mit all diesen schrecklich jungen Kerlen in Sambahosen um mich herum …«

Ich stand auf und zog ihn hoch. Er lächelte amüsiert.

»Um Lissy müsstest allerdings du dich kümmern.«

»Wer ist Lissy?«

»Eine Katze.«

Sein Lächeln löste sich auf. »Ist es das, was ich befürchte?«

»Du wirst dich doch nicht vor einer Katze fürchten?«

Wir gingen jetzt nebeneinander her. Legten den Weg bis zum Auto schweigend zurück. Ich hielt Toni am Arm fest, bevor wir einstiegen. »Sie wurde in einer leeren Wohnung zurückgelassen.«

»Es gibt Tierheime.«

»Das ist nicht dein Ernst.«

Er schüttelte den Kopf und strich mir seufzend über die Wange. »Du bist verrückt, weißt du das?«

»Siehst du. Deshalb brauche ich eine Katze. Katzen zeigen unendlich viel Geduld mit den Grenzen des menschlichen Verstandes. Hat irgendein kluger Mensch mal gesagt.«

»Okay. Dann ist sie verstandesmäßig bei dir ja am richtigen Ort.«

»Willst du sie kennenlernen?«

»Darf sie ins Schlafzimmer?«

»Nicht, wenn du da bist.«

Was Toni als haustierloser Mensch allerdings nicht wusste: Katzen hassen geschlossene Türen.

36.

Montagmorgen. Ich rief Ulrich an. Ich hatte das ganze Wochenende nichts von ihm gehört, und da er mir erzählt hatte, dass sein Urlaub bald zu Ende gehen würde, wollte ich wissen, ob er sich inzwischen um eine Tagesmutter bemüht hatte. Anja hatte ihm zwei Adressen von jungen Frauen gegeben, die selbst Kinder hatten und qualifiziert waren.

Nein, er hatte noch nichts erreicht.

»Warum nicht?«

»Sie waren nicht da.«

»Zwei Wochen lang?«

»Ich habe erst am Samstag angerufen.«

Typisch! Ich ärgerte mich so, dass ich mich mit dem schnippischen Kommentar: »Ist ja dein Problem, nicht meines«, verabschiedete.

Nach einem Blick auf meine Waage verzichtete ich auf das Streichwurstbrötchen und beschloss, zu Fuß zur Buchhandlung zu laufen, das lag mir mehr, als zehnmal auf den Zehen auf und ab zu wippen. Ich stellte Lissy Futter in die Küche, prüfte, ob alle Fenster geschlossen waren, und notierte im Geist meine nebenberufliche Arbeitsliste. Ich musste einen Handwerker anrufen, der mir auf meinem Balkon ein Katzennetz anbringen sollte.

Am Abend wollte ich mit meiner neuen Mitbewohnerin zum Tierarzt gehen, zum Supermarkt musste ich auch, und in meiner Küche feierten wahrscheinlich Heerscharen von Bakterien fröhliche Feste.

Ich ging über den Marktplatz und wunderte mich über eine Traube von Menschen, die am Kiosk standen und miteinander diskutierten. Als ich näher kam, las ich die fette Überschrift des »Bodenfurter Anzeigers«: *Korrupter Bauamtsleiter?* Ich erschrak so sehr, dass ich abrupt stehen blieb.

Ein paar Leute schauten zu mir herüber. Also machte ich wieder kehrt und hastete in eine Seitengasse. In einem Schreibwarenladen kaufte ich ein paar Buntstifte für Leonie, legte, nach außen hin völlig desinteressiert, den »Bodenfurter Anzeiger« dazu und betrat ein paar Minuten später eine Cafeteria, die gerade neu eröffnet worden war und in der mich kein Mensch kannte. Den Teufel würde ich tun und mich den neugierigen Blicken meiner Zeitgenossen aussetzen. Wenn der Bauamtsleiter korrupt war, betraf das auch den Bürgermeister. Wenn es den Bürgermeister betraf, betraf es auch seine Geliebte.

Ich bestellte einen Espresso, wartete, bis er vor mir stand, und begann zu lesen: Bauamtsleiter Thoma stehe in Verdacht, in die eigene Tasche gewirtschaftet und Insiderinformationen weitergegeben zu haben. Man werde die geneigten Leser auch die nächsten Tage auf dem Laufenden halten.

Was bedeutete, dass ich mich von nun an nur im Schatten von Hauswänden meiner Buchhandlung nähern konnte und die Kundenbetreuung meinen zwei verfeindeten Mitarbeitern überlassen musste, wenn ich nicht Gefahr laufen wollte, mit scheinheilig-neugierigen Fragen zugepflastert zu werden.

Zum Rathaus waren es nur ein paar Schritte. Ich musste zu Toni, ich musste ihm zumindest mit einer netten Geste den Rücken stärken. Und ja kein Ich-hab's-dir-doch-gleich-gesagt-Triumphgeheul.

Tonis Sekretärin hatte einen hochroten Kopf, ihr Telefon klingelte unablässig. Die Tür zum Bürgermeisterbüro stand offen.

»Er hat Besuch«, flüsterte sie mir zu. »Ein Journalist des ›Anzeigers‹.« Wieder meldete sich ihr Telefon.

Ich tat so, als blättere ich in einem Prospekt, näherte mich der offen stehenden Tür und lauschte.

»Wissen Sie, dass das Bauunternehmen Bremer seit heute Morgen die Steuerprüfung im Haus hat?« Eine männliche Stimme mit aggressivem Unterton.

»Verzeihung ... was hat das mit Rathauspolitik zu tun?«

»Es besteht offensichtlich eine enge Verbindung zwischen Herrn Bremer und Ihrem Bauamtsleiter, Herrn Thoma.«

»Wie darf ich das verstehen?«

»Herr Bremer hat beträchtliche Summen für Baugutachten bezahlt.«

»Herr Thoma ist berechtigt, Baugutachten zu erstellen.«

»Und fünfzigtausend Euro für ein paar Seiten einzustecken? Das riecht eher nach Korruption.«

Ich hörte Toni wütend schnauben.

»Dazu kann ich mich erst äußern, wenn ich eine

Stellungnahme von Herrn Thoma habe. Der im Übrigen mein vollstes Vertrauen genießt.«

»Aber wenn der Verdacht sich erhärtet?«

»Ich äußere keine Vermutungen, ich kommentiere bestenfalls Tatsachen ... im Gegensatz zu Ihnen. Und jetzt müssen Sie mich entschuldigen. Ich habe eine Menge zu tun.«

Ich huschte wieder zurück zum Schreibtisch der Sekretärin. Ein Journalist, den ich vom Sehen kannte, kam aus Tonis Zimmer, grüßte und verließ den Raum. Toni schien jetzt zu telefonieren. Seine wütende Stimme drang bis zu uns heraus.

»Was ist er? Krank? Das ist mir egal. Ich möchte ihn sprechen. Sofort, verstanden?«

Ich wollte gerade zu Toni hineingehen, als zwei Stadträte das Sekretariat betraten und in sein Büro eilten.

»Sagen Sie Herrn Hoffmann, dass ich da war«, bat ich die Sekretärin.

Sie nickte erschöpft. Sie war Toni treu ergeben, wie überhaupt alle Rathausmitarbeiter ihren Chef schätzten. Er arbeitete so hart wie sie, kam als Erster, ging als Letzter, wie man so schön sagt, hatte für jeden ein nettes Wort und galt als ausgesprochen fair.

»Noch ist nichts bewiesen«, versuchte ich zu trösten.

Sie winkte mich zu sich heran. »Ich hab dem Thoma noch nie über den Weg getraut«, wisperte sie. »Unser Bürgermeister ist viel zu anständig, verstehen Sie? Weil *er* solche Sachen nicht machen würde, denkt er, die anderen tun das auch nicht. Dabei kursieren diese Gerüchte schon länger. Der Thoma war mit dem Bremer sogar in St. Moritz zum Skilaufen. In einem First-Class-Hotel. Wer, glauben Sie wohl, hat das bezahlt?«

Ich nickte, um anzudeuten, dass ich ihre Meinung teilte. Tat ich ja auch, aber ich durfte dies als Freundin des Bürgermeisters nicht äußern. Also verabschiedete ich mich und machte mich auf den Weg. Es war inzwischen weit nach neun, ich musste mich beeilen.

Den ganzen Vormittag saß ich vor meinem PC und täuschte ungeheuren Arbeitseifer vor. Ich hatte vergeblich versucht, Toni wenigstens am Telefon zu erreichen, doch er befand sich immer in irgendwelchen Besprechungen, oder seine Leitung war belegt. Ich rief meine Mails ab, vielleicht meldete er sich ja auf diesem Weg bei mir, aber ich hatte nur Spams erhalten, die mir »blaue Wunder«, »Energy für Ihren Schwanz« und »Ficken wie die Weltmeister« versprachen. Der Zorn, den Erhalt von über dreißig solcher verlockender Angebote per Mausklick ablehnen zu müssen, lenkte mich eine Weile ab. Gab es tatsächlich Menschen, die auf diesen primitiven Mist reagierten? Was waren das für Zeitgenossen? Geile alte Säcke? Akneverseuchte Jugendliche? Perverse Hedgefondsmanager? Korrupte Bauamtsleiter? Ich ließ meinen Blick im Laden umherschweifen. Jeder Kunde ein potenzieller Spambenutzer? Nein, das wollte ich mir lieber nicht vorstellen.

Mein Blick wanderte weiter, hinüber zu den Schaufenstern. Auf dem Marktplatz schon wieder Menschen, die sich um Kiosk und Dönerstand scharten und eifrig miteinander sprachen. Auf meinem Bildschirm eine neue Mail, die mir Britney Spears Bikininippel in Großformat anbot. Heiliger Strohsack! Was war das für ein Scheißtag? Ich killte Britneys Nippel und sah, wie Markus Hämmerlein den »Bodenfurter Anzeiger« gut sichtbar in der Cafeteria auf die Theke legte und wie Jakob die Zeitung sofort wieder wegnahm und in einen Papierkorb warf.

Eine Stammkundin, Frau Schneider, näherte sich mir, ich konnte nicht mehr aus, es sei denn, ich verkrümelte mich unter meinen Schreibtisch.

»Frau Bonhof, ich wollte Ihnen nur sagen, wie leid mir unser Bürgermeister tut. Kann er doch nichts dafür, wenn so ein Raffke den Hals nicht vollkriegt.«

»Danke. Ich werde es ihm ausrichten.«

Sie legte ein Taschenbuch vor mich hin, ich tippte den Betrag ein, verabschiedete mich und wandte mich wieder meinem Bildschirm zu. Eine neue Mail. Irgendwas nicht in Ordnung mit Britneys Nippeln?

Die Nachricht kam von Paul Hieronymus. Er meinte, er würde sich über ein Treffen in Bodenfurt oder auch in der Firmenzentrale freuen. Er habe ja schon angedeutet, dass er sich für mein kompliziertes Familienleben interessieren würde, schon aus rein wissenschaftlich-soziologischen Gründen. Denn er kenne eigentlich nur noch durchgestylte Singles mit dem Hang, ihre Familien zu negieren, oder konsumbesessene nichteheliche Partnerschaften, die schon deshalb keinen Kinderwunsch mehr verspürten, weil sie um das sterile Interieur ihrer Wohnungen fürchteten. Dies allerdings bedeute eine dürftige Auslese möglicher Lebensformen, da sei ich doch sicher mit ihm einer Meinung.

Verwundert las ich die Mail ein ums andere Mal. Was war das denn? Wollte er mit mir essen gehen und über die demographische Entwicklung der modernen Kleinfamilie räsonieren? War seine Wissbegierde in Bezug auf Familienstrukturen eine hinterlistige Masche, um zu ergründen, ob meine Familie mich so in Anspruch nahm, dass ich als Leibeigene des Glaspalastes ungeeignet war? Oder fand er mich einfach sympathisch? Als was? Als Filialleiterin? Als Frau?

Ich antwortete, dass ich gerne mein dürftiges Wissen zur Verfügung stellen würde, da sich ja in den letzten Jahrhunderten viel getan habe im Familienbereich. Vom Mann als Besitzer des Hausstandes – Ehefrau, Kinder, Sklaven, Vieh – bis hin zur patriarchalischen Diktatur und den heutigen alternativen Partnerschaften. Ich persönlich würde mich in einer Mischposition befinden. Freigelassene Sklavin im Einpersonenhaushalt mit aushäusiger Kernfamilie, gutem Essen und Rotwein zugeneigt. Am liebsten am Ort des Firmensitzes. Wann?

Er antwortete, er freue sich, und schlug ein Treffen vor. Kommenden Samstag. Ich freute mich auch. Himmel! Ich hatte nichts anzuziehen! Die nächsten zehn Minuten zerbrach ich mir den Kopf, ob ich schon in dem Alter war, in dem man besser nur mehr im Rollkragenpullover herumläuft. Wahrscheinlich, denn ab vierzig, so habe ich gelesen, neigt unser Hals dazu, der Welt schadenfroh unsere Jahre zu verraten. Gott sei Dank besaß ich eine beste Freundin. Die wiederum eine Boutique ihr Eigen nannte. Doch dann rief ich mich zur Ordnung. Hallo, Schätzchen! Tendieren wir nicht zu der Meinung, der nette Herr Hieronymus sei an dir nur in deiner Eigenschaft als Filialleiterin interessiert? Da wird es ihm gänzlich egal sein, ob du mit Truthahnhals oder Entenbrust herumläufst.

Am Abend brachte ich Lissy zum Tierarzt, der sie impfte, entwurmte und mir eine Salbe für die entzündeten Augen mitgab. Sie sei so weit völlig in Ordnung, leider aber ein wenig unterernährt und ausgetrocknet, meinte er streng und maß mich mit einem vorwurfsvollen Blick. Wieso besaß ich, die ich keinen unterernährten und ausgetrockneten Eindruck machte, eine offensichtlich hungrige und durstige Katze? Erst als ich ihn aufklärte und, noch besser, seine Rechnung bar bezahlte, schien er besänftigt.

Auf dem Rückweg kaufte ich Salat, tiefgefrorene Lasagne und ungesunde Schokoküsse für Leonie. Ich sollte sie am nächsten Tag vom Kindergarten abholen, da Anja am Nachmittag einen Handwerker erwartete, der eine undichte Wasserleitung erforschen musste.

Ich ging auf mein Zuhause zu, in der einen Hand den Katzenkorb, in der anderen die Supermarkttüte, als ich Tonis Auto bemerkte. Ich blieb stehen, während er ausstieg. Er war blass. Ihn fröstelte.

»Ich habe versucht, dich anzurufen, aber du warst nicht zu erreichen«, sagte ich.

»Bürgersprechstunde. Und Dieter meldet sich nicht. Angeblich ist er krank.«

»Hm. Seltsam.«

»Hätte ich nur auf dich gehört.«

Ich stellte Katzenkorb und Tüte ab und umarmte ihn tröstend. »Komm! Gibt Lasagne und Rotwein. Und das

Telefon stöpseln wir aus, du hast für heute genug Ärger gehabt.«

Er lächelte mich dankbar an, nahm die Tüte und seufzte, als er Lissy in ihrem Korb bemerkte. »Ah. Die kleine Lady. Die angeblich nicht ins Schlafzimmer darf.«

Ich lachte, und wir betraten das Haus.

»Es ist doch zum Verrücktwerden. Ein paar Tage vor der Wahl«, kehrte er wieder zu seinem Thema zurück.

Ich wollte gerade antworten, dass Dieters Missetat, falls es denn eine war, nichts mit ihm zu tun habe und dass er in den Augen der Bürger zu Recht einen makellosen Ruf besitze, als ich fast über einen Maxicosi stolperte, der vor meiner Wohnungstür deponiert war. Mit Jonas darin und einem abgelutschten Plüschbären. Auf den Treppenstufen saß der hoffnungsfrohe Vater, dessen Gesicht sich sofort erhellte, als er seiner Bleiben-wir-dennoch-Freunde-Frau ansichtig wurde. Er stand auf.

»Ist was passiert?«, fragte ich erschrocken.

»Ich muss dich sprechen.« Nun bemerkte er Toni, der erschöpft die letzte Treppenbiegung nahm.

»Aber ich kann auch später ... Ich meine ...« Er stockte.

Ich wagte gar nicht, Toni anzusehen. Wollte zu Ulrich sagen, dass morgen sicher auch noch Zeit sei für eine außerfamiliäre Krisensitzung.

Aber da hörte ich bereits Tonis wütende Stimme: »Dann bin ich es wohl wieder, der stört.« Er pfefferte die Einkaufstüte zu Boden, machte auf dem Absatz kehrt und eilte davon. Plötzlich wandte er sich noch einmal um. »Ein Jahr auf Reisen gehen, ja?«, rief er mir wütend zu. Dann verschwand er. Ich hörte seine polternden Schritte und die Tür, die unten ins Schloss fiel.

»Das wollte ich nicht«, sagte Ulrich unglücklich.

Ich schüttelte genervt den Kopf. Sperrte die Tür auf und betrat die Wohnung. Ulrich folgte mir.

»Hast du jetzt eine Katze?«, fragte er erstaunt.

37.

Eine Stunde später hatte Ulrich meine Lasagne verdrückt, während Jonas begeistert über einen von Leonies Schokoküssen hergefallen war. Mir war der Appetit vergangen. Ich saß erschöpft auf dem Wohnzimmerteppich und pulte pappige Schaumreste aus Jonas' Haaren. Ich spürte es: Hier kam etwas Größeres auf mich zu als die läppische Bitte, ein paar Stunden Babysitterin zu spielen oder ein Kochrezept herauszurücken.

»Was ist los?«

Ulrich ging nervös auf und ab. »Ich weiß nicht, wie es weitergehen soll«, begann er. »Mein Urlaub ist zu Ende. Krippenplatz krieg ich keinen, weil Jonas noch zu klein ist. Außerdem … ich kann ihn nicht schon nachmittags um vier abholen. Ich bin doch befördert worden. Da fallen Überstunden an, Reisen …«

»Ich hab dir doch gesagt: Such dir eine gute Tagesmutter! Du kannst es dir leisten.«

»Das geht auch nicht von heute auf morgen. Und die ganze Hausarbeit. Die Wäsche. Das Kochen.«

Ich seufzte ungeduldig. »Ja, Ulrich. Keiner sagt, dass es leicht ist. Frag andere Alleinerziehende!«

Ich rappelte mich hoch und schenkte mir ein Glas Wein ein. »Du schaffst das schon«, meinte ich aufmunternd und setzte mich an den Esstisch, auf dem noch Ulrichs Teller stand, so fein säuberlich ausgekratzt, als sei der Benutzer berechtigter Anwärter der Welthungerhilfe. Wie schön – den Appetit hatten ihm seine Ängste also nicht geraubt.

Schweigen. Ulrich setzte sich auch, sehr vorsichtig den Blick auf mich gerichtet. »Ich schaffe es nur mit deiner Hilfe, Christine.« Die Stimme so bedeutungsschwer, als deklamiere er Schiller.

Aus einer dunklen Ahnung heraus fing mein Herz zu stolpern an. »Ich bin genauso berufstätig wie du.«

»Aber ich habe läuten hören, dass du Schwierigkeiten hast. Dass dieser ... Hämmerlein ... eventuell dein Nachfolger werden soll.«

»Wie bitte?«

»Na ja. Das habe ich gehört«, meinte er kleinlaut.

Einatmen, ausatmen ... Ich starrte ihn an. »Und da bist du so menschenfreundlich, mir einen neuen Job anzubieten?«

Er wich meinem Blick aus. Ich erinnerte mich, dass er mir mit dem gleichen schuldbewussten Gesichtsausdruck seine Affäre mit Sabine gestanden hatte.

»Du meinst, zuerst Ehefrau, dann geschiedene Frau ... und jetzt Haushälterin?«

»Nein ... ja ... aber nicht Haushälterin. Sondern ...« Er wusste nicht weiter, und ich, die ich gewöhnlich über so viele Worte verfügte, wollte ihm dieses Mal nicht helfen. Sollte er es ausspucken, das Ungeheuerliche!

»Eben ... als ... Freundin ... Nicht umsonst natürlich.«

Ich stand auf und stützte mich auf die Tischplatte.

Einatmen, ausatmen. »Bezahlte Freundin? Und wenn du eine jüngere ... Freundin ... gefunden hast, dann tauschst du mich wieder aus?«

Das saß. Tief getroffen sah er mich an, dann erhob er sich ruckartig und strebte wortlos der Tür zu.

»Vergiss deinen Sohn nicht!«

Er drehte sich um, irritiert, verwundert. Dann schien ihm wieder einzufallen, dass die späte Frucht seiner Lenden herzallerliebst einen Plüschbären ablutschte und auf meinen Teppich sabberte.

»Ach, ja ...« Er kam wieder zurück, setzte Jonas in die Babyschaukel und schlich mit hängenden Schultern davon.

Ich spürte nichts in diesem Moment, ich schaute ihm nur nach und wünschte mir, ihn nie mehr in meinem Leben sehen zu müssen. Einatmen, ausatmen ...

Als Frau hatte er mich nicht mehr haben wollen. Dann bot er mir Freundschaft an. Was hatte Mark Twain einmal gesagt? »Ehe man anfängt, seine Feinde zu lieben, sollte man seine Freunde besser behandeln.« Vor allen Dingen sollte man den Langmut eines Freundes nicht auf eine zu harte Probe stellen. Aber ich trug ja selbst Schuld. Toni hatte mich gewarnt. Da hockte ich in meinem Buchladen zwischen Hunderten von Ratgebern, die einem eintrichterten, sich selbst zu helfen und nicht den anderen, sich selbst zu lieben ohne Rücksicht auf Verluste, sich selbst zu behaupten und andere zu enthaupten, kurzum, ein fröhlicher Egoist zu sein und keine moralischen Bedenken an den Tag zu legen, denn Moral sei etwas für Fernsehpfarrer und mausgesichtige

Trommlerinnen der Heilsarmee. Hatte ich die Ratschläge der Autoren beherzigt? Nein, ich hatte mich stets darüber lustig gemacht. Und jetzt saß ich hier, hatte auf dem Weg zur Alkoholikerin in meinem Leid fast die ganze Flasche Rotwein geleert und war wieder einmal mit allen Männern, die in meinem Leben noch eine Rolle spielten, verkracht. Warum? Weil ich ihren Vorstellungen nicht entsprach. Verkracht mit meinem Vater, der von mir erwartete, dass ich ihn gut versorgte und ansonsten die Klappe hielt, es sei denn, ihn gelüstete es nach einer Portion belebenden Streits. Verkracht mit Toni, der von mir forderte, meine jetzt auch noch durch eine Katze erweiterte Kernfamilie in eine Art familiäres Aquarium zu packen, versehen mit einem Kontaktthermometer und elektronischer Regeleinrichtung, auf dass sich Stichling, Scheibenbarsch und Moderlieschen geräuschlos und berührungsscheu durch ihre Sumpfpflanzen bewegten, ohne meine Zeit in Anspruch zu nehmen. Und verkracht mit Ulrich, der mir die Gnade erweisen wollte, als Haushälterin ins traute Heim zurückzukehren, ohne dass er bedachte, dass da etwas nicht stimmte mit der Reihenfolge. In schwülstigen Liebesromanen früherer Tage avancierte die Haushälterin gern zur Ehefrau. Er aber hatte die Ehefrau kurzerhand zur geschiedenen Freundin erklärt und wollte sie nun umständehalber zur Haushälterin degradieren. Unter dem scheinheiligen Vorwand, er tue ihr, der potenziellen Sozialhilfeempfängerin, einen riesengroßen Gefallen. Da lobte ich mir Toni. *Er* wollte mich wegen drohender Arbeitslosigkeit heiraten. Um auch eine Haushälterin zu ergattern? Nein, das war jetzt gemein, aber man wurde gemein, wenn man allein mit sich und seinen Enttäuschungen und einer Flasche Rotwein den Abend zubrachte.

Am nächsten Tag war ich so still und schweigsam wie eine Nonne während der Exerzitien. Ich ging in mich, fragte mich, was ich ändern musste und ob ich das wollte? Weg mit dem Familienballast? Ich hatte, ehrlich gesagt, keine große Lust auf das kalte Leben mancher Zeitgenossen, die so sehr damit beschäftigt waren, ihr Ich-Dasein zu organisieren, angefangen vom beruflichen Aufstieg bis hin zu exotischen Abenteuerurlauben, die in dem Genuss gipfelten, geröstete Ameisen im kolumbianischen Regenwald zu verspeisen oder während eines Überlebenstrainings im Teutoburger Wald Erde zu fressen. Die sich mit nichts belasteten. Die zwar Familien besaßen (und damit viele Möglichkeiten des Überlebenstrainings gehabt hätten), aber kein Familiennetz. Natürlich auch Freunde, aber möglichst rückstandsfrei. Nicht arm, nicht krank. Kinder? Vielleicht mit vierzig oder fünfzig, wenn man genügend Ameisen verspeist und auch noch einen Outbackaufenthalt in Australien hinter sich hatte. Dann ging man ins Internet, informierte sich über sämtliche Methoden der künstlichen Befruchtung, suchte sich einen willigen Arzt und hakte auch diesen Punkt noch ab.

Am späten Nachmittag fuhr ich zum Kindergarten. Leonie hatte schon ihre Jacke angezogen. Sie hüpfte begeistert neben mir her und erzählte von der Großmutter, vom Rotkäppchen und vom armen, armen Wolf, der in den Brunnen stürzte.

»Aber er hat die Großmutter gefressen«, gab ich zu bedenken.

Sie überlegte. »Weil er Hunger hatte.«

»Er hätte sich im Wald anderes Futter suchen können.«

»Was fressen Wölfe?«

»Hasen, Schafe, Ziegen ...«

Sie blickte mich empört an. »Drum hat er die Großmutter gefressen. Weil, ein kleines Häschen frisst man nicht.«

Wie im richtigen Leben. Auch da wurden die Großmütter gefressen, während die Häschen sich die Jäger krallten.

Im Treppenhaus trafen wir eine Nachbarin Anjas, die ihren kleinen Sohn Max an der Hand hielt. Er war Leonies bester Freund, sie besuchten den gleichen Kindergarten.

»Oh, Frau Bonhof. Gut, dass ich Sie treffe. Leonie kann mit zu uns, Ihre Tochter hat's erlaubt.«

»Ist der Handwerker noch nicht fertig?«

»Doch, schon, aber Max will Leonie unbedingt seine neue Parkgarage zeigen.« Sie warf einen lächelnden Blick auf beide Kinder, die mit kritischen Kommentaren die zermanschten Reste in ihren Brotzeitbüchsen verglichen.

Ich nahm Leonie die Tasche ab und ging ein Stockwerk höher. Ob ich Petra anrufen sollte, um mich mit ihr zu verabreden? In Zeiten von Pest und Cholera bedurfte man seiner besten Freundin. Ich suchte nach meinem Handy, da hörte ich Anjas und Steffens streitende Stimmen. Sofort machte sich wieder Sorge in mir breit. Ging hier etwas kaputt? Wann immer ich die beiden traf, stritten sie. Ich blieb unschlüssig stehen. Was sollte ich tun? Einen Zettel schreiben, dass Leonie bei Max war, die Kindergartentasche einfach an den Türgriff hängen und wieder verschwinden? Oder einfach mütterlich-dezent abwarten, bis das emotionale Minenfeld entschärft war?

»Du hast nur noch schlechte Laune«, hörte ich Steffen schreien.

»Aber nicht wegen meines Jobs.«

»Bin ich also wieder schuld.«

»Weil du dich nicht an Abmachungen hältst. Wir waren uns immer einig, dass mein Beruf genauso wichtig ist wie der deine.«

»In der Theorie mag das ja klappen. Aber in der Praxis …«

»… willst du nicht, dass es funktioniert.«

Eine Schranktür wurde zugeschlagen. Dann Anjas Stimme: »Warum möchtest du plötzlich eine andere aus mir machen?«

»Könnte nicht schaden.«

»Aha. Na, gut. Dann passen wir eben nicht mehr zusammen.«

Ich klingelte. Vielleicht würde meine Ankunft den Streit beenden, bevor er eskalierte.

Steffen riss die Tür auf, nahm mich gar nicht wahr, sondern drehte sich sofort wieder um. »Ach, so ist das?«, rief er erbost. »Hast wohl schon Ersatz gefunden?«

Anja stand im Flur, kreidebleich und wütend. »Gibt

genügend Männer, die damit klarkommen, wenn ihre Frauen so viel verdienen wie sie.«

»Und ich komm nicht damit klar? Mir schrumpft der Schwanz, oder was?«

»Sieht so aus ... Hallo, Mama! Kommst gerade zum richtigen Zeitpunkt.«

Ich sah, dass Steffen wutentbrannt Shirts, Hosen und Schuhe aus seiner Sporttasche stülpte. Im Bügelkorb wühlte er nach sauberer Wäsche. Er stopfte sie in die Tasche, stürmte ins Bad und riss Rasierapparat und Zahnbürste aus einem Schränkchen. Dann wollte er zur Tür hinaus.

»Du hast was vergessen«, schrie Anja ihm nach und pfefferte ihm die dreckigen Sportsachen vor die Füße.

Er würdigte weder die Schmutzwäsche noch uns eines Blickes, schlüpfte mit verbissenem Gesicht in seine Jacke und zog die Tür hinter sich ins Schloss.

Anja begann zu weinen. Ich hob die Sachen vom Boden auf und trug sie ins Badezimmer.

»Dieser Arsch!«, schrie Anja.

Ich war wie gelähmt. Meine Kernfamilie verwandelte sich allmählich in ein Matriarchat. Alle Männer kamen uns abhanden.

Zwei Stunden später saßen wir auf der Couch. Ich hatte Anja eine Decke umgelegt und eine Wärmflasche zubereitet, weil sie immer noch zitterte vor Wut und Enttäuschung. Leonie kam und bettelte, bei Max übernachten zu dürfen. Also packte ich mit ihr zusammen Schlafanzug, Zahnbürste und Kuscheltier in einen Beutel. Und auf besonderen Wunsch die rosa Haarklammern mit den rosa Perlen drauf, sechs Stück an der Zahl. Weil Max ihre Haarklammern so cool fand.

»Omi? Weißt du was? Nämlich, der Max will mich hochzeiten.«

Na, eine Sorge weniger. »Tatsächlich?«

»Ja. Eigentlich will er seine Mama hochzeiten. Aber sie ist zu alt, wenn er groß ist. Da kann sie keine Babys mehr bekommen.«

Sehr pragmatisch, der kleine Max. Ich übergab Leonie ihrer zukünftigen Schwiegermutter, die bereits Fischstäbchen brutzelte, und kehrte zu Anja zurück. Sie goss ein klein wenig Rum in ihren Tee und lächelte mich schief an. »Anders hält man das alles gar nicht aus.«

Ich setzte mich zu ihr auf die Couch, schlüpfte aus meinen Schuhen und steckte meine Füße unter die Decke.

»Und Papa hat das wirklich ernst gemeint? Dir zugemutet, dass du ihm den Haushalt führst?« Sie schüttelte ungläubig den Kopf. »Ticken die Männer noch richtig?«

»Sie haben's nicht leicht in Zeiten der Heldendämmerung. Aber glaub mir, Steffen ist anders! Ihr werdet das hinkriegen, wenn er sich erst mal wieder beruhigt hat.«

»Spätestens, wenn ihm die saubere Wäsche ausgeht.«

Wir schwiegen eine Weile. Plötzlich kicherte Anja. »Weißt du was? Im Grunde haben wir das gleiche Problem.«

»Hmm?«

»Du hast den Job einer Haushälterin abgelehnt und ich auch.«

»Allerdings hat man mir keine Schwangerschaft angetragen.«

»Eigentlich eine Unverschämtheit.«

Wir fingen beide an zu lachen und lachten so sehr, dass Anja ihren Tee verschüttete. »Scheißmänner«, sagte sie. Ihre Augen wurden wieder feucht, und ich goss ihr noch ein wenig Rum nach. Konnte nicht schaden.

Heißt es nicht immer, man soll positiv denken? Und was kann positiver sein, als in verfahrenen Situationen, in düsteren Stimmungen etwas für die eigene Instandhaltung zu tun? Also besuchte ich am nächsten Tag meinen Friseur, der mir mit einer neuen Farbe und einem flotteren Schnitt schon durch so manche graue Tage geholfen hatte. So auch dieses Mal. Als ich getönt und gesträhnt aus dem Laden trat, kamen mir meine Probleme schon um einiges geringer und ich mir sehr viel jünger vor. Ich erstand auch einen neuen Lippenstift, fuchsienrot, und eine Gesichtscreme, die mir als Jungbrunnen angepriesen wurde, mich aber um Jahre altern ließ, als ich die astronomische Summe vernahm, die ich dafür hinblättern musste. Und weil's schon egal war, verabredete ich mich für den Abend mit Petra. Sie würde mich in ihrer Boutique als einzige Kundin mit einem Gläschen Prosecco und vielen guten Textilvorschlägen verwöhnen.

Von Toni und Ulrich hörte ich nichts. Anja rief an und erzählte, dass Steffen bei einem Freund untergeschlüpft sei, sich aber bei ihr gemeldet und versprochen habe, Kontakt zu halten und Leonie zu meiner Lesestunde zu bringen, die am nächsten Tag stattfand. Mit dem »Marienheim« telefonierte ich auch. Die Stationsschwester ließ mich wissen, dass es meinem Vater gutgehe und dass man ihn zum Ohrenarzt bringen würde, da man den Eindruck habe, er höre schlecht. Na, dann viel Vergnügen!, dachte ich schadenfroh. Hoffentlich besaß der Ohrenarzt gute Kontakte zu einem Psychotherapeuten, den würde er brauchen, wenn mein Vater mit ihm fertig war. Denn Ärzte rangierten auf Papas Beliebtheitsskala noch hinter radioaktiven Sprengsätzen. Und was er zu einer neuerlichen Störung seines Tagesablaufs von sich geben würde, wollte ich mir erst gar nicht ausmalen.

Auch die Toni-Jägerin meldete sich bei mir. Am kommenden Samstag würden sich alle Kolleginnen und Kollegen der Wahlinitiative bereits am Vormittag treffen, gemeinsam durch die Stadt ziehen und Rosen verteilen mit dem dezenten Hinweis auf unseren Bürgermeister für alle.

»Hoffentlich bist du nicht böse, dass ich die Organisation dafür übernommen habe. Aber Toni hat mir erzählt, du seist familiär bedingt verhindert.«

Was hatte er sonst noch alles erzählt? Dass ich wie ein Taucher schnorchelte, wenn ich auf dem Rücken liegend schlief? Vorzugsweise in weiten T-Shirts mit Bildern bedrohter Tierarten darauf, die ich als Werbegeschenke von Pro Animal erhielt? Oder dass meine Ohrläppchen erogene Zonen waren?

Petra überredete mich zu einem Seidenkleid, das genau zum fuchsienroten Lippenstift passte. Das hatte was, schließlich kauft man sich normalerweise den Lippenstift zum Kleid. Später machten wir es uns auf der

Couch bequem. Am Boden einen Kübel Kartoffelchips, daneben die gefüllten Proseccogläser. Wir waren nicht mehr ganz nüchtern.

»Das Kleid ist super. Passt wie angegossen«, sagte Petra.

»Ja ... aber wann soll ich es anziehen?«

»Zu deinen Bürgermeisterempfängen.«

»Der Bürgermeister empfängt mich nicht mehr. Bin in Ungnade gefallen. Wo ich hinschaue ... nur Ungnade.«

Petra schenkte nach. Sie gluckste vor Vergnügen und zählte an ihren Fingern ab, für wen alles ich aus gutem Grund ein rotes Tuch war.

»Toni will dich heiraten ...«

»... was allerdings sehr ungnädig wäre.«

»Ulrich will dich nicht heiraten ...«

»... sondern mir die Gesamtleitung seines Familienunternehmens übertragen.«

»Und dein greiser Vater ...«

»... der denkt, dass ich ihn sogar auf einem Rastplatz aussetzen würde, nur um ihn loszuwerden.«

»Ergo ...«

»... Familie ist was Wunderbares.«

Wir lachten.

»Und du?«, fragte ich. »Hast du es besser?«

»Klar doch. Ich sage mir jeden Tag, dass ich auch ohne Mann und Familie ein vollwertiger Mensch bin.«

Sie sprang auf, wühlte in einem Karton und kam mit einer Seidenstola wieder, die sie um meine Schultern drapierte, als rüste sie mich zu einem Staatsempfang. »Ich kann am Abend interessante Bücher lesen«, sagte sie, »und klassische Musik hören ...«

»... dreimal in der Woche zur Kosmetikerin gehen ...«

»... mein überflüssiges Geld für wohltätige Zwecke spenden ...«

»... und deinen DVD-Player kannst du auch selbst programmieren, du egoistisches Singleweib. Prost!«

Sie schnaubte durch die Nase. »Und? Ist *das* jetzt der Sinn des Lebens? Sag schon! Nein, sag es lieber nicht!«

Wir hatten nur eine kleine Tischlampe an und die Jalousie geschlossen, so dass man uns von der Straße aus nicht sehen konnte. Schatten lag auf den starren Gesichtern der Schaufensterpuppen. Die Lampe warf bizarre Muster an die Wand.

»Ich fliege nächstes Wochenende nach Mailand«, unterbrach Petra die Stille.

»Zur Modemesse?«

»Nein. Ich besuche Daniel. Er liegt noch immer im Krankenhaus.«

»Wie geht es ihm?«

»Etwas besser. Wir wollen ihn überreden, nach Straßburg zu ziehen.«

»Zu deiner Freundin?«

»Sie würde ihm eine Wohnung besorgen. In Mailand ist er allein. Da er immer so viel auf Reisen war, hatte er keine Zeit, Kontakte zu knüpfen.« Sie blickte mich nachdenklich an. »Er könnte auch nach Bodenfurt kommen. Meine Wohnung ist seit der Scheidung sowieso viel zu groß für mich. Oder findest du das abartig?«

»Nein, gar nicht.« Ich lächelte. »Wechselst du jetzt auch in das Lager der Kümmerer?«

»Bei *dem* Vorbild ...«

»Ist eine große Verantwortung.«

»Da wären wir wieder beim Thema. Klassische Musik hören, dreimal in der Woche zur Kosmetikerin gehen …«

»Die keimfreien Paradiese.«

»Eben. Und damit ist jetzt Schluss … Die Stola schenk ich dir.«

»Danke.« Ich schlüpfte in meine Schuhe. Ein Gläschen Prosecco zu viel. Ich befand mich im schwerelosen Übergang von meiner realen Welt in eine weitaus bessere, eine mit silberhellen Glanzlichtern wie jene, die mir mein Friseur ins Haar zauberte. Wasserstoffsuperoxid für Christines Leben. Ich packte Kleid und Stola in eine Tragetasche. Bürgermeisterempfänge? Mitnichten. Mit diesem Kleid würde ich Paul Hieronymus beeindrucken. Würde wie eine fuchsienrote Königin von Saba auf ihn zuschweben und ein höchst geistreiches Gespräch über Familienstrukturen führen. Und sollte er mich fragen, ob ich auch über einen Lebensabschnittspartner verfüge, konnte ich wahrheitsgemäß antworten, dass ich derzeit nur mit einer Katze lebte, die geschlossene Türen hasste und mir freundlicherweise kleine Bröckchen ihres Futters unter die Bettdecke schob. Lachsstreifen in Aspik. Wahrscheinlich, weil dieses Bett neuerdings so leer war und Essen bekanntlich über vieles hinweghilft. Gesundes Essen, wohlgemerkt. Denn jeder Mensch weiß schließlich, dass der Verzehr von Fisch Wochenbettdepressionen und Schizophrenie entgegenwirkt. Und die Gehirnentwicklung fördert. Was besonders in meinem Falle dringend angeraten war.

Ich schlenderte über den nächtlichen Marktplatz. Menschenleer die Straßen und Gässchen. Nicht einmal mein Freund Hannes streifte umher, ganz Bodenfurt saß zu Hause vor dem Fernseher oder in den Gaststätten oder im Aufenthaltsraum der Arbeiterwohlfahrt. Musikfetzen aus einem Pub. Einzig und allein Toni zeigte sich präsent. Er prangte auf einem halben Dutzend von Wahlplakaten und lächelte sein dynamisches Bürgermeisterlächeln.

Da bemerkte ich zwei junge Männer, die sich daranmachten, quer über Tonis dynamisches Lächeln einen breiten Papierstreifen zu kleben: *Bauskandal ... Korruption!*

»Hey. Verschwindet! Und zwar dalli«, schrie ich.

Die beiden erschraken. Ich zog mein Handy aus der Tasche und tat, als telefonierte ich. Da verdrückten sie sich. Ich blieb eine Weile stehen, eine Hüterin des Grals, vor dem Porträt des Bürgermeisters für alle, der unbeeindruckt blieb, dass ich es war, die ihre schützende Hand über ihn hielt. Drüben im Gasthaus »Zum Goldenen Lamm« standen kleine Lämpchen im Fenster, deren warmes Licht auf das Straßenpflaster fiel. An den Tischen Menschen, die fröhlich zechten. Und an einem dieser Tische Paul Hieronymus und Toni Hoffmann. Wie bitte? Aber dann fiel mir ein, dass bewusster Herr Hieronymus jetzt der Riege begehrter Gewerbesteuerzahler angehörte. Was also lag näher, als ihm um den Dreitagebart zu gehen? Ob ich die beiden Herren überraschen und ein Gläschen mit ihnen genießen sollte? Einerseits als treue Untergebene, andererseits als Geliebte im Wartestand? Nein, besser nicht. Besser, ich ging nach

Hause, machte es mir in meinem mit einem Breitmaulnashorn bedruckten Shirt im Bett bequem und verspeiste Lachs in Aspik. Glanzlichter einer Verlassenen. Noch Charles Aznavour dazu? Mit dem Song »La Mamma«? Das würde mir den Rest geben.

38.

Der nächste Morgen. Sonnig. Fünfzehn Grad, die meinem armen Kopf nicht guttaten, ihn dürstete nach einem Eisbeutel. Die Plakatschänder waren zurückgekommen. Sie hatten sämtliche Plakate, auf denen Toni zu sehen war, mit der neuen Titelseite des »Bodenfurter Anzeigers« bestückt. *Was weiß Bürgermeister Hoffmann?* Wieder standen die Leute in Grüppchen herum und diskutierten, doch dieses Mal flüchtete ich nicht. Ich ging zum Kiosk, nahm lächelnd eine Zeitung vom Stapel und schüttelte weithin sichtbar den Kopf. »So ein Unsinn!«, sagte ich laut und maß die Umstehenden mit einem herausfordernden Blick. Jeanne d'Arc im Kampf für ihren König.

Auf dem Weg zur Buchhandlung rief ich den König meines Herzens an. »Wo bist du gerade?«

»Im Bistro. Kaffee mit Sahne und sehr viel Selbstmitleid.« Er lachte spöttisch. »Um mich herum lesen alle den ›Anzeiger‹. Gibt doch nichts Schöneres als politische Skandale.«

»Weißt du was? Mir ist auch nach Kaffee.« Ich machte wieder kehrt, eilte zum Bistro, bestellte an der Theke einen Espresso und entdeckte ihn sofort. Er saß nicht wie sonst in seiner abgeschirmten Ecke, nein, er hatte sich in der Mitte des Raumes niedergelassen, so dass jeder ihn sehen konnte. Sein oder Nichtsein!

Als ich an seinen Tisch trat, telefonierte er gerade. »Ist er ausgewandert? Du bist doch seine Frau? ... Krank? Wer's glaubt!« Er klappte sein Handy wütend zu und steckte es weg. Wir sahen uns einen Moment an ... Wie läppisch und unwichtig unser Streit doch geworden war. Ich setzte mich.

»Mein Bauamtsleiter ist abgetaucht. Hat zwar schon mit Polizei und Staatsanwaltschaft gesprochen, alles geht seinen Gang, aber für mich ist er nicht zu erreichen.«

»Er hat also Dreck am Stecken.«

»Sieht so aus.« Toni fuhr sich übers Gesicht. Er hatte dunkle Augenringe, und dieser müde und enttäuschte Zug um den Mund, der tat mir besonders weh. Ich drückte seine Hand. »Wir stehen das durch.«

Der Ober servierte meinen Espresso so vorsichtig, als lege er einen Molotowcocktail auf den Tisch. Was Wunder angesichts der vielen verstohlenen Blicke, die uns streiften.

Toni lächelte erschöpft. »Ich muss ins Rathaus. Da ist die Hölle los.«

»Ich würde dir so gern helfen, wenn ich könnte.«

»Du hast mir schon geholfen.«

»Konntest du denn auch nur eine Minute schlafen?«

»Ich habe jetzt keine Zeit, um müde zu sein.« Er lachte plötzlich, was an den Nebentischen sofort registriert wurde. Der Bürgermeister lachte! Galgenhumor? Oder hatte er tatsächlich ein reines Gewissen? »Angeblich waren das die letzten Worte von Kaiser Wilhelm … dem Ersten, glaube ich. Hoffentlich sind's nicht auch meine letzten Worte als Bürgermeister.«

»Du hast dir nichts zuschulden kommen lassen.«

»Aber ich trage die Verantwortung, so ist das nun mal.«

Wir standen auf, gingen zur Theke, um zu zahlen, und verließen das Bistro.

»Meldest du dich?«

Er drückte mich an sich und sagte leise: »Danke, dass du gekommen bist. Und ja, ich melde mich. So bald ich kann.«

Er ging davon, vorbei an den geschändeten Wahlplakaten, er straffte die Schultern und erinnerte an einen trotzigen Jungen, der über den Schulhof stapft, wohl wissend, dass alle ihn anstarren und über ihn tuscheln. Am liebsten wäre ich ihm hinterhergelaufen. Ich glaube, in diesem Moment habe ich ihn am meisten geliebt.

In der Buchhandlung zog ich mich in eine ruhige Ecke zurück und rief Dieters Frau an. Wir kannten uns nicht sonderlich gut, waren uns aber auf öffentlichen Veranstaltungen begegnet, einmal hatten die beiden uns zu einem Essen eingeladen. Eine steife Angelegenheit, wenig Berührungspunkte, da Dieter und Eleanor sich nichts aus Büchern machten und ich mir nichts aus Galerien und Gourmetlokalen. Aber Eleanor und ich hatten Handynummern getauscht, ein Akt der Höflichkeit, auch der Verlegenheit, als wir uns verabschiedeten. Diese Nummer nun rief ich an, und tatsächlich – Eleanor meldete sich sofort.

»Hier ist Christine. Christine Bonhof.« Ich befürchtete schon, sie würde das Gespräch sofort unterbrechen, deshalb sprach ich schnell weiter. »Ich weiß, wie schlimm momentan alles für euch ist. Ich rufe auch nicht an, um mich einzumischen. Ich bitte dich nur, Dieter auszurichten, er soll sich bei Toni melden.«

»Dieter geht es wirklich schlecht«, antwortete Eleanor steif.

»Toni auch. Wie soll er denn reagieren, wenn Dieter sich immer verleugnen lässt? Trotzdem hat er sich bis zum heutigen Tag hinter ihn gestellt. Und es ist Wahlkampf, vergiss das nicht!«

Schweigen.

»Ich dachte immer, Dieter sei Tonis bester Freund?«

»Es hat an der Tür geklingelt«, sagte Eleanor hastig und legte auf.

Eine Menge Schimpfwörter fielen mir ein. Aber da nun Hämmerlein mich so interessiert beobachtete, verschluckte ich sie samt und sonders und tat so, als telefonierte ich immer noch mit der kaltschnäuzigen, hohlköpfigen und sternekochgeilen Bauamtsgattinnenschnepfe.

»Danke, Eleanor. Ich werde Toni ausrichten, dass ihm deine Stimme sicher ist.« Ich legte auf und lächelte so mütterlich strahlend, als sei ich ein mehrfach geliftetes Unterwäschemodel für die Frau ab fünfzig.

Hämmerlein wandte sich enttäuscht ab.

Ich auch. Denn ich war mir sicher, dass dieser verdammte Hurensohn namens Dieter sich nicht bei Toni melden würde.

Meine Lesestunde lenkte mich etwas ab. An die dreißig Kinder waren gekommen, auch Leonie. Sie hingen an meinen Lippen, sie klatschten, sie kicherten, sie krähten dazwischen. Vorne im Laden bediente Markus Hämmerlein die Kunden, während Jakob und unsere neue Aushilfskraft in der Cafeteria Cappuccinotassen füllten und an die schwatzenden Mütter verteilten.
Ein gelungener Nachmittag, wenn da nicht meine Sorge um Toni gewesen wäre, an den ich immerzu denken musste.

Fast hatte ich ein schlechtes Gewissen, dass ich mich hier amüsierte, während er im Rathaus den geifernden Fragen der Journalisten oder, noch schlimmer, den scheinheiligen Mitleidsbekundungen politischer Gegner ausgesetzt war.

Steffen saß inmitten der quasselnden Mütter, die sicher Wasser auf seine Mühlen waren: Gab also doch Frauen, die sich nur der Aufzucht widmeten. Die Lesung war beendet, die Kleinen liefen durcheinander, zogen ihre Jacken an und drängten zu den Regalen mit den Kinderbüchern. Leonie rannte auf Steffen zu, er fing sie auf und schwenkte sie hoch in die Luft. Ich ging zu den beiden, Steffen sah mich reserviert an.

Ich seufzte und schüttelte den Kopf. »Redet miteinander!«

Er half Leonie in ihre Jacke und schwieg.

Ich winkte Jakob herbei und bat ihn, sich um Leonie zu kümmern. Steffen war das nicht recht, er konnte es kaum ertragen, mir in die Augen zu sehen. Ein Schwiegermuttergespräch, was für ein Alptraum!

»Schau mal, Steffen. Was würdest du umgekehrt

sagen? Anja ist dagegen, dass du Projektleiter wirst, und verlangt, dass du nur mehr Teilzeit arbeitest?«

»Immer diese Gleichmacherei«, fuhr er auf. »Gibt schließlich noch Unterschiede zwischen Mann und Frau.«

»Ah, ja. Da ist Suse mit der Puppe, da ist Uli mit dem Ball.«

»Schwachsinn!«, blaffte er mich an. »Du glaubst natürlich, dass deine Tochter alles richtig macht.«

»Nein, ganz bestimmt nicht. Ich hab sie ja großgezogen, ich weiß ziemlich genau, welche Fehler sie hat. Aber ihr wäre es im Traum nicht eingefallen, einfach alles hinzuschmeißen und wegzugehen. Frauen laufen nicht fort und lassen ihr Kind zurück. Männer schon. Warum eigentlich?«

»Ich war wütend.«

»Anja auch.«

In ihm arbeitete es. Schließlich nickte er, langsam, als beginne er nachzudenken. Ich lächelte ihn an. »Wäre wirklich schade um euch zwei! Und für mich wär's furchtbar. Einen so netten Schwiegersohn kriege ich nicht so schnell wieder.«

Er grinste. »Du schleimst dich ein.«

»Richtig.«

Ich fing einen Blick der jungen Malerin auf, die ihre Werke in der Buchhandlung ausstellte. Sie war gerade dabei, Preisschildchen an ihre Bilder zu heften.

»Ich muss weiter«, sagte ich zu Steffen.

Der Laden leerte sich, nur mehr ein paar Kinder standen mit ihren Müttern an der Kasse. Die Malerin verabschiedete sich. Jakob übergab Leonie an Steffen – Ruhe kehrte ein. Ich räumte Gläser und Tassen von der Theke und trug die Kinderstühlchen in den Abstellraum. Anschließend betrachtete ich die Bilder, abstrakte Kunst, interessante Materialien mit dem Mut, neue Wege zu gehen, so viel konnte ich, obwohl absoluter Laie, erkennen.

Ich hatte gar nicht bemerkt, dass Markus Hämmerlein neben mir stand. »Utopia in der Provinz«, lästerte er hämisch.

Vielleicht lag es an den strapaziösen Tagen, die hinter mir lagen, vielleicht auch daran, dass ich die supercoole, herablassende Ironie dieses kleinen Scheißers gründlich satthatte. Ich reagierte so heftig, dass ich selbst erschrak. »Wenn Sie Bodenfurt so schrecklich finden, warum verziehen Sie sich dann nicht?«

Er schaute mich völlig konsterniert an.

»Anstatt ständig rumzuschnüffeln und zu intrigieren.«

Sein Gesicht rötete sich, fast schien es, als wolle er auf mich losgehen. »Also … wenn wir schon dabei sind, persönlich zu werden, dann überprüfen Sie doch mal, ob nicht auch ein gewisser Bürgermeister mächtig falschspielt.«

»Man sollte nicht so viel auf Schlagzeilen geben.«

Er begann böse zu lächeln, und die dunkle Ahnung beschlich mich, dass er dabei war, nicht nur ein Messer zu wetzen. Er zog seine Worte genüsslich in die Länge. »Dass *ich* hier bin, verdanken Sie Toni Hoffmann.«

War er jetzt verrückt geworden? Hatte sich seine arrogante Abneigung wie eine giftige Nebelwolke auf seinen Verstand gelegt?

Der Schlag folgte schnell und gnadenlos. »Mein Chef und Ihr Bürgermeister«, erläuterte er sarkastisch, »sind alte Freunde. Und der Herr Bürgermeister ist es gewesen, der Herrn Hieronymus auf den zum Verkauf stehenden Laden hingewiesen hat.«

Wumm! In meinem Kopf hasteten die Gedanken durch ein verschlungenes Wegesystem, hierhin und dorthin, suchten Abzweigungen, Schlupflöcher, wollten nicht wahrhaben, was anscheinend den Tatsachen entsprach.

»Ja, und?«, fragte ich automatisch, nur um Zeit zu gewinnen.

Markus Hämmerlein schaute mich verdutzt an. Reichte der blöden alten Kuh dieser Schuss vor den Bug nicht?

»Glauben Sie, ich habe das nicht gewusst?« Ich gab ein glockenreines Chefinnenlachen von mir. »So. Und jetzt hab ich noch einen Friseurtermin.«

Ich holte meinen Mantel, winkte Jakob zum Abschied zu und verließ den Laden. Unter Aufbietung meiner letzten Kräfte, während meine Gedanken sich allmählich ordneten. Spurensuche … eine letzte Biegung und das Ziel … Paul Hieronymus und Toni, die sich einträchtig im »Goldenen Lamm« gegenübersaßen und Rotwein schlürften. Nicht als standortpreisender Bürgermeister einerseits und potenter Gewerbesteuerzahler andererseits, sondern als Freunde. Als gute Freunde.

39.

Es heißt ja immer so schön, man solle in seiner ersten Wut keine Entscheidungen treffen, sondern eine Nacht lang quasi zur Besänftigung auf seinen Problemen ruhen, um den Adrenalinspiegel wieder auf Normalstand zu bringen. Mein Problem allerdings war, dass ich keine Probleme mehr hatte. Dass mein von mir sehr geschätzter und auch geliebter Partner von einem Moment zum anderen durch die Aussage eines kleinen Ellbogenmachos zum Lebensabschnittspartner reduziert worden war. Besser gesagt, sich selbst reduziert hatte.

Meine Stresshormone feierten Halloween, während ich zielstrebig über den Marktplatz lief und mein Herz zu kollabieren drohte. Das Rathaus erreichte ich mit Tunnelblick. Ich schaute weder nach rechts noch nach links, ich sah nur Toni vor mir, wie er an seinem Schreibtisch saß und jovial seine Untertanen mit guten Taten beglückte. Ich malte mir meine Drohgebärden aus und sein Entsetzen, wenn ihm klarwurde, dass er enttarnt worden war.

Er saß tatsächlich an seinem Schreibtisch. »Bei unserem Interview habe ich doch deutlich gemacht, dass mir noch keine Fakten bekannt waren«, rief er zornig ins Telefon. Grüßend hob er in meine Richtung die

Hand. »Ja, ja! So viel zur Objektivität der Presse.« Er warf den Hörer auf die Platte, als wolle er nie mehr etwas mit Mister Bells bahnbrechender Erfindung zu tun haben. Und lächelte mich an. Wagte es, mich anzulächeln! Voller Freude, dass sie da war, die Gefährtin, deren man bedurfte in diesen schweren Zeiten.

Ich suchte seinen Blick. »Ich habe nur eine Frage: Hast du Paul Hieronymus dazu gebracht, das Haus samt Buchhandlung zu kaufen?«

Er sah aus, als habe er einen Nackenschlag erhalten und müsse blitzschnell überlegen, aus welcher Richtung der Angriff kam. Sein Mund stand ein wenig offen, ein weißer Rand bildete sich um seine Nasenflügel. Brauchte ich mehr Beweise?

Alles in mir sackte ab. Insgeheim hatte ich ja trotzdem gehofft, dass er mir eine plausible Erklärung bieten würde. »Hallo, Christine, Schätzchen, was reimst du dir da für einen Blödsinn zusammen?« Als die Erklärung nicht kam, nicht kommen konnte, traf es mich umso härter. Fassungslos schüttelte ich den Kopf, drehte mich um und ging zur Tür.

Er sprang auf. Versuchte, mich zurückzuhalten. »Ich habe mir eingebildet, dass dir dann die Entscheidung leichter fällt.«

Unbändiger Zorn, Funken vor Wut – ich schüttelte seine Hand ab.

»Ich dachte, dann heiraten wir und …« Er verstummte hilflos.

Entzückend. Schon wieder das Almosen der Heirat. Jetzt musste diese auch noch als Entschuldigung dafür herhalten, dass er mich auf das übelste hintergangen hatte. Scheinheiliger Mistkerl! Wenn ich mich bloß daran erinnerte, wie sehr er mich bemitleidet hatte, als ich ihm von Hieronymus' Kaufabsichten erzählte. Wie er den Empörten gespielt hatte, weil ich ihn in meinen Entschluss, Filialleiterin werden zu wollen, nicht eingeweiht hatte. Wie hatte er sich ausgedrückt? »Die Frau der einsamen Entschlüsse.« Natürlich, das hatte ihn gewurmt. Dass ihm keine Gelegenheit gegönnt war, es mir auszureden. Und die Eröffnungsfeier? Klar, dass er mit Abwesenheit glänzte. Hätten er und Hieronymus sich wie Fremde begegnen sollen? Hieronymus. Mein Adrenalinspiegel pendelte sich auf dem Höchststand ein. Der gleiche Mistkerl. Hatte so getan, als wisse er nichts über mich. Meine komplizierten Familienverhältnisse, die ihn angeblich so interessierten. Wahrscheinlich wusste er nach diversen konspirativen Treffen mit Toni im »Goldenen Lamm« mehr über mich als unser Innenminister über bärtige Islamstudenten. Wahrlich, wahrlich. Ich war umgeben von falschen Fuffzigern. Nein. Ich musste raus hier, bevor ein Unglück geschah. Bevor ich einen Briefbeschwerer nahm und einen Mord beging. Bürgermeister von geistesgestörter Buchhändlerin erschlagen!

Ich presste meine Fingernägel in die Handflächen, ich raffte all meine Reste von Selbstachtung und Beherrschung zusammen, schaute meinen blassen und mit Gewissensbissen behafteten Exgeliebten an und sagte: »Viel Glück bei deiner Wahl!«

Dann verließ ich ihn, ging einfach hinaus, ließ die Tür offen stehen, schritt an seiner erstaunten Sekretärin vorbei, die vor noch nicht allzu langer Zeit zu mir gesagt hatte: »Unser Bürgermeister ist viel zu anständig.« Ach ja. Tatsächlich.

Endlich im Freien. Einatmen, ausatmen. Was für ein Tag! Am Morgen versöhnt, am Abend verhöhnt. Oder besser gesagt: »Glück und Unglück tragen einander auf dem Rücken.« Hatte meine Mutter immer zitiert, wenn mein Vater sein Köfferchen auspackte, das er vorher so entschlossen gepackt hatte. Wobei mir nie ganz klargeworden war, wo für meine Mutter Glück und Unglück lagen? Im gepackten oder im ausgepackten Koffer?

Ich saß fröstelnd im Dunklen. Jogginghose, dicke Socken und eine neue bedrohte Tierart auf der Brust: das Löwenäffchen. Es verfügt über ein ausgeprägtes Sozialverhalten, wird von Raubvögeln bedroht, und sein natürlicher Lebensraum kommt ihm immer mehr abhanden. Diesem Tier fühlte ich mich heute Abend sehr verbunden.

Essen und Trinken hatte ich meinem Zustand angepasst. Wermutkraut- und Baldriantee. Knäckebrot und Magerkäse. Damit konnte ich meinen Body-Mass-Index auf unter fünfundzwanzig drücken, nachdem mein Heart-Mass-Index bei null lag. Womit konnte ich mich sonst noch quälen? Filmmusik aus dem »Paten« vielleicht, von Toni sehr geschätzt, besonders jene Szene, in der ein blutiger Pferdekopf zum Frühstück im Bett serviert wird. *Paul, ich mache dir ein Angebot, das du nicht ablehnen kannst. Du kriegst 'ne Buchhandlung und ich eine Frau Bürgermeister ...* Oder die Fotos von unserem letzten Urlaub? Brasilien? Womit wir wieder bei den Löwenäffchen waren, dort starben sie nämlich, weil man die Regenwälder abholzte. Ich konnte mir auch jene Szenen in Erinnerung rufen, als Toni und ich uns kennenlernten. Das erste Mal, als wir miteinander schliefen und ich die bedrohten Tierarten gegen ein Seidennegligé tauschte. Den Spaß, den wir hatten, als wir uns entschlossen, endlich gesund zu leben, und eine Woche lang nach Luft ringend über Felder und Wiesen sprinteten. Und uns hinterher mit Sahnetorte und Chablis belohnten, und zwar jenseits der erlaubten Schwellendosis alkoholischer Grammbewertung und mörderischer Kalorientabellen. Ich konnte auch ins Badezimmer gehen und wehmütig seine zerrupfte Zahnbürste anstarren oder seinen Schlafanzug ans Gesicht drücken, eine bevorzugte Methode einfallsloser Drehbuchautoren, um zu zeigen, wie sehr man den Verlust eines geliebten Menschen betrauerte.

Ich konnte aber auch den Wermutkrauttee ins Klo schütten, das Knäckebrot an bedauernswerte Vögel verfüttern und – wie mein Vater gesagt hätte – die Sau rauslassen. Den Schweinebraten von gestern aufwärmen, das Tiramisu aus dem Kühlschrank reißen und die Alkoholschwellendosis von den den Frauen zugestandenen und von mir schicksalsbedingt in letzter Zeit oft überschrittenen zwölf Gramm auf fünfzig erhöhen. Sogar rauchen konnte ich, nachdem ich für Papa Zigaretten besorgt hatte, die er nur unter polizeilichem Geleitschutz auf der Altenheimterrasse konsumieren durfte.

Handy und Telefon klingelten gleichzeitig: Toni, der mich auf dem Handy erreichen wollte – ich schaltete es aus –, und Anja, fröhlich, erleichtert, voller Elan.

»Hallo, Mama!«

Sie erzählte, dass Steffen gerade fürs Abendessen einkaufen würde, dass er samt vergammelter Sporttasche wieder zu Hause erschienen sei, dass man sich ausgesprochen habe ... Einen prähistorischen Anfall habe Steffen seine Sehnsucht nach einer Vollzeithausfrau genannt, und sie habe andererseits versprochen, ihr Temperament zu zügeln und nicht immer gleich aus der Haut zu fahren, wenn nicht alles so lief wie geplant.

»Und jetzt wollten wir dich einladen. Ein ausdrücklicher Wunsch von Steffen. Es gibt Nudeln mit Ketchup, Gummibärchen und Eis. Dies wiederum ist ausdrücklicher Wunsch deiner Enkelin.«

»Wirklich, sehr lieb von euch. Aber ... ich hab mich schon hingelegt. Hab so starke Kopfschmerzen.«

»Brauchst du irgendwas? Soll ich kommen?«

»Nein, nein. Ich nehme eine Tablette, und morgen ist alles wieder gut.«

Wir verabschiedeten uns. Ich überlegte, was für eine Wunderpille ich benötigte, um diesem Tumult in meinem Inneren wirkungsvoll begegnen zu können, um wieder etwas anderes zu fühlen als Wut und Schmerz. Betablocker? Abführdragees? Oder gab es andere Alternativen? Vielleicht diese Atemtechnik für Schwangere, weil mir schon wieder mörderische Presswehen von Wut durch die Eingeweide fuhren. Vorerst aber klammerte ich mich an meine Erleichterung über Anjas und Steffens Versöhnung, schließlich genügte es voll und ganz, dass *ich* die Statistik zu Lasten der Singlefrauen erhöht hatte.

Ich nahm einen Schluck Tee und biss in mein Knäckebrot. Pappe mit Bittergeschmack. Weg damit! Kompromisse schließen, war das nicht immer Tonis Leitsatz gewesen? Also! Auf den Schweinebraten verzichten, nicht aber auf Tiramisu und Wein. Das Bulletin meiner Trennung würde ich der staunenden Umwelt erst in den nächsten Tagen präsentieren. Halali für die Toni-Jägerin! Sie würde in atemberaubender Geschwindigkeit den waidwunden Bürgermeister durch Blattschuss erlegen. Und da ich mir sicher war, dass ich die ganze Nacht heulen und mich nach Toni sehnen würde, holte ich nicht nur das Tiramisu, sondern auch die blauen Eispads aus dem Kühlschrank, die dort für Leonies kindliche Unfälle bereitlagen. Ich plazierte sie griffbereit neben der Box mit den Papiertaschentüchern. In meinem Alter konnte man es sich nicht erlauben, wie eine kranke Eule mit geschwollenen Augenlidern durch die Straßen zu laufen – Eulen zählen übrigens auch zu den bedrohten Tierarten. Wie kam ich jetzt darauf? Setzte Liebeskummer in meinem respektablen Alter Gehirnfunktionen außer Kraft? Der kleine Scheißer würde dies frenetisch bejahen. Was empfahl eigentlich der Psychologe bei gebrochenem Herzen? Wahrscheinlich, die Trauer zuzulassen und daraus neue Kraft zu schöpfen, frei nach Nietzsche: »Was mich nicht umbringt, macht mich stärker.« Kluger Mann, der aber leider in geistiger Umnachtung sein Leben beendet hatte. Scheiße! Jetzt fühlte ich mich nicht nur dem Löwenäffchen, sondern auch Nietzsche sehr nah.

40.

Samstagmorgen. Während ich unter der Dusche stand, überlegte ich in einer Art euphorischer Traurigkeit, was der Tag alles bringen mochte. Ich hatte in der Buchhandlung Dienst bis zum frühen Nachmittag, dann musste ich zu meinem Vater. Haha! Dieser Besuch würde meinen bedauernswerten Zustand sicherlich um einiges verbessern. Und abends war ich mit Judas Hieronymus verabredet. Ich hatte überlegt, dieses Treffen abzusagen, aber ich wollte sein Gesicht sehen, wenn ich ihm eröffnete, dass ich um seine Freundschaft mit Toni wusste. Wollte ihm mit leiser Ironie zu verstehen geben, dass ich das Komplott durchschaute. Wollte angemessen begeistert seine Schauspielkunst bewundern und mich höflich erkundigen, ob noch nennenswerte Wissenslücken existierten, was meine Person betraf? Vielleicht die frühkindliche Phase?

Ich hatte in meiner Erschöpfung so tief geschlafen, dass ich sogar den Wecker überhörte. Erst das penetrante Klingeln des Telefons katapultierte mich zurück in eine Welt voller Elend und benutzter Kleenextücher. Die blauen Pads waberten heiß und klebrig zwischen meinen Brüsten.

Es war Ulrich. Den hatte ich beinahe vergessen. Der

existierte ja auch noch und reihte sich ein in die spärliche Garde von Kerlen, die ich kannte und die mir eine ausgeprägte Männerphobie bescherten.

»Es tut mir wirklich sehr, sehr leid, dass ich dich so verärgert habe«, gestand er bekümmert.

Ich schwieg.

»Und auch verletzt habe.«

Die Macht des Schweigens wuchs.

»Erklär es dir bitte mit meiner Hilflosigkeit.« Er zögerte. »Hör mal ... Ich habe auch schon mit Anja telefoniert. Könntet ihr morgen nachmittags zu mir kommen? Ich müsste euch dringend sprechen.«

Hoppla. Hatte er seinen Angriff auf Wohl und Wehe der geschiedenen Gattin strategisch korrigiert? Optimiert? Oder wollte er nun die Tochter weichkochen? Im Zuge der Sippenhaft.

»Um wie viel Uhr?«

»Vielleicht gegen vier?«

»In Ordnung«, sagte ich und legte auf.

Sonnenschein, leichter Wind, die Blumenhändlerin füllte ihre Kübel mit Tulpen, Narzissen und Anemonen. Die Crew um meinen Exgeliebten flanierte über den Marktplatz und verteilte Rosen, Kugelschreiber und bunte Lutscher. Noch einmal schlafen, dann war Wahlsonntag ... Morgen, Kinder, wird's was geben, morgen werden wir uns freun ... Oder auch nicht.

In der Buchhandlung flirtete Jakob mit der jungen Aushilfskraft, die Biologie studierte, nicht blond, sondern rappelkurz rothaarig war und am Wochenende am liebsten in Gummistiefeln durch Feld und Wald tigerte, um an geeignete Bodenproben für ihr Studium zu kommen. Sehr schön. Jakob schien seine männlich-pubertäre und vorwiegend langhaarig-blond orientierte Phase hinter sich gelassen zu haben – war also auf einem guten Weg.

Der kleine Scheißer forschte in meinem Gesicht nach Spuren des Leids und der Enttäuschung, wurde aber nicht fündig. Ein Sieg der Kosmetik, mühsam der Schicksalsmacht des Alterns abgerungen. Ein Sieg auch der Erfahrung. Man hat schon manche Weltuntergänge überlebt und sich als Trümmerfrau der Gefühle hervorgetan.

Am Nachmittag fuhr ich zu meinem Vater. Er saß in der Cafeteria vor dem Fernseher, die räumliche Distanz zum Kartentisch mit den fröhlichen Zockern und Zechern hatte sich beträchtlich verringert. Interessiert verfolgte er im Regionalsender ein Interview. Auf dem Bildschirm Dieter Thoma, sichtlich angeschlagen. Mit staatstragender Würde im bleichen Antlitz blickte er in die Kamera und sagte: »Nein. Bürgermeister Hoffmann hatte keine Ahnung. Und ich bitte alle Wähler, nicht ihn für etwas zu bestrafen, das ganz allein ich zu verantworten habe.«

Waidmannsdank! Die Jagdmeute hielt zusammen. Ich schenkte mir aus einer der großen Kannen Kaffee ein und bemerkte, wie mein Vater mich taxierte.

»Er hat also Ärger, dein Toni.«

Ich nickte.

»Mit dir auch?«

»Kann man so sagen.«

»Wegen dem Schnösel da?« Er deutete auf den bleichen Dieter, der nun das Wort »Bestechung« vehement von sich wies.

»Nein.«

Mein Vater lehnte sich zurück. »Willst also nicht Frau Bürgermeister werden?«

»Tut dir wohl leid?«

»Ja, klar«, feixte er. »Schwiegervater vom Bürgermeister … hätte ich jeden Tag Miss Germany beim Frühstück.«

»Du frühstückst doch gar nicht.«

Jetzt lachte er, schaute mich aber trotzdem forschend von der Seite an, als bedrücke ihn etwas, als wolle er etwas loswerden. Er saß da, ein sehr, sehr alter Mann, mit wirrem grauen Haar und einer Strickjacke, die ich immer schon hatte ausrangieren wollen, an der er aber hing wie ein alternder Boxer an seinen Lederfäustlingen.

»Was ich sagen wollte …« Er räusperte sich. »Hab's dir nicht grade leichtgemacht die letzten Wochen … Und auch vorher nicht«, setzte er mühsam hinzu.

Hatten sie ihm etwas in den Kaffee getan? »Scheiße, Papa«, brach es aus mir hervor. »Es geht doch gar nicht darum, dass du uns das Leben schwermachst, sondern dir selbst.«

Sein Blick verlor sich irgendwo zwischen dem vierten und fünften Knopf seiner Jacke. Schließlich hob er den Kopf und meinte mit einer Mischung aus Verlegenheit und Trauer: »Aber manchmal hab ich doch auch was richtig gemacht … oder?«

Ja, das hatte er, erkannte ich plötzlich. Er hatte mich Aufsässigkeit gelehrt. Querdenken. Zivilcourage. Er war nie ein Vater gewesen, zu dem man lief, wenn man

Kummer hatte. Er hatte nicht mit mir gebastelt, keine Ausflüge unternommen, er fotografierte nicht, er machte sich nichts aus Autos und nichts aus all den technischen Errungenschaften, mit denen Kinder gern vor ihren Kameraden prahlen. Er lehnte es auch ab, mit der Familie in Urlaub zu fahren. Aber er hatte mir die Welt erklärt. Armut und Reichtum. Krieg und Frieden. Politik. Wie wichtig es war, nicht andere für sich denken zu lassen.

Ich setzte zu einer Antwort an, wollte ihm sagen, dass ich ihm für vieles dankbar war, aber der Moment seines überbordenden Gefühlsausbruchs schien bereits wieder vorüber. Er blickte zum Tisch der Kartenspieler hinüber. »Die haben mich eingeladen.«

»Und?«

»Ich hab ihnen gesteckt, dass sie sich warm anziehen müssen, wenn sie sich mit mir einlassen.«

»Das kannst du laut sagen.« Ich knuffte ihn in die Seite. »Komm, Papa, zeig's ihnen!«

»Meinst du?«

»Ja. Ich muss sowieso weg.«

»Was Unangenehmes?«

»Leviten lesen.«

»Na, das kannst du ja«, meinte er trocken.

Ich stand auf, umarmte ihn und küsste ihn auf die Wange, die sich trocken anfühlte wie aufgerauhtes Papier. Eine in seinen Augen überschwengliche, etwas sentimentale Geste, die nicht in die Öffentlichkeit gehörte und ihn linkisch machte. Er rang sich ein schiefes Lächeln ab und setzte eilig seinen Rollstuhl in Bewegung.

Sie würden sich tatsächlich warm anziehen müssen,

die Kartenkumpels. Mein Vater war ein begnadeter Zocker vor dem Herrn. Das konnte er. Tricksen, bluffen und nichts von sich preisgeben.

»Ich hatte keine Ahnung, dass Sie Tonis Freundin sind.« Paul Hieronymus sah mich völlig entgeistert an.

»Gewesen bin.«

»Wir sind alte Freunde, ja. Aber wir haben uns selten gesehen. Er sagte damals nur, er wisse, dass die Immobilie zum Verkauf steht. Mehr nicht.«

»Kein Wort über mich?«

»Nur, dass er eine wunderbare Frau kennengelernt hat. Die er gerne heiraten würde, die aber erst ihre Scheidung verarbeiten muss.«

Er schwieg. Dann, zögernd: »Sie haben sich von Toni getrennt?«

Ich nickte.

»Aus diesem Grund?«

»Es hat auch schon vorher gekriselt. Ich war ihm nicht präsent genug.«

Er lächelte. »Die komplizierten Familienverhältnisse.«

»Sie sind gar nicht kompliziert. Jeder Mensch hat Familie. Und jede Familie schleppt Schicksal mit sich herum. Es kommt eben darauf an, wie sehr man sich darauf einlässt.«

»Tja ... wir leben in einem egomanischen Wellnesszeitalter. Da verkümmert so manches.«

Wir schauten uns mit zunehmender Sympathie an.

»Bei etwas anderem allerdings bekenne ich mich schuldig«, fuhr Hieronymus fort. »Denn was Herrn

Hämmerlein angeht ... Ich habe gewusst, dass er selbst gern Filialleiter geworden wäre.«

»Aber er ist noch nicht so weit. Vielleicht wird einmal ein guter Buchhändler aus ihm ... falls er lernt, Bücher auch zu lesen und nicht nur zu zählen.«

»Dann ist er ja bei Ihnen in den besten Händen.«

»Ach, übrigens ...« Ich griff in meine Handtasche und zog einige Ausdrucke hervor. »Die Zahlen, die ich mir vom Zentralcomputer geholt habe. Sie sind gut. Die Umsätze fürs Taschenbuch sogar sehr gut. Auch die Geschenkartikel ziehen an.«

»Ich kenne die Zahlen.«

Ich sah ihn herausfordernd an.

»Ja, ja.« Er lachte. »Sie sind nicht schlecht.«

Ein winzig kleines Spannungsfeld baute sich auf. Gerade groß genug, um Interesse zu wecken. Um zu wissen, dass man sich vielleicht öfter sehen wird – auch außerhalb des beruflichen Bereichs. Bereits groß genug, um miteinander ein Glas Champagner zu trinken. Der einzige Wein, der eine Frau noch schöner macht, nachdem sie ihn getrunken hat, wie Madame Pompadour sehr richtig feststellte. Na ja, vielleicht konnte man sich das Wörtchen »noch« bei mir sparen, allerdings ... es kam ja auf den Betrachter an. Und der machte nicht den Eindruck, sich von Äußerlichkeiten blenden zu lassen. Toni hat auch gern Champagner mit mir getrunken, fiel mir ein, aber Toni gab es nicht mehr. Nur mehr diesen feinen Stich, wenn ich an ihn dachte. Die Trauer. Es würde lange dauern, bis ich über diesen Abschied hinwegkam. Ich würde vielleicht nie mehr jemanden kennenlernen, zu dem ich mich so stark hingezogen fühlte wie zu meinem Bürgermeister für alle. Andererseits – hieß es in einem russischen Sprichwort nicht, im Reich der Hoffnung würde es nie Winter werden?

»Woran denken Sie gerade?«, fragte Paul Hieronymus amüsiert, da ich offensichtlich recht sehnsuchtsvoll in die Ferne geblickt hatte.

»An Sprichwörter.«

»Aha«, sagte er und bestellte ein weiteres Glas Champagner. »Nennen Sie mir doch eines.«

Ich lächelte ein wenig. »Alles hat seine Zeit.«

»War das jetzt ein persönliches Resümee oder eine Spruchweisheit?«

»Beides, lieber Herr Hieronymus.«

Mehr gibt es nicht zu berichten über diesen Abend. Ich fühlte mich wohl. Wir plauderten über Romane, über Politik und Religion. Tatsächlich: Alles hatte seine Zeit. Und im Reich der Hoffnung würde es nie Winter werden.

41.

Ich ging zur Wahl, ich gab Toni sogar meine Stimme, schließlich zeugt es von menschlicher Reife, wenn man dem Drang widersteht, seine politische Meinung von Persönlichem beeinflussen zu lassen. Er hatte sich noch ein paarmal bei mir gemeldet, hatte auf Band gesprochen, auf die Mailbox. Hatte vorgebracht, dass man wegen dieses einen Fehlers doch nicht eine jahrelange Beziehung aufs Spiel setzen solle. Da kam wieder der Politiker in ihm durch. Politik ist die Kunst, das Notwendige möglich zu machen – sein Leitsatz. Und der Zweck heiligt jedes Mittel?

Am Nachmittag fuhr ich zu Ulrich. Ich tappte völlig im Dunklen und rätselte darüber, was er uns mitteilen würde. Wollte er an unser Mitgefühl appellieren? »Ich heiße Ulrich Bonhof und bin ein Mann« …? Vielleicht trug er Anja an, sich um Jonas zu kümmern, während ich ihm in meinen freien Stunden den Haushalt führen sollte? Oder hatte er eine Annonce aufgegeben? »Suche Nanny für mich und meinen Sohn?« Was immer es auch war – ich fühlte mich gewappnet. Wer durch ein Tal der Tränen geht, kriegt einen starken Rücken, sagt man. Wenn es danach ging, konnte ich allmählich jedem Sumoringer Konkurrenz machen.

Er hatte aufgeräumt. Geputzt. In der Küche herrschte jene praktische männliche Ordnung, die uns Frauen so fremd ist. Alles, was man täglich benötigt, stand in Reih und Glied. Wozu in die Schränke räumen? Sämtliche Blumentöpfe, vorher im Haus verteilt, hatte er auf Tischchen und Konsolen im Wohnzimmer plaziert, um den Überblick nicht zu verlieren. Sabines Bild stand im Bücherregal, daneben ihre Kaffeetasse, um deren Henkel er jenes gelbe Band geschlungen hatte, eines der letzten Dinge, die Sabine in ihrem Zuhause berührt haben mochte.

Steffen spielte mit Leonie und Jonas auf der Terrasse, während Anja und ich mit Ulrich im Wohnzimmer saßen. Er machte einen gelassenen Eindruck, nichts mehr erinnerte an den Mann, der noch vor einigen Tagen unrasiert und wie ein kranker Gaul in eine Decke gehüllt auf der Couch saß und an seinem Schicksal kaute.

»Ich hatte eine unerfreuliche Begegnung«, begann er zögernd. »Vor einer Woche. Ich saß hier, im Bademantel, Jonas spielte am Boden mit seinem Plüschhasen ... Er war so blass, ich bin ja so gut wie nie mit ihm an die frische Luft gegangen. Ich wusste nicht mehr weiter. Da habe ich zufällig in den Spiegel geschaut. In den da drüben ...« Er deutete auf einen mit kleinen Mosaiksteinen eingefassten Spiegel. »Habe mich angestarrt. Bleich wie der Tod, verwahrlost. Zum Kotzen. Ich bemerkte plötzlich das ganze Durcheinander, das schmutzige Geschirr, die dreckige Wäsche und meinen Sohn, der ...« Er schluckte. »Er hatte nicht mal eine frische Windel um. Da wusste ich, dass es so nicht weitergehen konnte. Und dass ich nicht länger dieser jämmerliche Waschlappen sein wollte, der wie ein Tattergreis im Haus herumschlurfte und schon anfing, mit sich selbst zu reden. Ich konnte mich nicht ausstehen. Ich konnte mich nicht mal mehr riechen.« Er schaute hinaus zu Steffen und den Kindern und wandte seinen Blick dann wieder zu uns. »Also habe ich etwas unternommen. Habe das ganze Haus aufgeräumt, die Wäsche gewaschen und endlich getan, was ich schon die ganze Zeit hätte tun sollen.« Er stand auf, nahm Sabines Foto in die Hand, betrachtete es nachdenklich und stellte es wieder ins Regal.

»Um es kurz zu machen: Ich war in meiner Firma. Ich habe auf die Beförderung verzichtet. Auch auf meine Abteilungsleitung.« Er lächelte ironisch. »Bin ins zweite Glied zurückgetreten, wie man so schön sagt. Sie kürzen mein Gehalt, aber wenigstens habe ich nun geregelte Arbeitszeiten. Ich habe eine Zugehfrau gefunden. Und eine Tagesmutter. Und in der Krippe bin ich angemeldet.« Er bemerkte ein paar Krümel auf dem Tisch und wischte sie weg. »Trotzdem werde ich euere Hilfe brauchen. Ich muss noch so viel lernen.« Er setzte sich wieder.

Anja und ich sahen uns an. Wir hatten alles erwartet, nur das nicht. Ulrich-allein-zu-Haus, wie Anja ihren Vater in den letzten Wochen spöttisch betitelt hatte, zeigte sich mit einem Mal flexibel, hatte tatsächlich erkannt, dass nicht nur Frauen das Kind schaukeln konnten. Und er hatte es fertiggebracht, auf das, was ihm bisher am wichtigsten war, zu verzichten: auf seine Karriere.

»Natürlich helfen wir dir«, sagte ich.

»Erinnerst du dich, was du mich vor kurzem gefragt hast? Du hast gesagt: ›Schon mal was von den neuen

Vätern gehört? Die wickeln, die kochen, die bügeln und gehen einkaufen. Und sind auch berufstätig.‹« Er lächelte verlegen. »Das konnte ich nicht auf mir sitzenlassen. Dass jeder junge Spund sein Leben besser in den Griff kriegt als ich.« Er atmete durch. »An dich habe ich eine große Bitte«, sagte er dann zu Anja, die augenblicklich sämtliche Antennen ausfuhr und ihn misstrauisch musterte. »Ich bin nicht mehr jung. Hast du mir ja oft genug unter die Nase gerieben. Und wenn ich nun sehr krank werden würde oder sterben ... kümmerst du dich dann um Jonas?«

Er biss sich auf die Lippen, ich glaubte sogar zu bemerken, dass seine Augen feucht wurden. »Denn das ist meine größte Sorge. Was mit Jonas passiert, wenn ich nicht mehr da bin.«

Nun war Anja tief gerührt. Sie langte über den Tisch und nahm seine Hand. »Mach dir keine Sorgen, Papa! Jonas wird's immer gutgehen.« Sie wischte sich über die Augen, sie hatte schon als Kind nah am Wasser gebaut, und obwohl sie sich nach außen hin so pragmatisch und nüchtern gab, wusste ich, welch weiches Herz sie besaß. »Wir sind doch eine Familie, oder?«, setzte sie leise hinzu.

Ulrich nickte und presste ein »Danke, euch beiden« hervor. Er strich Anja über die Wange und streifte mich mit einem befangenen Blick ... War nun alles wieder gut?

»Ja, dann ...« Er schien unendlich erleichtert, dieses Gespräch hinter sich zu haben. Leonie klopfte an die Terrassentür, und er ging schnell hinaus, hob sie hoch, setzte sie auf den Tisch und schäkerte mit ihr herum. Steffen kniete mit Jonas im Gras, sie rupften ein paar frühe Gänseblümchen aus. Wir beide aber, Anja und ich, standen im Wohnzimmer und betrachteten das friedliche Bild.

Anja lachte ein wenig. »Ist fast wie früher, als du noch mit Papa verheiratet warst.«

Stille.

»Ja … aber nur fast«, antwortete ich dann, holte meine Jacke und schlüpfte hinein. »Hab noch was vor.«

Ich spürte ihren überraschten Blick im Rücken auf dem Weg zur Tür. Als ich schon fast draußen war, hörte ich, wie Ulrich zurück ins Wohnzimmer kam und erstaunt fragte: »Wo ist denn Mama?«

Ich zog die Tür ins Schloss. »Ganz aufgehen in der Familie heißt ganz untergehen«, hatte eine kluge Frau einmal geschrieben. Wie recht sie hatte!

Ich machte einen langen, langen Spaziergang. Die Wahllokale hatten längst geschlossen, als ich an meiner Buchhandlung vorbeiging. Sie war ja immer noch die meine, und sie würde es in meinen Augen so lange bleiben, bis das Leben etwas anderes mit mir vorhatte.

In Petras Boutique brannte die Schaufensterbeleuchtung. Petra verbrachte dieses Wochenende bei Daniel in Mailand.

Eine muntere Truppe aus jungen Leuten klebte bunte Streifen über die Wahlplakate. *Herzlichen Dank für Ihr Vertrauen!* Toni hatte seine Wahl also gewonnen. Aus dem »Goldenen Lamm« drangen Lärm, Gelächter und Applaus – die Siegesparty! Ob Gundula Steger ihren Blattschuss schon gesetzt hatte?

Ich kam am Bistro vorbei, am alten Brunnen und am

Rathaus. Schlenderte durch den Park, schaute hinüber zu Minkas Grab und hob einen Stein auf, der die Form eines Herzens hatte. Leonie sammelte Steine, sie würde sich freuen.

Da kam mir der alte Hannes entgegen. »*Quo vadis*, liebe Frau Bonhof?«

»Wenn ich das wüsste.«

Er lächelte vergnügt. »Das ist ja das Schöne … alles ist möglich.« Grüßend hob er die Hand und schlurfte weiter.

Ja. Alles war möglich. Alles hatte seine Zeit. Und im Reich der Hoffnung würde es nie Winter werden.

Danksagung

Ich danke meinem wunderbaren Lektor Herbert Neumaier:

Lieber Herbert, mögest Du nie die Lust verlieren, Dich meiner Manuskripte anzunehmen.

Und ich danke all jenen, die mich auf meinem Weg zu diesem Roman begleitet haben, vor allen Dingen meiner Familie und meinen Freunden. Sollte der eine oder andere Dialog Ähnlichkeit mit der Realität besitzen, ist dies natürlich rein zufällig.

Die Bestsellerautorin und mehrfach ausgezeichnete Drehbuchautorin Annemarie Schoenle bei Knaur:

Frauen lügen besser

Roman

Drei Frauen wollen mit ihren vermeintlich so fortschrittlichen Geschlechtsgenossinnen, aber auch mit der selbstherrlichen Männerwelt abrechnen. Doch leichtsinnigerweise haben sie den Faktor »Mann« außer Acht gelassen …

Alte Freunde küsst man nicht

Roman

Kathie Fröhlichs 35. Geburtstag steht kurz bevor. Dieser Umstand erfüllt ihren charmanten Bruder Tobias mit Sorge: immer noch kein Mann für die große Schwester in Sicht. Deshalb schenkt Tobias Kathie dreißig Zuschriften auf eine von ihm spendierte Kontaktanzeige …

Du gehörst mir

Psychothriller

Als Melanie sich mit dem erfolgreichen Anwalt Wolf anfreundet, ist sie von seiner abgöttischen Liebe überwältigt. Nur zu gerne nimmt sie seinen Heiratsantrag an und bleibt zunächst ahnungslos, als er beginnt, jeden ihrer Schritte zu verfolgen. Erst langsam dämmert ihr, dass sie in einer Falle sitzt, aus der sie sich nur mittels eines raffinierten Plans befreien kann ...

Verdammt, er liebt mich

Roman

Verdammt, er liebt mich«, denkt die fast siebzehnjährige Emma, und sie denkt es nicht allein. Denn auch ihre Mutter Paula fühlt sich geliebt - dummerweise nicht von ihrem Ehemann, sondern von Emmas gutaussehendem Geschichtslehrer ...

Abends nur noch Mondschein

Roman

Marie Mangold hat endgültig die Nase voll von ihrem untreuen Ehemann, ihrer stinkfaulen, fast erwachsenen Tochter und ihrer ewig nörgelnden Schwiegermutter. Als sie überraschend ein Haus erbt, zögert sie nicht lange und verlässt das traute Heim der Familie. Doch ganz allein in einem großen Haus, das ist auch nicht das Wahre, und so hängt Marie schon bald einen Zettel ans Schwarze Brett ihrer Firma: »Habe Wohnung – suche Frauen!«

Knaur Taschenbuch Verlag